# 远方有风雷

## 海外"左翼现代主义"作家群研究

吕欣桐 / 著

群言出版社 QUNYAN PRESS

·北京·

图书在版编目（CIP）数据

远方有风雷：海外"左翼现代主义"作家群研究 / 吕欣桐著. -- 北京：群言出版社，2024.1
ISBN 978-7-5193-0878-0

Ⅰ.①远… Ⅱ.①吕… Ⅲ.①左翼文化运动—研究 Ⅳ.①I206.6

中国版本图书馆CIP数据核字（2023）第254419号

| 策　　划： | 李满意 |
|---|---|
| 责任编辑： | 胡　明 |
| 封面设计： | 刘万柯 |

| 出版发行： | 群言出版社 |
|---|---|
| 地　　址： | 北京市东城区东厂胡同北巷1号（100006） |
| 网　　址： | www.qypublish.com（官网书城） |
| 电子信箱： | qunyancbs@126.com |
| 联系电话： | 010-65267783　65263836 |
| 法律顾问： | 北京法政安邦律师事务所 |
| 经　　销： | 全国新华书店 |
| 印　　刷： | 河北赛文印刷有限公司 |
| 版　　次： | 2024年1月第1版 |
| 印　　次： | 2024年1月第1次印刷 |
| 开　　本： | 710mm×1000mm　　1/16 |
| 印　　张： | 15.75 |
| 字　　数： | 246千字 |
| 书　　号： | ISBN 978-7-5193-0878-0 |
| 定　　价： | 62.00元 |

【版权所有，侵权必究】

如有印装质量问题，请与本社发行部联系调换，电话：010-65263836

# 前言

本书以"远方有风雷[1]——海外'左翼现代主义'作家群研究"为题,以刘大任、郭松棻、李渝三位作家为研究中心,重点考察这一文学群体的思想资源、发展脉络、创作主题与美学风格,讨论其诞生背景的重层性因素及其与时代语境的联动方式,并将其置于中国现当代文学的整体视野之中,阐明其独特的文学史位置及价值。刘大任(1939— )、郭松棻(1938—2005)、李渝(1944—2014)以旅美作家、"保钓"作家的身份标签为人所知,是20世纪60年代赴美读书、70年代投身海外留学生保卫钓鱼岛运动群体中的代表。从其文学创作的特殊性来看,将他们视为"海外左翼现代主义"作家是更为准确的。

"左翼"与"现代主义"在中国现当代文学史的光谱中看似是相形迥异、矛盾冲突的一组概念,但在三位作家的思想历程与文学作品中,二者却作为重要的思想与美学资源,呈现出交相辉映、彼此增益的面貌。"保钓"运动退潮后,文学书写作为"后行动"语境中的理想主义赓续,成为他们创作中的支点。本研究由"左翼与现代主义之间"这个接榫处出发,以相近的成长背景、文学启蒙、思想动态为基础,讨论刘大任、郭松棻、李渝三位作家在思想、行动与写作中的共相与殊相。

---

[1]"远方有风雷"出自刘大任2010年出版的回顾海外留学生"保钓"运动的同名小说。

本书从左翼现代主义的发展脉络与话语资源、鲁迅的影响与文学传统的赓续、历史创伤叙事、现代主义与古典中国美学的辩证等角度展开，阐发了"左翼现代主义"的概念，从文学史与思想史的角度厘清"左翼"与"现代主义"的内在渊源，探究这两条思想路径之间的互动生成关系，说明作家左翼思想的产生与20世纪60年代现代主义文艺风潮之间的联系，强调在特殊经验影响下，内生于"现代主义"的"左翼"是如何诞生并在70年代的海外"保钓"运动中发展壮大的。左翼与现代主义作为两条不同的文艺思想脉络，在反叛颠覆性、超越性、主观性等方面具有内在的共识，而特殊的文化背景、生活经历与历史位置则为刘大任、郭松棻、李渝这一作家群体打开了描绘现代主义与左翼融合图景的微妙可能性。

在"保钓"运动、左翼诉求、现代主义艺术实践、古典美学的熏陶浸染、历史创伤叙事这几个关键词之间，蕴藏着海外"左翼现代主义"作家群的主体精神结构一贯性。当曾经风起云涌的理想成为"远方的风雷"，他们将写作本身视为生活信念的延伸，立足于"文学行动主义者"的身份位置，将文学作为一种不休止的介入方式，继续着自己的审美理想实践。

作者

# 目 录

## 绪 论

一、研究背景与意义 / 001

二、题解:"左翼现代主义" / 004

三、研究内容与章节结构 / 016

## 第一章 思想与行动:左翼现代主义的发展脉络与话语资源

第一节 左翼现代主义的潜流时期(1958—1966) / 021

第二节 "保钓"运动时期(1966—1974) / 048

第三节 退潮、回旋与再出发(1974— ) / 063

## 第二章 文学传统的承续:鲁迅作为"原点"

第一节 关键词:左翼、存在主义、文学者 / 078

第二节 知识分子的历史忧郁症结:《雪盲》与《孔乙己》 / 084

第三节　历史故事新编：《和平时光》与《铸剑》 / 104

第四节　对《在酒楼上》的两种"仿写"

　　——从《且林市果》到《从心所欲》 / 124

## 第三章　两岸之间：历史创伤叙事

第一节　反伤痕式的历史叙事 / 142

第二节　作为"记忆"的战争 / 151

第三节　故乡/梦土：左翼现代主义者的忧郁 / 162

第四节　家族叙事中的代际创伤 / 175

## 第四章　现代主义与古典中国

第一节　疾病与文学的互喻 / 191

第二节　古典美学的引渡 / 203

第三节　古典与现代之间 / 214

**结论　文学作为不休止的介入** / 229

**参考文献** / 234

# 绪 论

## 一、研究背景与意义

作为于20世纪60年代赴美读书、70年代投身海外留学生保卫钓鱼岛运动（简称"保钓"运动或"钓运"）群体中的代表，刘大任（1939—　）、郭松棻（1938—2005）、李渝（1944—2014）以旅美作家、"保钓"作家的身份标签为人熟知[1]。但从其文学创作的独特性来看，将他们视为"海外左翼现代主义"作家或许是更为准确的。"左翼"与"现代主义"，在中国现当代文学史的光谱中看似是相形迥异、存在矛盾冲突的一组概念，但在刘大任、郭松棻、李渝的思想历程与文学作品中，二者却呈现出交相辉映、彼此增益的面貌。在"保钓"运动退潮后，文学书写作为"后行动"语境中的理想主义赓续，成为他们创作中的支点。

---

〔1〕刘大任1939年出生于湘赣边界山区，祖籍江西永新，1948年随父母迁台；郭松棻1938年出生于台北，父亲郭雪湖为日据时代著名画家；李渝1944年出生于重庆，祖籍安徽，1949年随父母迁台。郭松棻与李渝在台湾大学读书期间相识恋爱，赴美留学后结为伉俪。郭松棻与刘大任在台湾一同参与《剧场》《文学季刊》等杂志活动，1966年起赴美深造，师从陈世骧。1970年海外中国留学生掀起保卫钓鱼岛运动，二人先后放弃攻读博士学位，在美西共同组织了柏克利"保钓"分会，李渝也在其中担任文宣工作。2005年郭松棻在二次中风后去世，2014年李渝在纽约家中因抑郁症去世。

原本浸润于20世纪60年代现代主义风潮中的作家，在特殊的时代语境中承续了怎样的思想资源？如何在海外将原有的现代主义与左翼这两种互有冲突的思想嫁接在一起，进而形成海外左翼的特殊风格？"保钓"运动的历史经验与强调介入境遇的萨特式"行动中的存在主义"对于后革命时代的日常生活与书写有何影响？"钓运"退潮后，"革命"在他们的生命体验与文学书写中呈现为完结、失败或是未完待续？历史创伤与个体创伤经验又是通过何种叙事机制呈现在文本之中？通过对以上问题的考察，本书试图以中国台湾旅美左翼现代主义作家群为中心，探讨"现代主义"所强调的文字精准审美性、人生的孤绝与断裂是如何与"左翼经验"接合在一起，形成海外左翼书写的特殊现象。

从中国台湾学界的现有研究来看，大多数论者将刘大任、郭松棻、李渝的思想与创作分为"钓运"退潮前与退潮后两个阶段，并认为其间存在一个旗帜鲜明的"转向"，前一阶段是由民族主义情感引导下的行动实践，后一阶段则是因信仰幻灭而退回至现代主义风格的个体文学书写[1]。在这种"去政治化"的、前后时期截然分明的二分法研究范式的影响之下，作家在"钓运"时期的左翼论述被简单地归结为民族主义的情感驯化或乌托邦式的幻梦，使得其长期关注社会历史结构的整体视野在讨论中被遮蔽了，因此，研究或是限缩于一种纯粹的、精神分析式的内面解剖，或是仅聚焦于形式层面的文学表现手法。

此外，关于郭松棻、李渝、刘大任的作家作品研究中，有一些文章从不同角度探寻了作家的生命状态及其与文本的联结，是较有启发性的。王德威《无岸之河的渡引者——李渝的小说美学》（2002）一文没有局限于二分法的框架，提出在李渝的生命/作品中存在着现代主义与社会主义、

---

[1] 参考许素兰《流亡的母亲·奔跑的父亲——郭松棻小说中性/别乌托邦的矛盾与背离》（2002）、魏伟丽《异乡与梦土：郭松棻思想研究》（2004）、吴静仪《文学的寂寞单音：郭松棻小说研究》（2005）、简义明《书写郭松棻：一个没有位置和定义的写作者》（2007）、黄启峰《河流里的月印：郭松棻李渝小说综论》（2007）、林怡君《钜史与私情：李渝小说研究》（2008）、陈卓欣《刘大任散文研究》（2010）、黄资婷《待鹤回眸：李渝小说研究》（2014）、邓安琪《鹤与鹭鸶的飞行：阅读李渝与郭松棻》（2014）等硕博论文。

个人节操与民族情感的二律悖反形式的辩证。黄锦树在《诗、历史病体与母性》(2004)中将郭松棻作为中国现代性的一个重要个案，梳理左翼知识分子在革命退潮后向诗转化的精神状态，认为郭松棻经历了从辩证唯物论到文字炼金术的唯物论的转折。徐圣心《在异域回眸中国——刘大任袖珍小说中的文化反省》(2013)一文，以刘大任极短篇小说为材料，讨论其思想活动的复杂变化，并梳理作品中不断回归的中国主题。朱立立、薛芳芳《北美华文文学双璧：郭松棻、李渝合论》(2015)一文，通过细致的文本分析剖析了两位作家如何呈现中国近现代历史的记忆、创伤与知识分子的理想和命运。张诵圣在《郭松棻〈月印〉和20世纪中叶的文学史断裂》(2016)中讨论了小说《月印》如何以高度艺术化的风格呈现了冷战时期"介入"与"非介入"两种公民伦理之间的对峙，该小说的临界点位置标示出作者在台湾文学场域中的独特历史意义。张俐璇《双面一九八三——试论陈映真与郭松棻小说的文学史意义》(2017)一文，聚焦于郭松棻与陈映真在1983年发表于《文季》的小说《铃铛花》《山路》与《青石的守望》，指出两人分别呈现了民族主义与共产主义的台湾左翼小说双面理路。周之涵、朱双一《郭松棻哲学追问与文学创作中的左翼坚守——兼论"保钓"运动中的批判"新殖民主义"发言》(2015)、邵海伦的硕士论文《文学视域下的海外"保钓左转"问题——以李渝作品为考察中心》(2017)，则是将郭松棻与李渝的文学与思想放入左翼历史脉络中，考察其"向左转"的精神潜能和"保钓"运动中的批判思想，是对既有研究的一个反拨式论述。

在上述研究之外，还有部分文章从刘大任、郭松棻、李渝三位作家的旅美华人身份角度讨论离散书写、移民心境、异国故土、乡愁情结和地域书写等议题[1]。

---

[1] 参考李娜《"美国"与郭松棻的文学/思想旅程——以〈论写作〉为中心的考察》(2007)、吴孟琳《流放者的认同研究——以聂华苓、於梨华、白先勇、刘大任、张系国为研究对象》(2008)、侯如绮：《王鼎钧〈土〉、刘大任〈盆景〉与张系国〈地〉中的土地象征与外省族裔的身份思索》(2010)、黎湘萍：《文体与思想——论旅美台湾作家郭松棻的离散写作》(2015)、谢欣芩《纽约作为乡园之———李渝作品的时空错置与族裔地景》(2018)、朱衣仙《盆栽、杂碎、枯山水：刘大任作品中"离散/反离散"交映的风景》(2020)等。

但是，在以刘大任、郭松棻、李渝为研究对象的过往论述中，研究多集中于单一作家，有少部分会以郭松棻与李渝这一对"文学夫妻"为讨论对象，但是尚缺少对三位作家作为一个在海外华人或台湾旅美作家中具有特殊共相的作家群的整体研究。实际上，刘、郭、李三位作家拥有相近的经历与生命体验[1]，在他们的文学经验与思想话语资源中，既有左翼知识分子的立场，又有现代主义文艺的浸润。但是在现有研究中，尚无论者从"左翼与现代主义的接合处"对三人共同的历史经验进行讨论，可以说从"左翼现代主义"这个维度出发，仍有很多值得讨论的话语空间未被打开。与之相关的论题还包括三位作家的"鲁迅影响"，即鲁迅如何在左翼与现代两个层面构成他们的思想资源，鲁迅的文体与表达方式产生了何种影响，鲁迅的小说又与三位作家的具体文本构成了怎样的互文性。

综上所述，本书将在"海外现代主义左翼作家群"这个涵摄范围内，从"左翼与现代主义之间"这个接榫处出发，以相近的成长背景、文学启蒙、思想动态为基础，讨论刘大任、郭松棻、李渝三位在思想、行动与写作中的共相与殊相。

## 二、题解："左翼现代主义"

### （一）内生于"现代主义"的"左翼"

本书以"左翼现代主义"书写为题，是由于"现代主义"与"左翼"共同构成了刘大任、郭松棻、李渝这三位海外"保钓"左翼作家的重要思想及美学资源。如果想要探究这两条思想路径之间的互动生成关系，首先需要厘清他们左翼思想的产生与中国台湾地区20世纪60年代现代主义文

---

[1]郭松棻与李渝1962年左右相识、相恋，1972年在美国拉斯维加斯登记结婚；刘大任与两人在台湾文坛活动时已相识，同属于1966年赴美读书的留学生，又一同投身"保钓"运动，是多年至交好友。

艺风潮之间的联系。

20世纪五六十年代，中国台湾地区文艺界逐渐形成了一种由民族情感、儒家式的道德保守主义与中产阶级品味混合而成的"新传统主义"主导文化，并且引发了年轻一代知识分子的不满。在反叛意识萌芽之际，现代主义与左翼思想实际上构成了台湾的青年知识人求新求变的两类关键思想资源。二者的区别在于，现代主义作为西方20世纪最有影响力的文化符码，扩散并落地于台湾后掀起一场关于"文学表达形式"的革新运动，从60年代初期"偏安一隅"的知识界小圈层话语逐渐壮大为文艺思潮主流；而左翼思想作为冷战结构下另一脉络的关键话语资源，因为其天然内含的、面向社会现实的变革诉求，始终处于被压抑的、"暗哑"的地下潜流状态。因此，现代主义虽然在文学表达层面构成了对50年代台湾主导的、中庸保守的新传统主义文化的一种"反拨"，但是仍然可以被冷战意识形态架构所容纳，而左翼思想资源则需要被彻底地清理革除。

从台湾地区左翼思想的发展来看，自日据时期至1945年，左翼思想一直是文化界一支不容忽视的、兼具着"民族性"与"阶级性"双重意识的反叛性力量，但并未占据主流。从1947年"二二八"事件开始到五六十年代的"白色恐怖"及戒严时期，对左翼知识分子的打压使得这一思想支流暂时性地转入"地下"，只能作为精神领域的一条暗流潜伏着。也正是因为如此，未被体制化吸收的"左翼"如同暂处休眠状态的火山一般，最大限度地保存了亟待爆发的能量，成为现代主义之外的另一种可供使用的反抗性思想资源。

这种特殊的社会历史情境，构成了文化场域内左翼与现代主义这两条脉络的特殊相通性——很多"战后第二代"[1]左翼知识分子实际上是"内生"并"脱胎"于现代主义文学风潮的。他们在初入文坛时曾不同程度

---

[1] "战后第二代"通常指的是20世纪30年代后出生，接受中文教育长大，不似前一代作家背负了沉重的日文包袱的知识群体。刘大任、郭松棻、李渝都属于这一代作家。参考钟肇政：《血泪的文学、挣扎的文学——七十年台湾文学发展纵横谈》，《台湾作家全集——赖和集》，台北：前卫出版社，1991年，第22—25页。

地呈现出现代主义风格,后来才逐渐"向左转"。这一场受西方影响的现代主义运动在形式创新、质疑传统的表层呼吁之下包含了不同类型的、具有反叛态度的知识分子。知识分子群体内部观点、立场的差异分野,影响了他们之后不同的人生道路和创作风格选择。其中一部分沿着"西化"路径,走向英美学院化、经典化现代主义的精英一脉;另一部分则在接触到了一定数量的左翼书籍之后,逐渐具备了社会历史的、阶级的、民族的视野,又经由不同的途径[1]获取了更丰富的左翼理论知识并最终走上行动的道路。综合来看,对于在60年代末选择"向左转"的海外"保钓"左翼知识分子而言,60年代文化场域的特殊性使得他们的左派意识源自现代主义流派内部生长,并由此形成一种独特的主体性思想结构。

## (二)相关概念廓清与"左翼现代主义"的可能性

为了更有效地展开论述,需要从文学史、思想史的角度廓清一些本书涉及的与现代主义或左翼现代主义相关的问题。

第一,现代主义的概念。论文题目中的现代主义主要指的是现代主义文学(又称现代派文学或现代文学)及其美学特征,通常是指19世纪下半叶至20世纪上半叶流行于欧美的重要文艺思潮[2],包含象征主义、表现主义、未来主义、意识流、超现实主义等流派。从其与现代性的关系来看,现代主义可被理解为是一种"审美现代性",是人们对历史

---

[1] 例如陈映真早期通过日本友人接触到了大量的马克思主义著作和中国大陆出版的左翼书籍,在1968年入狱后又通过狱友进一步认知了相关历史;刘大任、郭松棻在1966年出国读书前已初步具有左翼思想,在伯克利就读期间在中国资料馆阅读了大量的左派著作,深入了解革命历史。

[2] "现代主义"这个概念虽然笼统且复杂,但一般认为其涵摄的范围包括表现主义、象征主义、印象主义等等,它们的共同特征是破除现实主义或浪漫主义既有的对人性与现实的表现,转向风格、技巧和空间形式,这些运动都倾向于抽象化,通过高度自觉的美学技巧把读者引向现实背后,放弃熟悉的语言功能和传统形式,来达成"在确立的秩序之外,在以反常的透视画法描绘的世界里的自我实现"的任务。【英】布雷德伯里、麦克法兰编:《现代主义》,胡家峦等译,上海:上海外语教育出版社,1992年,第8—9页。

现代性的冲击在文化领域里的反应[1]，彰显的是现代时空概念的突变[2]对人类社会知识形态、美学价值判断和艺术表达形式所产生的决定性影响。

第二，现代主义与左翼的关系问题。从审美取向和创作风格差异的层面来看，根据大陆学界的一般看法，左翼与现实主义之间有一种默认的绑定，而左翼与现代派、现代主义文学则在美学原则、书写内容、价值取向等方面存在一种对立乃至对抗的关系。在茅盾《夜读偶记》（1958）中，这种将左翼文学纳入社会主义现实主义的轨道，将现代主义等同于资产阶级的颓废美学并划入对立阵营的二元论观点就已经确立起来。但若我们回到西方现代主义文艺的源头——19世纪末至20世纪初期，会发现现代主义并不是一个统一的文化运动，而是包含了各式各样的政治立场和意识形态，通常人们认为现代主义文艺带有精英主义倾向，但其内部的"复杂性和张力"是"超乎想象"的[3]。应该说，从其源头来看，作为一种意识形态的左翼与作为一种艺术表达风格的现代主义之间没有天然的悖离性，甚至还有着如下所述的相通之处。

首先，从左翼思想与现代主义的精神内核来看，二者都内含着一种激进性的革故鼎新的要求。马歇尔·伯曼将现代主义分为"形式的现代主义"与"反叛的现代主义"，前者是对纯粹的、自指的艺术对象的追求，后者则是反叛力量的代名词，是"反对全部现代经验的一种永不停歇的革

---

[1]参考【美】马歇尔·伯曼：《一切坚固的东西都烟消云散了：现代性体验》，徐大建、张辑译，北京：商务印书馆，2013年。

[2]参考【美】戴维·哈维：《时空压缩和作为一种文化力量崛起的现代主义》，《后现代的状况：对文化变迁之缘起的探究》，阎嘉译，北京：商务印书馆，2013年。

[3]戴维·哈维在《现代性与现代主义》中提出20世纪30年代国际性的现代主义展现出了强烈的社会主义倾向，甚至是宣传者的倾向，但随后在冷战意识形态中，现代主义美学却在"非政治化"的政治话语中被官方和体制收编了，成为高雅艺术和精英艺术的代名词，其中的反叛色彩被温和地纳入文化保守主义的框架之中。参见【美】戴维·哈维：《后现代的状况：对文化变迁之缘起的探究》，阎嘉译，北京：商务印书馆，2013年，第52—55页。关于欧美20世纪初期至中期的现代主义运动内部意识形态的复杂性问题，还可以参见【英】克里斯托弗·巴特勒：《现代主义》，朱邦芋译，南京：译林出版社，2018年，第6—7页。

命"[1],倾向于求新、求异、求变,对传统价值进行否定和颠覆。戴维·哈维则以"现代主义双面性"指涉现代主义的一面是保守,一面是激进,"一半是短暂、流变和偶然,另一半是永恒与不变"[2]。因此,正如伯曼在讨论马克思与现代主义关系时所论述的,左翼与现代主义并非是对立的两元,而是存在着一种富于张力的辩证关系:

> 例如"一切坚固的东西都烟消云散了"这样一个形象所包含的宇宙范围和视觉上的宏伟,它所拥有的高度压缩了的戏剧性力量,它所具有的含糊的启示意义,以及它的观点所蕴含的歧义性——那种摧毁性的热力同时也是极大的能量和一种生命的外溢——所有这些品质都被认为是现代主义想象的特点。在这幅现代主义的融化图景中……马克思主义与现代主义在一种奇怪的辩证舞蹈中被卷到了一起……现代生活分别有一幅"坚固的"图景和一幅"融化的"图景,而两者之间存在着一种张力。[3]

左翼与现代主义两者的"融合性"在波德莱尔与马克思那里,在1914—1925年期间的表现主义者、未来主义者、达达派艺术家与20世纪60年代遍布欧美的激进行动中都能看到。只不过,当马克思主义与现代主义都"凝固"为一种正统学说之后,原有的融合就开始分裂——正统马克思主义者因为不信任而试图压制现代主义,正统的现代主义者则不遗余力地为自己重塑一种无条件地摆脱了社会历史因素的"纯"艺术光环[4]。如果我们能超越正统学说的凝结性,从颠覆与创新的角度来看,20世纪60年

---

[1] 伯曼将1968年哥伦比亚大学的左翼学生运动称为"大街上的现代主义",令人联想到李渝对"保钓"运动的"现代主义特质"的评价,二者的共通点即是内蕴的反叛性、颠覆性和革命性。参考【美】马歇尔·伯曼:《一切坚固的东西都烟消云散了——现代性体验》,第36—39页。

[2]【美】戴维·哈维:《后现代的状况》,阎嘉译,北京:商务印书馆,2013年版,第10页。

[3]【美】马歇尔·伯曼:《一切坚固的东西都烟消云散了——现代性体验》,徐大建、张辑译,北京:商务印书馆,2013年版,第114页。

[4] 同上,第155—157页。

代末 70 年代初台湾旅美留学生对左翼思想文艺的热情，与 1985 年前后大陆现代派作家对西方现代主义文艺的向往是属于同一种历史脉络的，那就是：挪用或者借用一种外生的、反叛的话语系统来重新熔铸现代主体的心灵结构，以反抗一种僵死的、体制化的正统权威话语体系。

其次，除了反叛与颠覆之外，现代主义与左翼理念都蕴含着一种超越性的建构诉求。在反叛之外，现代主义怀有一种建设性的浪漫精神、一种肯定性的支撑力量，而非后现代式的价值观扁平化和对形而上的解构。无论是左翼还是现代主义，都是对独特的"现代经验"的把握，带有一种恐惧与兴奋交织的复杂情绪，都看到了现代生活的矛盾欲望与潜在可能，也都接受对未来"终极状态"与超现代性的设想。对于现代主义者来说，文学艺术被升华为某种替代性的宗教角色[1]，他们对文学、对艺术的"献身性"乃至"殉情性"[2]追求是与左翼的革命精神相通的。法兰克福学派所提出的"审美乌托邦"的现代想象，就是希望艺术能够成为对抗资本主义文化工业意识形态、解决现实问题的最终手段[3]

再次，现代主义文学与左翼文学在"主观性"的自我表达层面亦有着相通性。现代主义文学的个体主观性特质自不待言，20 世纪 30 年代大陆左翼文学的"革命加恋爱"叙事模式及 50 年代后的社会主义现实主义文学也展现出一种关乎自我（包括"小我"和"大我"在内）的抒情诗学建构。有研究者提出，正是对主观性的强调，让表现"本我"及个体主观

---

[1] "自从艺术变得自律以来，艺术就一直保留着从宗教中升华出来的乌托邦因素"。【德】霍克海默：《霍克海默集》，曹卫东编，渠东、付德根等译，上海：上海远东出版社，2004 年，第 214 页。

[2] 李渝在访谈中提到，"文字本身不但修言而且修身……我们那个时代对文学是一厢情愿，我们是献身、我们是殉情性的"。参见李渝、聂华苓等：《应答的乡岸：从台大到爱荷华的现代情》，《重返现代——白先勇、〈现代文学〉与现代主义》，白睿文等主编，台北：麦田出版社，2016 年，第 85 页。

[3] 从源头上来看，法兰克福学派的"审美乌托邦"理念得益于马克斯·韦伯的审美/艺术救赎理论。韦伯依据价值分化学说，将艺术视为一个具有独立价值的门类，并且承担了将人们从世俗日常生活和实践理性主义的压力下拯救出来的救赎功能。法兰克福学派正是在文化视域的维度上撷取了韦伯的理论资源，从而拓展了马克思主义的视界。

性的现代主义文学与强调"超我"和集体主观性的左翼文学建立了联络通道[1]。

最后,从中国现代文学史的谱系来看,左翼与现代主义也并非是水火不容的,而是存在一种相互转化的复杂关系,甚至在某一作家身上会同时存在两种文学品格。鲁迅、郁达夫、蒋光慈、丁玲等人的创作都表明,20世纪30年代左翼文学借鉴了现代主义小说常用的日记体、心理分析、象征及暗示手法,从不同的侧面表现出了马泰·卡林内斯库所言的颓废与反抗并进的"审美现代性"与主观性。

总体而言,左翼与现代主义作为两条不同的文艺思想脉络,在反叛颠覆性、超越性、主观性等方面具有内在的共识,而特殊的文化背景、历史位置与思想资源则为刘大任、郭松棻、李渝这一独特的作家群体再次打开了描绘现代主义与左翼融合图景的微妙可能性。

### (三)"现代主义"与"左翼":刘大任、郭松棻、李渝的两类思想/美学资源

从文学研究的层面来看,打破诸如现实主义和现代主义这类因特定历史条件和运动需求而形成的壁垒,可以帮助我们重新启动"二战"后中国台湾文学的经验并打捞各种"另类资源"[2]。台湾文学的左翼谱系在20世纪50年代后呈现出复杂的发展脉络,包括了以陈映真为代表的传统左翼,以刘大任、郭松棻为代表的海外"保钓"左翼,将后殖民理论与左翼解放论述结合的本土左翼,以及受到德勒兹与瓜塔里世界解释体系影响的后现代知识左翼。其中,同属于一个世代的刘大任、郭松棻、李渝与陈映真在思想资源与文学活动上多有重叠交错,但域外书写的身份位置、"保钓"运动的历史经验让前三位作家自20世纪80年代后重返文坛的创作与陈映真

---

[1] 吕周聚:《1930年代左翼文学与现代主义文学的纠葛》,《山东师范大学学报(人文社会科学版)》2011年第5期,第42页。
[2] 李娜:《试析1950—60年代台湾青年的"虚无",重新理解"现代主义与左翼"——以陈映真、王尚义为线索》,载《文艺理论与批评》2017年第6期,第59—76页。

的后期风格产生了一定距离。

现代主义文学作为一种西方舶来的文化产品，对中国现当代文学史产生了四次明显的影响：20世纪30年代的大陆、30年代后半期的台湾、50—60年代的台湾、80年代的大陆。与中国大陆50—70年代社会主义现实主义文学的全面覆盖和80年代现代派文学的反拨不同，台湾地区在五六十年代"白色恐怖"与戒严时期经历了左翼的消声与西方现代主义、存在主义思潮的兴起，因此，70年代在海外壮大的"保钓左翼"一派实际是从现代主义的美学浸润中成长起来的。

1945—1949年间，三四十年代大陆的文艺作品也曾被大量介绍到台湾，"日政下被抑压的台湾文学激进的、干预生活的、现实主义的文学精神传统，在这5年间迅速地复活，并且热烈地发展"[1]。但是，50年代后，冷战格局的影响导致五四新文学传统被极大地压抑了，造成了50年代末60年代初期"文库空虚"[2]的局面。

在美援体制和西方现代性向后发地区输入的背景之下，对主导文化的保守主义倾向[3]的不满、政治压力导致的优秀文学作品短少、"文库空虚"等因素使得台湾青年的目光纷纷转向欧美[4]。压抑苦闷的社会文化环境使得"二战"后西方兴起的存在主义与虚无主义思潮在台湾盛行一时，加缪、萨特（台湾地区译为沙特）、卡夫卡、乔伊斯、伍尔夫、普鲁斯特等现代主义作家深刻影响了一代文学青年的心灵世界。从50年代现代诗的崛起、1956—1960年夏济安、刘守宜主办的《文学杂志》，到1960年以

---

[1] 陈映真：《四十年来台湾文艺思潮的演变》，《陈映真作品集（八）·鸢山》，台北：人间出版社，1988年，第211页。

[2] "文库空虚"的概念参见张锦忠：《现代主义与六十年代台湾文学复系统：〈现代文学〉再探》，载《中外文学》2001年第30卷第3期。

[3] 这一阶段（1956—1987）的主导文化特质是道德保守主义、妥协主义、新传统主义和中产品味，配合经济发展主义的现代化论述规范，诉诸儒家传统的教诲式文学。参见张诵圣：《台湾冷战年代的"非常态"文学生产》，《当代台湾文学场域》，镇江：江苏大学出版社，2015年，第286—287页。

[4] 文学作品短少的压力之下，"现代主义"作为一种未被限制的外来思想美学资源，成为文学参与者增加自身竞争力，从"上一辈"手中夺取文化资本的有效方式。

台大外文系白先勇、欧阳子、王文兴、陈若曦、李欧梵等人为核心的《现代文学》创刊,标志着台湾现代主义文学脉动继 30 年代之后的再次勃兴。毕业于台大外文系的李渝回忆自己年轻时是非常西化的,"那时是阅读卡缪、卡夫卡、沙特、贝克特等存在主义、虚无主义荒谬剧场的年代",关于文学的一切"竟要等待一连串古怪的外国作家的名字来启蒙",以至于在初读鲁迅时还以为是翻译过来的小说[1]。就读于台大哲学系、外文系的刘大任与郭松棻,同样精于西方现代文学、戏剧与电影研究[2],郭松棻与白先勇等人是同学,曾短暂加入现代文学社后又退出,刘大任则是前卫杂志《剧场》的主要干将。但是,因为不满于 60 年代现代派作家普遍的创作内向化、立场保守化,刘大任、郭松棻、陈映真等人积极地寻求更富于激进性的左翼思想资源。此时被台湾官方禁绝的左翼仍以地下潜流的形态在旧书摊、咖啡馆、地下读书会中悄然存在着。刘大任等有社会主义思想倾向的台湾知识人在出国前已经读过鲁迅、茅盾的部分作品和苏俄小说。赴美留学后,他们更是在伯克利的中国研究中心接触到了数量可观的中国近现代史资料和左翼文学作品,了解到祖国社会主义运动的进程,同时受到全球 60 年代革命话语的感召与美国内部反越战、反体制诉求的影响,为 1970 年底"保钓"运动的一触即发埋下了引爆的伏笔。

成长于 60 年代现代主义文学思潮中的这一代台湾左翼作家,必然会面临如何处理现代主义文学经验的问题。关于现代主义,刘大任的态度是"台湾一度颇成气候且其内质早已潜移默化进入所谓乡土作家血脉之中的现代主义运动,原本是中国近代文学浮滥风的一个冷静的反叛。姑不论它的成就如何,这里面有些精粹的真谛,是不能轻易丢弃的"[3];郭松棻虽然曾经于 70 年代初期批评过台湾现代派文学,但在 80 年代回归创作后却成

---

[1] 李渝:《月印万川——再识沈从文》,《那朵迷路的云——李渝文集》,梅家玲等编,台北:台湾大学出版中心 2016 年版,第 280 页。

[2] 郭松棻 1958 年在《大学时代》发表第一篇小说《王怀和他的女人》,1961 年以助教身份在台大教授《英诗选读》课程,1965—1966 年与刘大任、陈映真等人一起主办《剧场》杂志,介绍西方先锋戏剧与电影,如《等待果陀》,以期通过崭新的文艺样式启蒙民众心灵。

[3] 刘大任:《六十年代的绝响》,《纽约客随笔》,沈阳:辽宁教育出版社,2001 年,第 376 页。

为"现代主义骨感美学的能手"[1]；李渝经历了几次文风的转变，但现代主义始终是她的精神堡垒。显然，作为美学资源的现代主义已经印刻于刘、郭、李三位作家的创作中。他们的作品中随处可见到诗化的文字技巧、复杂的时空转换机制、叙述视点的漂移与人称交替变换、精巧的叙事时间策略、意识流与精神分析式的心理描写等要素，构造出一个艺术性高度浓缩的美学世界。

如果我们将陈映真与这三位作家的创作观念进行比较，会发现，陈映真与现代主义的关系定位是"不以现代形式为目的，而以现代形式的复杂性，隐晦地道出现实的困境与改造世界的远景"[2]，但是他强调自己"没有出过现代主义的'疹子'"，呈示了他对创作中的现代主义在地化、现实化路径的"非主观意愿"。与陈映真不同，刘大任则是对此种"融合式"的写作思路表示了清晰明确的主动体认。刘大任提到1965年至1971年是他创作思想形成的关键期：

> 第一，开始意识到，写作初期全面接受的所谓"现代主义"，不能满足社会意识逐日增强后的思想要求；其次，我又不能完全接受流行于三四十年代的以意识形态为主导的写实主义；为了找一条出路，自己尝试一种新的结合，把重视挖掘内心的"现代"与强调反映社会的"现实"，进行"混合编制"。[3]

多种文学资源的缠绕使得作家的阅读经验与书写实践呈现出复杂的合力。从思想渊源来看，刘大任、郭松棻与李渝受到西方现代主义文学的启蒙，都曾处于战后存在主义哲学思潮的影响下，他们对于语言纯净性有着高度美学要求，也不走传统左翼文学的大众化写实路线。但是，在对中

---

[1] 王德威：《冷酷异境里的火种——郭松棻的创作美学》，载《联合文学》2002年4月第210期。
[2] 刘奎：《陈映真与冷战时期台湾的现代主义问题》，载《上海文学》2020年10月14日。
[3] 刘大任：《残照》，深圳：深圳报业集团出版社，2018年，第5页。

国现代文学资源的承继上，他们对于萧红和鲁迅的推崇和对于张爱玲的保留[1]，透露出与白先勇、欧阳子等现代派作家所不同的取向。如刘大任所说："张爱玲也许结合了心理学的某些观察角度，将她对人性的敏感度发挥得淋漓尽致，然而，鲁迅以学医的背景，用解剖分析的头脑写作，对整体人类文明和中国社会历史，有一个总的观照。"[2]应该说，对于底层群体的关切、介入现实与"改造世界"的行动诉求、对社会历史的总体性观照是刘、郭、李三人从鲁迅继承而来的力求以文学"撄人心"之精神，也是其写作光谱中的底色。

综上所述，兼受五四新文学传统、30年代的左翼写实主义文学与20世纪西方现代主义文艺的影响，是刘大任、李渝、郭松棻三人共同的经验。

"左翼现代主义"的定位并不是简单地将左翼身份位置与现代主义表现手法相结合。现代主义与左翼的融合，可以说是"将一种新的坚固性赋予现代主义的艺术和思想，给它的创造注入一种不受怀疑的共鸣和深度"[3]。从现代主义的先锋性、反叛性和艺术革命动能来看，其与左翼理念有着天然的内在关联。严肃的现代主义作品是透过美学化象征的方式来再现现实世界里的冲突，从而将它驾驭管控的过程。现代主义中所蕴含的这种超越"纯文学"的现实性价值是不应被忽略的。

刘大任、郭松棻与李渝身处海外，其创作虽然与台湾现代主义作家群有时差，但其文学标准与其同属一个美学信念群体[4]，但是，在相似的美学表征背后，他们三人的创作又有着与其他现代主义作家不同的思想光

---

[1] 在简义明、舞鹤、廖玉蕙的访谈中，郭松棻多次表达自己对张爱玲作品的保留态度。李渝在评论文章中对比萧红与张爱玲，认为"张爱玲的叙述甜熟而有效，在观念上却是保守的"，"萧红的文体感比张爱玲新"，"张爱玲的视线始终留恋着无光的所在，的确是有些狭窄和窒闷的，在视野上颇不及萧红"。参见李渝：《梦归呼兰——谈萧红的叙述风格》，《那朵迷路的云——李渝文集》，梅家玲等编，台北：台湾大学出版中心，2016年，第338—339页。

[2] 转引自萧宝凤：《"历史中间物"意识与乌托邦精神——从刘大任的陈映真评论看当代台湾左翼思潮的变迁》，载《台声》2019年20期，第42—53页。

[3]【美】马歇尔·伯曼：《一切坚固的东西都烟消云散了——现代性体验》，徐大建、张辑译，北京：商务印书馆，2003年，第154页。

[4] 张诵圣：《郭松棻〈月印〉和20世纪中叶的文学史断裂》，载《文学评论》2016年第2期，第175页。

谱——一种与传统的保守主义精英立场相异的、"激进"的自主意识。的确，在"把文字密度提升到最高点"这个标准上[1]，他们格外强调文学语言的精纯和自我训练的严格，奉行着现代主义的文学典律。但是，与服膺西方新批评主义与现代主义学院化经典传统、在文化倾向上偏于保守主义、自由主义立场的60年代台湾现代派作家相比，郭松棻、刘大任、李渝三人的思想倾向反而更近似于同一历史时期的西方激进派年轻作家[2]。

值得注意的是，在有关刘大任、郭松棻、李渝的前行研究中，其断裂、转向的一面被格外突出，而主体内在精神结构的一致性未得到足够重视。20世纪80年代由投身"保钓"转而回归文学创作，许多人将此作为三位作家的人生转捩点，认为"归隐"文学伊甸园之举是一种"告别革命"的退息式选择，但其实这中间有许多值得讨论的空间。正如郭松棻所说："问题其实并不是投入历史，或定不定位到历史。而是，人根本就在历史中……易言之，人不能置历史于不顾。"[3]作家在艺术创作中采取一种委顿的姿态，是为了将精神向内收缩以求得更大的爆发与省悟，对于置身于时代的感觉结构中的个体而言，文学表达显然并不是一块可以逃离宏大话语的历史飞地。

从台大时期的现代主义浸润与左翼思想初探，到留美后左派读书小组活动中的"左转"，再到"保钓"运动的爆发与运动退潮后的反省与再出发，在三位作家的文学创作中，左翼理想与现代文学技巧圆融为一个有机的整体，一方面以具有穿透力的现实之眼"看向屈辱的人间"，另一方面又通过消泯主客体界限的叙述方式直接与读者的思维对话，营造文本独特

---

[1] 李渝、聂华苓等：《应答的乡岸：从台大到爱荷华的现代情》，见《重返现代——白先勇、〈现代文学〉与现代主义》，白睿文等主编，台北：麦田出版社，2016年，第85页。

[2] 根据夏志清的看法，20世纪60年代西方年轻一代的进步作家纷纷摒弃基督教文明和叶芝、艾略特这一脉络下的经典文学资源，寻求激进反叛的社会理想，而同时段的台湾现代派作家却因为五四一代父辈失败历史经验的缠绕，在文化政治立场上采取一种保守、中庸的态度。参见夏志清：《白先勇论》，白先勇著：《台北人》，台北：晨钟出版社，1973年，第291—312页。

[3] 郭松棻：《冷战年代中西欧知识人的窘境——谈卡谬的思想概念（三）》，《郭松棻文集——哲学卷》，台北：INK印刻文学生活杂志出版有限公司，2015年，第98页。

的叙事气氛与语言节奏，将"世界"与"自我"都带入暧昧难言的领域。当行动告一段落，历史的痕迹经由书写的过程被保留在文字之中，文学作为一种不休止的"介入"方式，让书写与表达本身即成为思想与行动的延续。

## 三、研究内容与章节结构

本书以刘大任、郭松棻、李渝所构成的台湾旅美左翼现代主义作家群为中心，重点考察海外左翼现代主义这一文学脉络的思想渊源、发展演变、创作主题与美学风格。在社会历史结构的视域中，讨论该作家群产生背景中的重层性因素及其与时代语境的联动方式，并将其置于中国现当代文学的整体视野之中，考察前代作家对其的影响和他们对此"影响的焦虑"的回应。本书采用"海外左翼现代主义作家"而非"保钓左翼作家"为研究对象，是因为二者指涉方向与涵盖范围有所差异，后者更侧重"保钓"这一"海外五四运动"的历史坐标对作家身份位置的限定，前者则更多地从创作内在的共相特质出发，若干同属"保钓"左派但并不致力于追求"文字炼金术"的作家不属于研究范围内。但是，"保钓"运动作为郭松棻、刘大任、李渝三位作家共同经历的重大事件，凭借其高度的时空凝聚性和历史阐发力而与他们的生命体验紧密扣结，确为本题不言自明的背景。同时，对"保钓"运动在文学创作中影响的评价与解读，应具有比"分期"或"转向"更丰富、更深层的话语空间，亦非"热情消散"后转而"告别革命"之言所能蕴含。

本书共分为六个部分。"绪论"阐明研究的背景与意义、研究内容与论文结构，重点对"左翼现代主义"的概念含义、源流、历史位置、可能性等方面进行题解。

第一章"思想与行动：左翼现代主义的发展脉络与话语资源"，以思想与行动作为两个分析面向，从三个时段考察左翼现代主义作家群的成长背景、思想发展阶段和所借重的文学及哲学话语资源。讨论的时间范围包括1958—1966年的潜流时期、1966—1974年的海外"保钓"运动时期、1975年后的退潮回旋与再出发时期，将重点探讨每一阶段的社会背景、重要历史与文化事件对作家创作思想与行动实践的影响。对于1958—1966潜流时期，将以《剧场》《文学季刊》两个文学期刊为中心，在西方现代主义文艺涌入我国台湾的文化语境中，爬梳三位作家对现代主义文学风潮的吸纳与抗诘，并以刘大任的小说《浮游群落》作为描写60年代台湾青年知识分子群体思想动态的一个样本，探讨不同同仁杂志社团的主张和作为地下潜流的左翼青年成长史，并通过郭松棻早期关于萨特"行动中的存在主义"的研究来考察其左翼思想的哲学基础。对于1966年后的"保钓"运动，论述的核心是考察"海外左翼阅读空间"的生成，重估"保钓"运动的历史意义及其对台湾和海外左翼文学的深远影响，探讨"钓运"退潮后刘大任、郭松棻、李渝的路径选择。此外，将针对他们三人共同涉及的"瞿秋白论述"，进一步分析"革命"与"文学"的辩证。

第二章"文学传统的承续：鲁迅作为'原点'"，重点分析三位作家与鲁迅思想、文学观及具体作品的联系，在左翼、存在主义、文学者三个关键词的框架中观照海外左翼现代主义作家对鲁迅精神与创作的承续。关注的焦点在于鲁迅作为"原点"，在郭松棻、李渝与刘大任的作品中如何达成了意义的"再生产"。具体的文本分析包括了郭松棻中篇小说《雪盲》与《孔乙己》中贯通的忧郁症结；李渝的历史新编小说《和平时光》与鲁迅的故事新编《铸剑》所彰显的复仇美学；刘大任短篇小说《且林市果》与《从心所欲》对鲁迅《在酒楼上》的两种"仿写"及其所呈现的革命者/知识者的历史"拾荒"症候与对当代中国社会现状的省思。

第三章"两岸之间：历史创伤叙事"，重点讨论三位作家的具体作品中所呈现的不同面貌的历史创伤与个体创伤经验。本章借助创伤研究相关理论，探讨文本中的创伤的叙事装置，分析作家运用现代主义美学手法的具体策略及其在创伤书写中的意义价值。讨论的主题包括《月印》《菩提树》中的"二二八"书写;《温州街的故事》等文本中"作为记忆的战争";体现为故乡/梦土双重性的民族主义焦虑;家庭叙事与历史记忆的缠绕,等等。本章落脚于"左翼现代主义者的忧郁",综合以上内容讨论郭松棻、刘大任、李渝的历史创伤叙事中始终隐含的个体忧郁与历史忧郁。

第四章"现代主义与古典中国",从"疾病与文学的互喻""古典美学的引渡""古典与现代之间"三个问题角度入手,考察李渝、郭松棻、刘大任三位作家文学书写的现代主义视角、古典艺术传统,以及现代性与古典性彼此接合的生长点。如果说"左翼"与"现代主义"构成了两类既殊异又有共通性的"思想资源",那么前现代的"古典中国"则与西方现代主义美学汇集为作家创作视野里两种重要的"审美资源"。从 20 世纪 60 年代至 21 世纪初期,三位作家的创作风格经历了由中向西,再由西返中的变化过程,后期作品中多体现出一种现代与古典彼此圆融的风貌。

"结论"重点阐明"左翼"与"现代主义"这两种思想/文学话语资源在三位作家文学书写、思想及行动等人生选择中的位置,以及左翼现代主义作家群体是如何将文学书写作为一种不休止的介入方式,始终秉持着"文学行动主义者"与知识分子的身份立场进行思考与创作。

# 第一章

# 思想与行动：左翼现代主义的发展脉络与话语资源

刘大任，1939年出生于江西，9岁时随父母移居中国台湾，1962年毕业于台湾大学哲学系，1966年赴美国加州大学伯克利分校留学，1972年起在联合国纽约总部工作，1999年退休。著有长篇小说《浮游群落》《远方有风雷》《当下四重奏》和短篇小说集《残照》《枯山水》《羊齿》等，还涉及园林写作、运动写作，并在报纸杂志中发表大量散文，以苍茫冷峻的文风、深沉的家国情怀和敏锐的哲思成为海外左翼作家中的重要代表。

郭松棻，原名郭松芬，1938年出生于中国台湾省台北市，1961年毕业于台湾大学外文系，1966年赴美留学，1972年起在联合国纽约总部工作，2005年因二次中风离世。著有中短篇小说集《奔跑的母亲》《双月记》《郭松棻集》、长篇小说《惊婚》，哲学研究文章与"保钓"运动时期的评论文章分别收入李渝所编的《郭松棻文集——哲学卷》《郭松棻文集——"保钓"卷》。郭松棻的作品量少质优，文字曲折深奥，在文字中

"召唤形销骨立的纯粹美学"[1],是现代主义骨感美学的能手。

李渝,1944年出生于重庆,祖籍安徽,1949年随家人迁居中国台湾省台北市。1966年,李渝毕业于台湾大学外文系,与郭松棻一同赴美留学并结为伉俪,二人与刘大任同在加州大学伯克利分校就读,并于70年代一起投身海外留学生"保钓"运动。1981年获得艺术史博士学位,1982年起在纽约大学东亚研究系任教。从郭松棻1997年第一次中风起,李渝饱受抑郁症困扰,2014年5月,在纽约家中过世。李渝是杰出的小说家与艺术评论家,著有短篇小说集《温州街的故事》《应答的乡岸》《贤明时代》《九重葛与美少年》、长篇小说《金丝猿的故事》与艺术评论研究集《拾花入梦记》《族群意识与卓越风格》等。李渝的文学风格既冲淡又繁复,精致内敛,意蕴丰厚,兼具现代主义的叙事特质和古典主义的精神内核,被誉为"无岸之河的渡引者"[2],拥有"无限山川的文学视界"[3]。

作为海外左翼现代主义作家代表,刘大任、郭松棻、李渝三人有着相似的人生经历。出生于"二战"期间,成长于戒严体制下的台北,先后考入台湾大学修读人文社科专业,他们共同浸润于60年代兴盛的现代主义,在文坛初露头角,并发现了潜藏在话语空间暗处的左翼思想潜流。从1966年起,他们赴美国加州大学伯克利(台湾地区译为柏克莱)分校继续深造,分别攻读政治学、比较文学与艺术史,受到全球左翼革命思潮与祖国社会主义建设的影响,正式启动了"左转"的精神扭矩,共同在柏城与纽约经历了近10年的"保钓"激情岁月。1972年,郭松棻与李渝在美国登记结婚,刘大任与他们一家来往密切,是多年好友。1980年前后,三人重归文学写作,在"后钓运"的语境中深掘个体记忆中的历史叙事,将所走过的历史风云与文艺思潮凝缩为文本中的多重声音。三位作家出入于

---

〔1〕王德威:《冷酷异境里的火种》,见郭松棻:《奔跑的母亲》,台北:麦田出版社,2002年,第5页。

〔2〕王德威:《无岸之河的渡引者——李渝》,《当代小说二十家》,北京:生活·读书·新知三联书店,2006年,第344页。

〔3〕梅家玲:《无限山川:李渝的文学视界》,《那朵迷路的云:李渝文集》,台北:台湾大学出版中心,2016年,第1页。

行动实践、哲学研究与文学书写之间，以一种不妥协的主体姿态不断进行着自我意识的改造与更新，始终追求主体的超越性与文字"炼金术"的可能。

本章分为三个部分，以时间为线索，探讨左翼现代主义在1958—1966的潜流时期、1966—1974的"保钓"运动时期、1974年后的"钓运"退潮回旋及反思时期的不同发展形态、思想脉络和作家个体的生命经验。

## 第一节　左翼现代主义的潜流时期（1958—1966）

### 一、现代主义思潮下的颉颃：从《剧场》到《文学季刊》

从20世纪50年代到60年代，受到文化政策的影响，战斗文艺和抒情化的乡愁文学当道，其文学品格上的僵硬或是藻饰具有较大的艺术局限性，不能很好地发掘出生活真实的质地，表达人类内心的多重情绪和复杂心理。同时，"白色恐怖"时期压抑肃杀的社会氛围造成了青年知识分子的迷茫与虚无，"年轻人不能真实地反映外在的现实世界，心里苦闷，只能埋头转向内心主观世界的探索，通过现代主义的各种表现手法来进行自我的抒发"[1]。此种情形下，西方存在主义哲学与现代主义文学的传入在知识界引起波澜。50年代中后期起，《现代诗》《文星》《笔汇》《文学杂志》《现代文学》等文学期刊相继发行，或引介西方现代诗歌小说，或勉励青年进行前卫的创作，乔伊斯、卡夫卡、伍尔夫等人的作品和西方现代文艺理论不断被译介，文艺界小圈子内各种思潮涌动，并逐渐形成了以台大外文系《现代文学》为创作、传播、评价核心的文学生产机制。

郭松棻、刘大任、李渝先后于这一时期就读于台大，自然浸润于西方现代主义文艺的影响之下，也在文体实验与语言实践中"初试啼声"。1958年，20岁的郭松棻在《大学时代》发表了他的第一篇小说《王怀和

---

[1]尉天骢：《枣与石榴》，台北：麦田出版社，2010年，第392页。

他的女人》。1960年，由法律系转入哲学系的刘大任在《笔汇》革新号发表了小说《逃亡》和散文《月亮烘着寂寞的夜》。1963年，李渝选修聂华苓在台大中文系开设的"小说与创作"课程，完成她的第一篇小说《夏日一街的木棉花》，随后发表了《水灵》《青鸟》《四个连续的梦》等实验性较强的作品。

刘大任、李渝的早期小说都显出了虚无主义的色彩，与现代主义文艺圈接触较多，作品多见于《现代文学》《文星》。刘大任以散文手法写就的《大落袋》一文刊登于1961年《现代文学》第二期，描写在弹子房打撞球的年轻人骚动不安的内心，借由象征语汇暗刺社会的灰暗现实给青年人造成的精神颓唐症结，凭借其"卡夫卡梦魇式的寓言小说"笔法被白先勇誉为第一篇"台湾自己的存在主义小说"[1]。《大落袋》与陈映真的早期作品《我的弟弟康雄》《苹果树》等篇同为"惨绿少年"的时代记忆。1964年6月，李渝的短篇小说《四个连续的梦》发表于《现代文学》第21期，1965年她又先后发表了短篇小说小说《水灵》(《中华日报》)、《夏日一街的木棉花》(《文星》第91期)、《那朵迷路的云》(《幼狮文艺》第138期)、《彩鸟》(《现代文学》第26期)。李渝在《夏日一街的木棉花》中以诗化语言描绘了一对年轻男女在"无尽无休的无聊"中思考爱与死亡，幻想爱情、疾病、灾祸的到来能够打破"心里的稀稀落落"的迷惘空虚状态[2]。《水灵》一篇虚构了一位名叫安宁的"海的女儿"，小说充盈着纯洁的少女遐思和清淡的哀愁，是李渝在此阶段风格的代表作。

李渝在2008年的回忆文章中谈到，台大读书期间是她"最为集中和认真"阅读西方经典文学著作的时段，而这与当时在外文系任助教的郭松棻密切相关：

---

[1] 白先勇：《不信青春唤不回——写在〈现文因缘〉出版之前》，《现文因缘》，台北：联经出版公司，2016年，第2页。

[2] 李渝：《夏日一街的木棉花》，《夏日踟躅》，王德威主编，台北：麦田出版社，2002年，第295—301页。

第一章　思想与行动：左翼现代主义的发展脉络与话语资源

> 上课和下课，松棻教我读书，读爱弥尔狄金森、狄伦汤马斯，读陀思妥耶夫斯基、托尔斯泰、纪德、赫塞、卡谬、沙特、芮内、福克纳……去田园听华格纳，去西门町看战后欧洲新电影，去武昌街和水门看落日。这是叛逆、浪漫，政治上虽冷闭，知识上却热烈，振奋地吸收着、追索着新经验新作风新境界的时代。[1]

而潜心于欧洲存在主义哲学的郭松棻，曾短暂地加入过现代文学社并担任过《现代文学》的编辑，但他这一时期的兴趣不在文学创作而在萨特与加缪的思想研究。他在1961、1964年发表了两篇关于萨特的重要论文——《沙特存在主义的自我毁灭》与《这一代法国的声音——沙特》，以思辨性和对现实社会的关切引起了文坛的关注。对郭松棻在此阶段的哲学研究及其所反映的介入精神与社会历史的结构分析视角，本章第三节会进行详细论述。

这一阶段文学活动的重头戏在同仁杂志，围绕不同的期刊形成了文艺界风格不同的各种交际圈，其中刘大任主要属于从《剧场》到《文学季刊》这一脉，郭松棻、李渝也在《剧场》担任过编务翻译工作。1962年，毕业于台大哲学系的刘大任前往美国夏威夷大学东西文化中心深造，1964年回台后与陈映真、邱刚健、黄华成、郭松棻、庄灵等人一起创办《剧场》杂志，引介欧洲新浪潮电影与剧场艺术。刘大任、郭松棻是《剧场》编务组的主要成员，在翻译评论之外还一起参与了电影《原》的摄制工作，演舞台剧、办画展、办设计艺术展等等。李渝也为杂志翻译了《故人 The Loved One——汤尼·李察逊》《尚卢高达的〈已婚妇人〉》《高达的新潮》等评介电影导演的文章。当时，毕业于戏剧专业的邱刚健与擅长观念艺术的黄华成主张颠覆性的超前风格。邱刚健从美国带回了大批书

---

[1] 李渝：《春深回家》，《那朵迷路的云：李渝文集》，台北：台湾大学出版中心，2016年，第167—168页。原载于《台大八十，我的青春梦》，柯庆明主编，2008年11月。

刊资料,在知识讯息匮乏的年代产生了"振聋发聩"的效果,据此,他为《剧场》拟定的初期策略是"以百分之九十以上的篇幅,大量翻译介绍现代西方的戏剧和电影"[1]。在这一办刊思路下,《剧场》译介了安东尼奥尼、费里尼、黑泽明、汤尼·李察逊等新浪潮与新写实主义导演的作品,在戏剧方面则翻译了萨缪尔·贝克特(Samuel Beckett)、欧仁·尤内斯库(Eugene Lonesco)、哈罗德·品特(Harold Pinter),引入荒谬派与残酷剧场理论,文章多兼具史料性与严肃的学术价值。美术编辑黄华成极具先锋意识的设计排版理念也彰显了杂志的反叛开创精神,《剧场》的确成为当时文艺杂志中现代、前卫、实验一派的佼佼者。

但是,《剧场》虽然属于现代主义期刊阵营,其编务人员却对是否应大量翻译西方作品、是否鼓励"横的移植"屡屡展开论争。起因在于陈映真、刘大任的"另一种关怀",转折点就是《等待果陀》(大陆地区译为《等待戈多》)的演出。在翻译搬演贝克特的《等待果陀》之后,陈映真与刘大任对西方现代主义及荒诞派戏剧在台湾的错位感产生了怀疑与反思,与杂志同仁展开争论。刘大任在《剧场》第四期中写道:

> 我们的"现代"是什么呢?当我们的经济结构刚刚走出农业社会的时代,我们却抄袭着一些西方的精神压抑感人格分裂症。我们喜欢从这个雏形的"现代都市"的一些形象中去追索、印证、模仿(大多数人称之为创造)我们间接从翻译的或未经翻译的文件上得来的概念……让我们成为社会里极端细小的一群而拥挤在小小的"同温层"里互相取暖。我们是现代派了,然而,"我们"呢?历史是由无数的"现代"构成的,只不过,我们现在的"现代"是个外来语。[2]

---

[1]刘大任与邱刚健结识于"三岛流窜"时期(指刘大任1962—1964年间往返于夏威夷、台湾、香港三地),与黄华成是在军中服役时相识的。参见刘大任:《剧场那两年》,载《中国时报》2013年8月29日。

[2]刘大任:《演出之后》,《剧场》第四期,1966年1月,第267页。

## 第一章 思想与行动：左翼现代主义的发展脉络与话语资源

同样在这一期杂志中，陈映真发表了著名的《现代主义的再开发》一文，成为他向台湾现代主义开的"第一枪"。陈映真首先肯定了《等待果陀》是内容与形式相契合的有机体，诞生于欧洲社会两次世界大战之后的精神危机，"是一出对于现代人的精神内容做了十分优越的逼近的少数作品之一"。但是，台湾的现代主义却缺少内在生长性，更多的是一种"知性上的去势者"的倒错模仿与无内容的叛逆，这种"亚流"的现代主义"不能包容十九世纪的思考的，爱的和人的光辉"[1]。陈映真进一步批评了盲目追求形式新异的危害：

> 我们的现代主义文艺，不是徒然玩弄着欺罔的形式，便是沉溺在一种幼稚的，以"自我"那么一小块方寸为中心里的感伤；不是以现代主义最亚流的东西——堕落了的虚无主义、性的倒错、无内容的叛逆感，语言不清的神学，等等——做内容，就是蜷缩在发黄了的象牙塔里，挥动着颓废的白手套。[2]

由此可见，从1966年1月起，《剧场》成员在思想与道路的选择上出现明显的分歧，可以说，最早对现代主义进行批判的声音正起源于台湾"最现代"的这本期刊。在《剧场》阶段后期，与邱刚健、黄华成等人认为台湾文艺"空缺"、坚持全面效仿西方，以"95%的翻译作品"将空地"填沙"为基底再"由后人种仙人掌"的观点不同，刘大任反对全盘西化的主张，认为"可以用一半的篇幅进行译介，但还是要有自己的创作，而且要能与我们所处的社会衔接贴合；无论是最高层的权力贵族还是最底层的小老百姓，都应该有所了解、观察、然后书写"[3]。陈映真也认为介绍

---

[1] 陈映真：《现代主义的再开发——演出〈等待果陀〉的随想》，《陈映真文选》，北京：生活·读书·新知三联书店，2009年，第78页。原以许南村为笔名发表于《剧场》1965年12月第4期，第268—271页。
[2] 同上，第81页。
[3] 臧继贤：《专访作家刘大任：我当初为何劝陈映真回归文学创作》，载《澎湃思想》2017年1月17日。

西方戏剧电影的必要性是无疑问的，"然而倘若不只作为一种西方现代文化——而似乎只是其一面，或者若干面——的代理人（agent），那么便应该具备属于自己的某种知性的罢"，"批判地介绍地接受之中，才开始有了我们自己的知性……而知性与性格，正是一个作为文化尖兵的小杂志所不可或缺的罢"[1]。《剧场》编辑群体中服膺西方精英美学观念、专注于形式开拓的黄华成、邱刚健与坚持更为大众化的社会写实路线、已有初步社会主义思想的陈映真、刘大任之间的冲突愈发明显[2]。或许可以说，《剧场》内部的分裂是台湾1972年现代诗论争、1977年乡土文学论战的"前哨"，随后的各种纷争都是《剧场》争端的延续、扩大与深化。

1966年4月发行的第5期杂志中，陈映真以许南村的笔名翻译了《没有死尸的战场：好莱坞战争电影中的爱国主义的真相》一文，明显指涉了好莱坞在韩战、越战以及冷战体制下生存的商业本质，呼吁民众突破冷战意识形态的藩篱，了解不同地区的真实样貌。为了规避台湾当局的调查，这篇文章在正式出刊时被删节了。关于现代主义风潮是否泛滥的争议让《剧场》内部产生越来越多的分歧，1966年10月，刘大任与陈映真离开《剧场》，加入尉天骢、姚一苇筹办的《文学季刊》，强调要鼓励"根植于现实的创作"，一度颇有影响，与白先勇、王文兴等人主办的《现代文学》形成分庭抗礼之势。在谈到《文学季刊》与《现代文学》在办刊思路上的差异时，陈映真说道："《文学季刊》和《现代文学》毕竟有些不同之处，后者是全心全意地往西方走，而前者一直在寻找自己的道路，或者主观上愿意走自己的路。"[3] 在这一重意义上，《文学季刊》是作为台湾60年

---

[1] 许南村（陈映真）：《关于〈剧场〉的一些随想》，《剧场》第2期，1965年4月1日，第116页。

[2] 刘大任在2009年的回忆文章中曾说，《剧场》的主要编务人员里，黄华成追求颠覆传统，邱刚健主张全盘西化，二人主宰着杂志的方向。陈映真与他自己则代表着"逆向思维"，他们的"社会历史观点"成为《剧场》同仁分道扬镳的原因。参见刘大任：《蒙昧的那几年——怀念与映真一道走过的日子》，载《文讯》第287期，2009年9月，第58—60页。

[3] 陈映真：《文学来自社会，反映社会》，《陈映真文选》，北京：生活·读书·新知三联书店，2009年，第107页。

# 第一章 思想与行动：左翼现代主义的发展脉络与话语资源

代现实主义与乡土文学的萌芽而出现的。

《文学季刊》创刊号登出了刘大任第一次跳出自我、反映社会现实的小说《落日照大旗》，其结尾处已显出初步的左倾思想。同时刊出的还有陈映真《最后的夏日》，该小说成为他 1965 年后风格转向现实主义的首篇作品。当时《文学季刊》的"五虎将"包括了陈映真、刘大任、黄春明、王祯和、七等生。《文学季刊》承续了《剧场》对戏剧电影艺术的重视，不仅鼓励现实主义小说的创作，而且注重电影戏剧的相关文艺实践，并试图将关注的目光从西方转向本地导演，曾为多位导演举办过内部的电影放映会，在杂志中论述他们的创作理念，推动了本地中生代导演的发展。

刘大任与陈映真在青年时代交往甚密，他们一齐从《剧场》走向《文学季刊》，有着相似的理想和艺术追求，"不但是朋友，还是同事或者说同志"[1]。在刘大任、陈映真的早期文论中，都主张对现代主义进行在地性、批判性的吸收。二人还合作编撰了电影《杜水龙》的脚本，这部具有先锋实验性质的影片意图处理 60 年代青年所面对的迷惘虚无，虽然未能面世，但故事脚本与分镜中预示的"宛如潜台词的一些现实主义倾向"，勾勒了一个在文艺圈主流的现代主义话语之外的"曾饶富生机、令人满怀期待的异邦新地"[2]。话剧《等待果陀》在台湾初上演的轰动阵势与观众的迷茫反应之间的落差让他们思考西方与中国现代主义文艺进程的错位感。"现代"与"写实"两股思想的角力以笔战形式由此展开，可谓是 1975 年乡土文学论战的先声。自刘大任 1966 年赴美、陈映真 1968 年被捕入狱后，两人联系一度中断。1975 年陈映真出狱后，经历了"保钓"运动起落的刘大任与在狱中进一步受到左翼思想感召的陈映真在文学创作上逐渐出现分野，刘大任在写实与现代彼此交叠的框架内书写着"想象与现实"[3]，陈映真则

---

[1] 罗婉：《专访作家刘大任：我的根就在中国》，载《晶报》2017 年 11 月 20 日。
[2] 张世伦：《60 年代台湾青年电影实验的一些现实主义倾向，及其空缺》，载《艺术观点 ACT》2018 年 5 月第 74 期。
[3] 刘大任认为文学创作中的"想象"与"现实"不是互相排斥、势不两立的，"两者不但不必对立，有时候，有机的相互结合，更海阔天空"。参见刘大任：《想象与现实——我的文学位置》，载《中国时报》艺文副刊 2011 年 12 月 13 日。

走上批判跨国资本主义的社会分析写作路径。

与刘大任相比,郭松棻与李渝较晚才加入《剧场》的编务工作。郭松棻在1965年参与过黄华成导演的实验电影《原》的摄制工作,并与庄灵、邱刚健等人一起筹办《剧场》的第一次电影发表会。但他和李渝参与《剧场》的翻译、评介活动,主要是在1966年赴美留学之后。虽然郭松棻在《沙特:这一代法国的声音》等文章中批评过台湾现代主义文学浮滥的倾向,但他仍对黄华成等人的艺术实验所展现出的先锋性赞叹不已[1]。

总体而言,60年代台湾的现代派文学运动是"一个较为纯粹的文化精英分子的前卫艺术运动"[2]。受到英美自由主义和实用主义浸染的学术主流秉持着精英式的美学观念,表现出明显的高蹈文化倾向,这也是写实主义乡土文学一派对其不满的主要因素。针对一部分过于晦涩诘屈、脱离现实的创作,刘大任批评当时的台北"是一座阳痿的城",他们生活于一个"年轻人不再做傻事的傻时代"[3],这种自我沉湎的行为让年轻人失去了介入现实、介入真实生活质地的勇气。事实上,这种在当时被限缩的文化环境中显得泾渭分明的"西化"与"自我"、"现代"与"写实"的派系差异,可被理解为是一种通过文学讨论来影射社会、政治、经济议题的举动。刘大任、陈映真、郭松棻等具有社会批判意识的作家在此阶段反思、抨击现代派文艺的风行乃至泛滥,但是现代主义的美学风格,实际上同现实主义的人文关怀一道,成为其文学作品中的一种底色。

正如张诵圣所述,我们需要仔细区分流行于一时的"现代主义风潮"和严肃的"现代主义美学观",需对后者在当代中国文学史上的意义做适当评估。现代主义美学观的关键在于两点,一是高度知性化地追求文学形

---

[1] 据郭松棻回忆,台湾师大艺术系毕业的黄华成是他姐姐的同学,写有小说《青石》,是"最有才气,写得最清新的小说家"。黄华成思想前卫,他主办的"大台北画展"是将世界名画都铺成地板的样子,让大家踩来踩去。郭松棻在电影《原》里饰演了一位暴露狂,认为"那电影拍的新潮极了"。参见简义明:《郭松棻访谈》,参见郭松棻:《惊婚》,台北:INK印刻文学生活杂志出版有限公司,2012年。

[2] 张诵圣:《当代台湾文学场域》,镇江:江苏大学出版社,2015年,第4页。

[3] 刘大任:《演出之后》,《剧场》第4期,1966年1月,第265页。

式的表层结构与现代认知精神的深层结构之间精致的对应与结合，二是服膺"唯有透过最深彻的人生体验和最忠实的微观式细节描写，才能呈现最具共通性真理"的吊诡原则[1]。在 70 年代"保钓"运动时期，刘大任、郭松棻、李渝都经受了社会主义主体思想改造的淬炼，该阶段的少数小说和大量评论文章都体现出从文本中剥蚀掉现代主义的痕迹，以寻求一种集体自我的声音，但是在 80 年代后，他们重新拾起文字的"炼金术"，以一种迂回幽深的笔法在小说中深掘个体的创伤与历史的辙痕。在该意义上可以说，现代派技法对于经验真实的准确表达也贯穿了左翼现代主义作家的创作，成为他们文学资源中不可缺少的一环。

## 二、60 年代的时代精神记录：以《浮游群落》为样本

《浮游群落》是刘大任写于 70 年代末期的第一部长篇小说。1976 年，"保钓"热潮渐息后，在联合国总部翻译处任职的刘大任被派至非洲工作，他身处"东非南纬四度的热带稀树干草原环境"中回想 60 年代的台北知识圈"激情催促下的漂泊和动荡"，写下这部反映青年知识群体在苦闷年代上下求索、思考中国社会现代化路径的精神成长史，或可称其为记录一代台湾知识分子成长的"保钓运动前史"。笔者以《浮游群落》作为记录 60 年代台湾社会思想动态的一个样本，观察台湾文艺界在"经济发展主义"的包围中所产生的各种思想论争及其对知识分子与作家群体的感觉结构的形塑。

刘大任本拟作"三部曲"，《远方有风雷》（2009）可算作其续本，详细书写了中国留学生在海外参加"保钓"运动的始末。刘大任称"我有幸经历了两个 60 年代，一个冰冷，一个火热，一个在天边，一个在井底"[2]，《浮游群落》记录的 60 年代是"在冰冷的井底"，但其中对于左翼潜流的描写中已然预示了那场在"火热的天边"发生的"保钓"运动。

---

〔1〕张诵圣：《当代台湾文学场域》，镇江：江苏大学出版社，2015 年，第 5 页。
〔2〕刘大任：《井底》，《落日照大旗》，台北：皇冠出版社，1999 年，第 8—18 页。

如果将《浮游群落》作为"成长小说"来考察，可以发现作者书写了"革命"前夜知识分子的思想论争与成长蜕变。主人公小陶、胡浩由沉溺于现代派文艺与青春苦闷的"惨绿少年"转变为关怀社会现实、承继了五四运动以来具有中国革命历史眼光的青年知识分子。如刘大任在日版序言中所述："虽然这批知识分子生活在中国台湾，而且，由于近代中国史的发展，处境更为复杂，但他们的探索与追求，与五四以来的中国民族复兴运动，是一脉相承的。"[1] 刘大任采用了群像式的写法，关注"浮游"于60年代台北街头的几个风格迥异的知识分子"群落"，其对主要人物的刻画和社会背景的书写体现了成长小说的几个关键要素。

### （一）主人公"动态统一体"的成长

首先，主人公的形象不是静态的统一体，而是动态的统一体。成长小说在空间的位移之外引入了时间，以历时性的情节构建个体命运的转折。巴赫金曾详细阐释了成长小说的这一特质："主人公本身，他的性格，在这一小说的公式中成了变数，主人公本身的变化具有了情节意义。与此相关，小说的情节也从根本上得到了再认识、再构建，时间进入看人的内部，进入了人物形象本身，极大地改变了人物命运及生活中一切因素所具有的意义。这一小说类型从最普遍含义上说，可称为人的成长小说。"[2] 此种以时间为轴不断向前推进的叙事策略暗示了一种进步史观，巧妙地映射了五四以来中国知识分子对于20世纪现代性经验的理解与想象。小说主要描写了小陶与胡浩这两位主人公与《新潮》《布谷》两个杂志团体的互动往来与思想变化过程。《新潮》与《布谷》所代表的两个社团可以说是分别对应着现实中的《剧场》和《文学季刊》，作者通过两个团体的互动，生动详尽地还原出文艺场域内各个派别切磋讨论、思想争锋的历史现场。

小陶与胡浩是当时台湾文艺界典型的、两种不同出身背景的知识青

---

[1] 刘大任：《中日不再战——〈浮游群落〉日本版序》，载《九十年代》1990年8月。
[2]【俄】巴赫金：《教育小说及其在现实主义历史中的意义》，《巴赫金全集（第三卷）》，白春仁、晓河译，石家庄：河北教育出版社，1998年，第230页。

年。陶柱国是历史教授之子，一个"百分之百书香门第出身的幻想家"，"脑子里乔装着波特莱尔的忧郁，胸腔里模拟着帕格尼尼的华丽"。胡浩则是"跟随革命遗族子弟学校一路从南京混到台湾，靠送报纸做家教混到大学毕业"[1]。60年代初期，在现代主义文学思潮的席卷下，小陶写了不少波德莱尔式的短诗，发表在胡浩和朋友一起办的同人刊物《布谷》上，而擅长"现代气味的语丝体散文"的胡浩，他真正的乡愁是"枕头底下常年压着的一本散文集，沈从文的《湘西散记》"。小说以二人校友廖新土被警察缉捕的场面开端，烘托出台北城在"白色恐怖"无声包裹中的空气郁沉、冷峻萧索：

> 夜台北有一股说不出的荒凉，一股说不出的压力，弥漫在灯火氤氲凄迷处。在无边黑暗逐步鲸吞的这个了结着忙乱的世界里，有一些生就夜行动物敏感触须的生灵，逐渐苏醒……坠入其中的一些夜行动物，像包裹着一层无形无色的薄膜，像一头望得见外面却看不见透明欺骗的苍蝇，开始郁闷，开始不安，开始盲目地冲闯，开始无意义地挣扎，而终于无可奈何……[2]

在小说反复渲染的"夜台北的荒凉与压力"的背景下，年轻知识分子彷徨颓废，陷入精神上的空虚与委顿，小陶逐渐"从帕格尼尼的华丽转向喜欢柴可夫斯基的悲怆"来抵御那"一方原始的黑暗"。

从左翼现代主义作家的成长背景来看，刘大任的父亲在30年代就读于武汉大学工程系，后因工作调动赴台湾参与水利工程建设。李渝的父亲李鹿苹原先在气象局任职，后来任台湾大学地理系教授，李渝自幼成长于文化氛围浓厚的台大教员宿舍所在地台北温州街街区。郭松棻的父亲郭雪

---

[1] 刘大任：《浮游群落》，台北：联合文学出版社，2009年，第33—34页。后续引文均采用此版本。

[2] 同上，第22—23页。

湖则是日据时代的著名画家,虽然郭松棻少年时期因战争导致家中经济拮据,但母亲一直鼎力支持他的读书爱好,家中藏书颇丰。颇有家学渊源的三位作家,都顺利考入台湾大学,在创作早期阶段深受台大流行的西方现代主义文学思潮的影响。《浮游群落》中的典型的青年知识分子形象映射的正是这批出生于"二战"时、成长于50年代台湾戒严体制下的战后第二代作家。

小说以注重情绪渲染的意识流手法描绘小陶及其"大批患上精神流亡症的朋友"的生活状态,呈示了60年代台湾社会中的典型青年人形象。这"失落的一代"的迷惘忧郁曾出现在早逝的才子王尚义写于1966年热销数十万本的《野鸽子的黄昏》中,在当时年轻读者中引发强烈共鸣。小说中,小陶与阿青(何燕青)的恋爱不甚顺遂,使他几度遭遇精神上的挫折,后来在《布谷》同仁、左翼地下读书小组负责人林盛隆的劝导之下,他逐渐跳脱出自我封闭的心理,走出了恋爱失败的阴影,开始看到了现实社会中存在的种种剥削与压迫。在"用'反抗'取代'我'的过程"中,小陶开始理解现实的多面性和"愤怒"的意义:

> 用愤怒代替痛苦,而培养愤怒的窍门,其实没有什么别的复杂、精致的程序,闭上向内张望的眼睛,钻进屈辱的人间去,如此而已。[1]

林盛隆这一人物是以陈映真为原型塑造的。林盛隆不满足于单单以哲学探索来解释世界,坚信这一代人应立志于改造黑暗不平的现状,在他的鼓励下,小陶最终选择出国读书,"跳开一下,甩掉你这个狭窄的、忧郁气闷的、病态到烂熟的环境","把我们这个民族近百年来的屈辱苦难看清楚,了解透彻。看一看,海的那边,人家是怎么做的,怎么工作,怎么生

---

[1] 刘大任:《浮游群落》,台北:联合文学出版社,2009年,第344页。

活,怎么想……"小说结尾处,地下小组遭密探出卖,林盛隆、胡浩不幸被捕,但小陶在事变之前已经顺利出国[1]。作者为小陶预设了一个光明的前景:

> 小陶进机舱前回头,他看见一大堆摇着手的人影,玻璃窗上,还有一束素白的身形。料不到同这班包机的,竟有方晓云!看见她,耳边立刻响起她教过的那首儿歌——在那远远的地方,闪着金光!晨星是灯塔,照呀照得亮。
>
> 马达启动的时候,小陶看着窗外,台北市的上空,竟然是晴空万里,一个道地的碧云天![2]

怀揣着同仁们的希冀与无穷的成长潜能,小陶远赴异国,等待他的是即将轰烈鸣响的"保钓"10年。小陶出国留学这一选择是当时台湾严酷的社会文化环境下受过高等教育的青年知识分子普遍的出路。正如王晓波所说,"当时的大学生在经济上没有前途,在政治上没有出路,在思想上没有方向,而只能噤若寒蝉的'来来来,来台大;去去去,去美国',各奔前程"[3]。刘大任、郭松棻、李渝以及一大批台湾青年都踏上了这条道路,去寻找世界另一端的新的可能性。

小说中有一段关于庭院植物的颇有意味的描写,暗示了小陶在出国后可能的左倾转变:

---

[1] 林盛隆被捕、陶正国赴美的情节应是取材于陈映真、刘大任的真实经历。1966年刘大任出国读书,1968年7月民主台湾联盟案爆发,陈映真因"组织聚读马列共产主义、鲁迅等左翼书册及为共产党宣传等罪名"被捕入狱。刘大任在美国多方周旋试图营救陈映真,但最终未能成功,这也激发了刘大任"左转"的决心。
[2] 刘大任:《浮游群落》,台北:联合文学出版社,2009年,第370页。
[3] 王晓波:《不要让历史批判我们是颓废自私的一代——从自觉运动到保钓运动的历史回顾》,《启蒙·狂飙·反思——保钓运动四十年》,谢小芩、刘容生、王智明编,新竹:台湾清华大学出版社,2010年,第139页。

> 从童年搬进这个日式庭院一开始，他便喜欢上了老墙上驼伏着的那棵串串红……如果有所谓幸福，小陶对自己说，让它就像自己心爱的串串红一样：时候不到，就静静蛰伏；赶上季节，就开他一个锦绣斑斓、满天通红！[1]

作为一位园艺爱好者，刘大任常用花草树木来譬喻人间事物，暗托主人公的心声。这一借用"红花满天"的意象来隐晦地表达左倾意识涌动的手法在他尝试写实风格的第一篇小说《落日照大旗》中已有体现，显然也是在台湾当时戒严反共体制下的一种托物言志的隐喻方式[2]。

### （二）创伤要素的介入

成长小说的第二个要素是成长与创伤之间存在潜在的关联。如艾布拉姆斯所言，主人公通常要"经历一场精神上的危机"而后长大成人，"认识到自己在人世间的位置和作用"[3]。创伤经验所蕴含的危机与转折是"成长"二字中不言自明的隐含元素。《浮游群落》中，小陶经历了恋爱失败的"阿青并发症"，郁结于他心头的"原始黑暗"令他一度通过隐遁沉溺于艺术的方式逃避现实。在因思虑过度罹患十二指肠溃疡症住院后，小陶开始跳出哲学与艺术的框架思索人生的意义。病愈后，他踏上环岛之旅，但秀丽的风景无法平息他的痛苦与疑虑，忧郁症的再次爆发使他做出了自戕的行为。小陶作为个体所经受的精神与身体的双重创伤与毁灭式的爆发可谓是时代普遍经验的一个隐喻，而伤痕的治愈不是一蹴而就的，需要经过不断的自我敞开与自我解剖，成熟的主体意识才能逐渐成形，对于整体性的社会思想意识来说也是如此。60年代中期的台湾社会，在刘大任看来

---

[1] 刘大任：《浮游群落》，台北：联合文学出版社，2009年，第173页。
[2]《落日照大旗》的结尾是，祖父抱着哭闹的孙子走在荒凉的山路上，一边哄着孙儿一边说："过两天公公去园艺所里移些凤凰树苗来种在这里，将来在你头顶上开满红红的花儿。"凤凰木是台湾的常见树木，一到夏天会开满红花，作者正是以这样的隐喻来暗托自己的"红色"希冀。见刘大任：《落日照大旗》，《残照》，台北：联合文学出版公司，2009年，第64页。
[3] 参见【美】M. H. 艾布拉姆斯：《欧美文学术语词典》，朱金鹏、朱荔译，北京：北京大学出版社，1990年，第218—219页。

还并不具备成熟的左翼运动条件,当时的左翼知识分子对诸多社会问题的思考仍处在稚嫩的摸索阶段,因此,小陶在出国之时其实仍是一种未痊愈的精神状态,因为他尚未真正找到解决现实问题的路径。

刘大任的写作常常具有"由自我出发,放射到外在的世界"[1]的半自传色彩,《浮游群落》亦不例外。"小陶"这一形象带有刘大任青年时代的影子,书中左倾思想最鲜明的林盛隆则是以陈映真为原型。书中对此有很多处提示,譬如,小陶与朋友们相聚的"夜莺咖啡馆"就是刘大任在台湾时常去和友人听音乐、聊天的"田园咖啡馆",而文中描绘的"台南乡下旅栈的咽咽蛙鸣"和患消化道出血住院一事也是源自作者的亲身经历。小说中多次描写的台北牯岭街的旧书摊可以说是当时左翼文化得以保存、部分延续的一个地下私人空间。文学青年们在这里找到30年代的中国文学和旧俄文学,认识了鲁迅、茅盾、老舍、曹禺,读到了屠格涅夫、契诃夫、陀思妥耶夫斯基。杨牧认为,刘大任笔下的人物"能思维,敢突破,这些血气旺盛的人物,其实都是他自己",但年轻时的刘大任"兀自少年,为了哲学上的'存在',便将自己髹漆了一层惨绿色的颜色"[2]。

青年刘大任的"惨绿色"的困惑迷惘可以从他喜爱的一首诗中一窥其貌:

我们有时在鞋底写上"天"字,看鱼们在池中无聊地游着,仿佛不知拿自己如何是好。[3](《在一九五九的末端》)

从"惨绿少年"成长为"保钓"主将,又由行动实践回归文学写作的刘大任,隔着10余年的跨度回溯60年代的灰暗、冰冷与火热,他的视角

---

[1]董子琪:《刘大任:我想把文学上的这点成绩认祖归宗,回到中国文学的传统中》,载《界面文化》2016年12月16日。
[2]杨牧:《〈秋阳似酒〉序》,《刘大任集》,台北:前卫出版社,1993年,第242页。
[3]本诗作者为郑秀陶。参见刘大任:《六十年代的绝响》,《纽约客随笔》,沈阳:辽宁教育出版社,2001年,第381页。

与观点绝非是犬儒式的嘲讽，而是躬身自省的历史眼光[1]。正是这种反思性的自我回视让主人公小陶的内心想法呈现出复杂多义的层次，一方面他在受到启发后开始从历史社会结构的整体视野去考察现实问题，从"解释自我"走向"解释世界"，另一方面他对那种确凿的、不容置疑的历史本质论又保持着审慎的疑虑。从这点来看，文本不再是以一种单纯的进步史观向前线性推进，因此具有了比一般成长小说更丰富的蕴含。

（三）个体与历史的同构

成长小说的第三个特质是聚焦于个人与历史的命运同构性，通过历史主体的建构，表征出一个特定时代的文化政治——"与主人公一起成长的还有历史本身"[2]。五四以来中国现代小说常讲述"历史主体的失败"，50年代后，以《青春之歌》为代表的革命成长小说讲述的是新的历史主体的生长与认同建构，因而注重情节的跌宕起伏设计与人物善恶冲突的对立设置。《浮游群落》通过小陶、胡浩的变化也刻画了主体的思想成长和历史意识的形塑，但是更多地呈现出革命主体建构过程的复杂动态，而且把握住了历史现场的细微情绪与时代思想的宏观结构，呈现了60年代台湾文艺圈的三种思想进路——抛弃传统、全盘西化的现代派；植根现实、回应传统的写实派；顺应经济起飞浪潮、推动文艺期刊企业化经营的市场经济路线。

不同文艺道路的交锋反映于《新潮》与《布谷》两个文学同仁杂志的竞争之中。《新潮》由柯因、杨浦、方晓云等人负责，重点翻译引介西方现代派文艺作品，追逐西化风格且采用先锋的设计排版。《布谷》的主将是胡浩、林盛隆，鼓励根植于现实生活的写实风格，对本土创作的推举是其办刊要义。前者的特质显然有着《剧场》的影子，后者则彰显了《文学

---

[1] 在2009年版的《浮游群落》后记中，刘大任称"这篇小说的胎动，说来堪惊，已经是30年前的事了，至今记忆犹新，现在说出来，读者可以当作参考材料，就像当代影碟制造中附赠的拍片花絮，不过，对我自己，却更像是悼亡"。

[2] 李杨：《"人在历史中成长"——〈青春之歌〉与"新文学"的现代性问题》，载《文学评论》2009年第3期。

季刊》的宗旨。而从美国南加州大学留学回来的导演罗云星则代表了当时的第三种潮流——将文学与电影纳入"现代企业"的产业结构中，抛弃文化先锋的引领者姿态，以谋求资本支持、主流社会的认可与观众满意之间的最大公约数。如果说《新潮》与《布谷》之间的冲突还是知识圈在现实困境中"向西方"与"向传统"寻求不同思想资源时的内部差异，那么以罗云星为代表的企业化潮流则是来自市场经济对于传统期刊的高层文化路线的外部打击。罗云星在其祖父与国民党高官的庇佑下成立了制作广告与电影的传播公司，挪用《新潮》累积的人才资源和文化资本，又获得美国新闻处的经费支持，乘上文化产业兴起的快车，通过"巧妙"的资源腾挪，将《新潮》原本的前卫反叛特质转化为与主流话语相融合的、力图引导青年群体消费的权威娱乐杂志。

小说直面了"横的移植"与"纵的继承"的思想论争，并以亲历者的视点讲述了50—60年代左翼思想在台湾作为地下潜流的发展特征。《布谷》与《新潮》的争论焦点之一就是能否"用30年代的办法解决60年代的问题"，如果无法解决的话，又是否应该采取全盘西化的移植策略。

在台湾日据时期文学还未得到充分发掘认可的彼时，"30年代"，在这里指的是大陆新文学运动的成果，这根"文学脐带"所包含的内容在此处讨论语境中已经由新月派扩展至沈从文、端木蕻良，乃至鲁迅、茅盾以及普罗文学。

小说的左翼视角从胡浩与林盛隆的交往展开，讲述了一位刚刚接触左翼思想的知识分子的心态转变历程。不满于《新潮》众人一味追求西化的文艺观，又目睹了校友廖新土被捕的场面，胡浩感到"心里仿佛也在生长着某种力量"，"应该为这块地方做一点事，不能让那些不讲理的恶势力横行无忌，不能让老廖这样的人在暗无天日的牢狱里苍白、发狂"。于是，胡浩参加了林盛隆、吕聪明等人组织的地下读书小组，认识了工程师苏鸿勋、小学教员王燦雄和社工吴大姐。林盛隆是这个小组的中心人物，他早期也写过"苍白忧郁"的小说，在接触左翼思想后开始反思台湾现代主义

文艺的缺陷,提出:

> 我们是一个刚刚新生的古老民族,我们才刚走出农业社会的古老躯壳,有什么理由盲目照抄别人的人格分裂症……不是为了埋葬现代主义,而是为了重新开拓它,让它有一张中国人的脸。[1]

在小组活动中,林盛隆讲到资本快速累积形成现代无产阶级、社会结构变革、小资产阶级的两条道路、台湾革命是中国革命未完成的一部分等问题,胡浩听着他的雄辩受到震撼,"觉得自己方才经过一番清洗的内层组织,现在不断有新的活动有力的什么东西,不断流进来"。

值得一提的是,小说详细叙写了左翼小组活动的组织形式、读书内容、辩论场景、批评与自我批评的解剖式发言。刘大任赴美留学后,与郭松棻、王义雄等人在伯克利开展左派读书会,小组成为左翼思想在海外传播与发展的重要推手。在访谈中,刘大任曾经谈到"小组文化"是中国共产党革命在群众层面获得成功的关键之一:"因为吸收了儒家的传统价值,中共小组文化同列宁主义'铁的纪律'的革命小组文化是完全不同的,例如在中国有'批评与自我批评'的方法,人与人之间拥有像兄弟一般的友情和爱,要帮助彼此把心里最隐私的想法全部掏出来。"[2]《浮游群落》中的一段描写反映出了作者的自身经验。当胡浩面对读书小组的5个伙伴做自我介绍时,他暗自惊叹"他们真心想知道我,我的潦草的过去,我的梦想,我的愚蠢的梦想",他想起当流亡学生时遇到的"在社会的巨大手掌扑击下,各自蜷伏在聊以寄生的不同角落里的同学",当他讲出埋藏在心底最深处的话后,胡浩感到像"脱去笨重冬衣"一般的自在轻松。胡浩加

---

[1] 刘大任:《浮游群落》,台北:联合文学,2009年,第111页。
[2] 臧继贤:《专访作家刘大任:我当初为何劝陈映真回归文学创作》,载《澎湃思想》2017年1月17日。

入小组后的精神成长展现出左翼理想的感召力与行动性，而小组开展地下活动的艰难与波折也宣告着左翼力量在60年代台湾戒严体制下作为潜流的社会处境。

从成长小说的类型分析来看，刘大任在《浮游群落》中传递出一种不同于一般成长小说的自我返视性的历史审慎眼光。作家使用了一种内聚焦与外聚焦交替进行的叙述方式，呈现出人物主体内心与其外部环境的碰撞，但是在人物的视角背后，我们能够感知到一种作者型的叙述声音以"后设"的位置观察分析人物的行动及情感，因此文本的时间同时包含了"被书写的"60年代与"写作进行时"的80年代两个维度。

借助弗雷德里克·杰姆逊提出的"总体性"视野，我们能够将当下视为一个历史性的存在，以捕捉其历史结构。刘大任在小说中正采取了这样的视点，潜回至60年代具体的历史情境去爬梳、钩沉"钓运"发生之前的社会脉动。作为保钓运动的"前史"，《浮游群落》提供了一个打开60年代台湾社会文化语境的窗口，通过主要人物的转变成长，刘大任细致地描摹出当时的社会氛围、知识群体的生活与左翼潜流的生成。在各个团体、各种思想的相互辩诘中凸显了中国知识分子寻找现代化路径的热忱与艰辛。

### 三、哲学基础：萨特"行动中的存在主义"的影响

文学与哲学是构成郭松棻精神世界的两大主轴，他所推崇的萨特式的"行动中的存在主义"是左翼现代主义作家所共享的情感结构与哲学思想基础，在60年代早期即预示了他们后续介入时代、介入行动的人生选择。

1961年，郭松棻在《现代文学》发表了《沙特存在主义的自我毁灭》一文，最早将萨特存在主义哲学引介至台湾。1964年，他又在《文星》发表了《这一代法国的声音：沙特》，在反思萨特思想的摇摆与文学表达的不彻底性之时，更肯定了萨特将"他们挣扎的伤痕也作为我们普遍的伤

痕"的"介入人群,并且行动"的行动精神[1]。在台大读书时,郭松棻由哲学系转入外文系,虽然与现代文学社的成员有所联系,但是他在对萨特、加缪的哲学研究中展现出了更强烈的抽象思辨性、人道主义情怀和反叛精神,表现出与陈映真、刘大任、尉天骢等人有着更相通的文学志向与思想资源。李怡在1982年的访谈中曾说:"郭松棻是倾向理论、倾向抽象思维的人,虽然文学方面的情操很浓,但他大部分时间是修哲学系的课……是那种比较孤独、侧重思想性,比较有人道精神的人,跟现代文学社不算同一挂。"[2]在20世纪五六十年代的社会环境中,郭松棻的社会现实关怀难以找到理论凭借,只能向外部寻求资源,萨特的行动中的存在主义哲学在这一阶段对他产生了很大的影响,并且持续性地贯穿于他此后的政治实践与文学创作。

郭松棻写于赴美读书前的这两篇文章聚焦于萨特与加缪哲学思想与文学成就的比较式阅读,从中能够读出他个人的价值取向、理想主义情怀,以及理论与行动齐头并进的实践精神,已经埋下了日后在美国参加"保钓"运动的种子。

在诸位存在主义哲学家之中,郭松棻将萨特(Paul Sartre)放于海德格尔、卡尔·雅斯贝尔斯(Karl Jaspers)和加布里埃尔·马赛尔(Gabriel Marcel)之上,这是因为:"在当代诸般形态的作家中,沙特是最焦虑焚心的一个。他的内心不是一座洒脱而穆穆的灵台——很多人在追求这种境界。他却永远要投入人群、投入问题、投入纠葛。……沙特是典型的现代法国知识分子,沙特无疑的是我们时代最引人关怀的思想家之一……我们必须侧重他的态度,胜于他的作品;他的声音,胜于他的言词。"[3]萨特以《存在主义是人道主义》一文奠定其在法国哲学界的地位,他将存在主义

---

[1]郭松棻:《沙特存在主义的自我毁灭》,《郭松棻文集——哲学卷》,台北:INK印刻文学出版有限公司,2015年,第54页。

[2]李怡:《昨日之路:七位留美左翼知识分子的人生历程》,《春雷声声》,林国炯等编,台北:人间出版社,2001年,第753页。

[3]郭松棻:《这一代法国的声音:沙特》,《郭松棻文集——哲学卷》,台北:INK印刻文学出版有限公司,2015年,第57页。

阐释为人在主观性林立的世界中不断超越自我，在以人为核心的精神中敞开无限的可能性。面对两次世界大战对欧洲文明的冲击与德军占领巴黎的境况，萨特将现代城市生活对人类心灵的磨损与身处于苦闷、孤独、绝望的"谋杀时代"的情状描述为一种"呕吐感"（Nausea）——呕是一种"发现"，发现在这宇宙之中，没有什么事物或意义能够证明人存在的价值。在"呕"之中他发现了"无"，即外界总以沉默予人回应，天地不仁以万物为刍狗，在以为是"有"的位置却只能找到空洞的"无"，人类精神汲汲以求的可能只是无用的热情。

萨特这类对虚无的意识状态的论述对青年时代的郭松棻启发颇多。在60年代台湾经济平稳发展、文化活力低迷的社会氛围中，郭松棻也曾属于有着"精神流亡症"的知识青年族群，游荡于咖啡馆和旧书摊，将自己归为屠格涅夫小说中罗亭一般的"多余人"，"从青少年到大学我都很虚无，觉得一切没意义，比较可以和西方作品里的虚无主义、存在主义等应合"[1]。但是，萨特与郭松棻的价值都不止于此，他们体会到了时代的虚无感受，但不停留在这里，而是选择从虚无走向行动，因为行动才是唯一的真实：

> 不疲地向外捕捉，而提神于太虚的浮士德精神（或欧洲精神）很容易转入虚无主义，因为真理遥不可及，人类的全盘努力完全徒劳无功，空余满腔内心的渴欲向大块之茫茫，不过这种虚无并非沙特的归宿，沙特深深了解浮士德的信仰——奋勉者永不会失落，终于直往而前的创揭他的行动伦理学，势如旧疲的困兽，嘶喝一声，一跃而前。[2]

处于"谋杀时代"的萨特，也不同于尼采超人哲学中飞扬的"超越你

---

[1] 舞鹤：《郭松棻访谈》，载《INK 印刻文学生活志》2005 年 7 月。
[2] 郭松棻：《沙特存在主义的自我毁灭》，《郭松棻文集——哲学卷》，台北:INK 印刻文学出版有限公司，2015 年，第 35 页。

自己",而是"委身"于"境遇"之中,不再做"口的巨人,手的懦夫",而是奔入处境里,奔入行动之中。在郭松棻看来,存在主义不仅仅是哲学,而且是一场"20世纪的浪漫运动",重新将自由价值和主观真理赋予个体,试图闯破学院的围墙,在战争的火焰中成熟壮大,"在街头市井建立一种实际生活的准则"[1]。在存在主义运动的层面上,郭松棻认同萨特的行动伦理学,相信在原子式的、旧有社会联结分崩离析的现代社会中克服虚无与"呕吐感"的唯一方法是用行动抗诘虚无。他批评卡尔·雅斯贝尔斯与海德格尔的"隐居的哲学家"的生活方式:

> 耶世培与海德格在行动这一点实令我们失望,虽然两人在书里大谈人类的罪恶、不安、破舟之痛、死亡等等,然而他们的生活是平静的,或者说他们根本没"生活"过,尤其海德格一生不断的"隐退"(他的加入纳粹党亦可视为一种"隐退")和在书里的他直判若两人,Kaufmann说:"虽然他们(指海德格和耶世培)的呼声是尼采和基克嘉[2]的呼声,然而他们的生活确是康德与黑格尔的生活。"这种书本和生活之间的剸割,可以用来直接贬降其哲学的价值。[3]

萨特认为,存在主义的人文主义指的是构成人的要素是自我超越关系和主观性,存在主义不是无为的哲学或一味强调绝望、虚无的哲学,而是以行为来界定人的,"没有什么学说比它更乐观,人的命运乃操于人的本身,它也不是要人丧失掉行动的勇气,因为它告诉人除了他的行动之外别

---

[1] 郭松棻:《沙特存在主义的自我毁灭》,《郭松棻文集——哲学卷》,台北:INK印刻文学出版有限公司,2015年,第21页。
[2] 指克尔凯郭尔。
[3] 郭松棻:《沙特存在主义的自我毁灭》,《郭松棻文集——哲学卷》,台北:INK印刻文学出版有限公司,2015年,第48页。

无希望，只有行动本身才可以使他具有生命"[1]。郭松棻引用了尼采的话来表明萨特哲学中蕴含的"积极的否定"，"一切存在的意义丧失净尽之后，尚留有积极的否定，这便是欧洲人所信仰的佛法"。成长于盖世太保（德语"国家秘密警察"缩写的音译）时代（1940—1945）的萨特在"二战"时参加了地下抗德运动，在地下身历了生活的"否定面"，面对随时可能被德军逮捕的危险"挟堂吉诃德的精神狂烈地生活着"，是一位如古希腊英雄阿喀琉斯一般"愤怒的叛徒"。郭松棻对萨特"企图将他一己的信念直接带入生活的胆识"表示了强烈的赞同，这种对孤寂的英雄气概、无以引援的革命者形象的描写与论述暗示了郭松棻日后的人生选择，即使在他80年代"告别革命"、重归文学书写后，这种反抗精神还是不断地出现在他的小说之中。

郭松棻将萨特的文学观念总结为"介入境遇的文学"。萨特排斥"为艺术而艺术"的文学，也不认可尼采那种以文学为避难所的观念，他提出"介入境遇的文学"（Litterature engagee），相信文学作为一种行动方式"能诉诸笔墨的也必能行之于行动"。这并非是将文学完全社会工具化，而是认为文学是诱发于作者对人类真诚存在的积极追寻，作者对人类生活行动诸问题有紧扣的关切意识，在某种程度上近似于托尔斯泰的文学观。作品中应含有现世的热望、强烈的人群气息，有着明显的介入气质：

> 作家必须全然地介入他的作品里，作家不是一种鄙俗的被动体，只将他的罪恶、逆运或弱点一味地推入自己的作品里便了事，他是一种断然的意志，一种抉择，我们应该在一开始就关心这个问题，而同时也该轮到我们自己问："为何而写？"[2]

---

[1]【法】萨特：《存在主义的人文主义》，郑恒雄译，《存在主义》，【美】W.考夫曼编著，陈鼓应、孟祥森、刘崎译，北京：商务印书馆，1987年，第356页。
[2]郭松棻：《沙特存在主义的自我毁灭》，《郭松棻文集——哲学卷》，台北：INK印刻文学出版有限公司，2015年，第50页。

郭松棻之所以突出萨特对"为文学而文学"的唯美主义观念的排斥，并不是针对法国文坛，而是为了批评60年代台湾盛行的现代主义文学风潮中过分虚无、飘忽、不贴合现实生活的面向。他提出：

> 作家的言行要一致，不能"同翫（通"玩"）其辞，行违其旨"，力避"无行"，力避作文字游戏（诗人常有这个危险！），因为戏狎文字是一种耽溺，他要文学有正面的姿态，能在市井街头起作用，这是一个存在主义者的热望。"存在主义必须用之以生活，且生活得很真诚，存在主义者的生活即是随时为这个信念付出代价，而并非仅仅将它写成书就了事"。沙特这句话对许多文人学者是个当头棒喝，不顾自身所处的境遇，不顾自身所处的政治、社会、国家，不顾自身所处的潮流，所处的时代，而一味钻营技巧文字，这是死亡之途。这类作家，在英美作家或（中国）台湾此地的作家中我们不难找到。[1]

通过郭松棻对萨特文学观的阐释，能够发现他与刘大任、陈映真的相似之处，他们都对台湾现代主义风潮中脱离现实、过度技巧化的倾向表示不满，在此阶段更推崇社会写实主义的文学，期待文艺作品能够对人们的头脑和心灵有所裨益，进而改变这个有诸多弊端、令人烦闷的时代境遇。这种现实主义的希冀因为受到存在主义哲学的影响，因而具有了"殉道者"的自我道德想象和理想主义的完美诉求，几近于鲁迅所说的"抉心自食，欲知本味，创痛酷烈，本味何能知"[2]。从郭松棻对萨特的评介中，我们不难看出他对于写作主体的主观意志与书写对象的现实时代性的双重要求。如果将之与胡风在1950年代提出的强调主观战斗精神的文学观相比

---

[1] 郭松棻：《沙特存在主义的自我毁灭》，《郭松棻文集——哲学卷》，台北：INK印刻文学出版有限公司，2015年，第61页。

[2] 鲁迅：《墓谒文·野草》，《鲁迅全集（第二卷）》，北京：人民文学出版社，2005年，第207页。

较，可以视为从不同的角度阐发对自己同时代作家的意见。胡风认为作家应具有人格力量、"献身的意志""仁爱的胸怀"，在作品中书写"现实人生的真知灼见，不存一丝一毫自欺欺人的虚伪"[1]。可以说，这一观点与郭松棻的介入实践思想有相似之处。

虽然赞同萨特介入境遇的文学观念，但是郭松棻对于萨特具体的文学实践是持批判保留态度的。他认为，萨特的文学理论与其创作实践之间存在着令人失望的"剿割"，其创作中的"情感之浮动，文词之嚣张，技巧之雕琢已至其极"[2]，因为作者的声音过于喧嚣，情绪过于放纵，斧凿的痕迹太重，导致其并不能真正触及外部生活与内心世界的本质。在萨特同时代的法国作家中，郭松棻更欣赏加缪的作品，认为同是以人类生活的荒谬性为主题，《局外人》的叙述声音是沉着的，"情绪收敛到一种寓言的气质"，加缪以无言的声音描写生命的无意义，"的确能够鞭辟入里地直透读者的内心"。萨特与加缪作品的差别在于形式与内容是否能达到一种和谐统一的境地，也就是高度知性化的、文学形式的表层结构与现代认知精神的深层结构之间是否能达成精致的对应。郭松棻在1968年《文学与风土病》一文中对文学作品的形式与内容有这样一段论述：

> 抒情是一种形式，而形式即是文学的精髓。如果硬坚持"形式—内容"的二分法，则我以为："形式"决定"内容"。一个作家选择了一种特殊的形式时，他既受这种形式的框架的支配，他的思路，他的心理倾向，他的情感搏动也都循着那框架运作了。[3]

对书写形式的重视和"形式决定内容"的论述显示了郭松棻与一般的

---

[1] 胡风：《对文艺问题的意见》，中国作家协会主席团编，1955年版，第25页。
[2] 郭松棻：《沙特存在主义的自我毁灭》，《郭松棻文集——哲学卷》，台北:INK印刻文学出版有限公司，2015年，第50页。
[3] 郭松棻：《文学与风土病》，《大学》第一卷第四期，美国加州大学中国同学会主编。

写实主义路径的差异，反倒更近似于现代主义文艺理论关于语言构成意义的论述。针对萨特与加缪文学成就的褒贬，是他最早展露出的行动追求上的外放实践与文学写作中的收敛深微之间的辩证。可以说，萨特的哲学作为左翼现代主义作家的思想基底贯穿了他们的生命实践与文学写作，日后在海外参与"保钓"运动，或是又沉入文学创作，都可以视为一种萨特式的"行动中的存在主义"介入境遇实践。

**郭松棻、刘大任、李渝早期文艺活动年表（1938—1968）**

| 年份 | 郭松棻 | 刘大任 | 李渝 |
| --- | --- | --- | --- |
| 1938 | 出生于台湾省台北市 | | |
| 1939 | | 出生于江西省永新县 | |
| 1944 | | | 出生于重庆 |
| 1948 | | 7月，随父母迁至台湾 | |
| 1949 | | | 随时任中央气象局局长的父亲迁台 |
| 1956 | | 考入台湾大学法律系 | |
| 1957 | 考入台湾大学哲学系 | | 因父亲李鹿苹至台大地理系任教，一家人迁入台北温州街教职员宿舍 |
| 1958 | 转入外文系；在《大学时代》发表首篇小说《王怀和他的女人》 | 转入哲学系；结识《现代诗》《创世纪》及"东方""五月"画会友人 | 习作《母亲》《年趣》《川端桥畔》《我的志愿》等发表于《中国一周》报刊 |
| 1959 | | 结识陈映真 | |
| 1960 | 参与白先勇、欧阳子等人《现代文学》的创刊活动 | 在《笔汇》发表短篇小说《逃亡》、散文《月亮烘着寂寞的夜》；在《现代文学》发表《大落袋》；在《笔汇》发表新诗《溶》 | |
| 1961 | 在《现代文学》发表《沙特存在主义的自我毁灭》；在《人生》杂志发表《黑格尔》 | | 毕业于台北第一女子中学（今"北一女"）；师从孙多慈学画；考入台大外文系 |

续表

| | | | |
|---|---|---|---|
| 1962 | 担任台大外文系助教，结识李渝 | 赴美国夏威夷大学东西文化中心担任研究员，开始阅读左翼书籍；结识邱刚健 | 结识时任助教的郭松棻 |
| 1963 | 在台大教授《英诗选读》课程 | 在《现代文学》发表《散文三章》 | 选修聂华苓在中文系开设的《小说与创作》课程，完成小说《夏日一街的木棉花》 |
| 1964 | 在《文星》发表《这一代法国的声音：沙特》 | 与邱刚健、黄华成、郭松棻、陈映真、庄灵、李至善、方莘、王祯和等人一起筹划《剧场》杂志 | 短篇小说《四个连续的梦》发表于《现代文学》 |
| 1965 | 参与《剧场》杂志编辑工作；参与黄华成电影《原》摄制工作 | 为《剧场》翻译《等待果陀》剧本（与邱刚健合译）、翻译《伊狄帕斯王——悲剧动作的韵律》；在《现代文学》发表散文《无门关外》《西北的窗》；在耕莘文教院演出《等待果陀》；在《剧场》发表评论文章《演出之前》《演出之后（〈等待果陀〉）》 | 小说《水灵》发表于《中华日报·副刊》；小说《夏日一街的木棉花》发表于《文星》；小说《那朵迷路的云》发表于《幼狮文艺》；《五月浅色的日子》发表于《联合报·副刊》；《彩鸟》发表于《现代文学》辅修哲学 |
| 1966 | 在耕莘文教院举办实验电影《原》发表会 赴美国加州大学圣塔芭芭拉分校修读英国文学硕士 在《剧场》发表《大台北画展1966秋展》 | 在《剧场》发表译文《皮兰德罗与人的本性》；在《剧场》发表论评《好莱坞走下坡》；在《现代文学》发表新诗《岁尾之歌》；与陈映真、李至善、陈耀圻一起离开《剧场》，加入尉天骢主办的以创作为主的《文学季刊》 在《文学季刊》发表《落日照大旗》（残阳系列） 赴美国加州大学伯克利分校修读政治学硕士 | 在《剧场》第6期发表译文《故人——汤尼·李察逊》（与菲飞、映署合译）；翻译Tom Milne《尚卢高达的已婚妇人》、John Russell Taylor《高达的新潮》（与陈绮红合译）赴加州大学伯克利分校攻读硕士，原本修读视觉艺术创作，后来在陈世骧、高居翰建议下，转入艺术史学系，主修中国绘画史 |
| 1967 | 转至加州大学伯克利分校攻读比较文学硕士 | 在《文学季刊》发表小说《前团总龙公家一日记》《盆景》 | |
| 1968 | | 在《文学季刊》发表小说《蝎》 | |

## 第二节 "保钓"运动时期（1966—1974）

从1966年赴美留学至1974年"保钓"运动退潮，一方面是旅美经验带来思想资源的拓展、历史视野的重建，另一方面是60年代全球范围内左翼思潮的兴起，使得郭松棻、刘大任、李渝的左翼思想进入发展成熟期。他们不仅大量阅读左派理论书籍、办读书会、组织小组活动，而且从理念走向行动，全身心投注于海外留学生的保卫钓鱼岛运动之中，谱出一曲属于70年代的青春之歌。

### 一、海外"左翼阅读空间"的形成与"钓运"的爆发

海外左翼思潮并不是因"钓运"而突然出现的，早在刘大任、郭松棻出国前，他们的左翼意识和历史观已有浮现，出国后，当时美国校园内宽松的文化环境和各类人权运动的涌现给予他们更开阔的视野，在1970年底"钓运"正式爆发之前，海外中国留学生中已经弥漫着"左转"的氛围。以刘大任为例，他的左倾思想萌芽自大学阶段，随后在与陈映真、邱延亮等同仁的左翼地下读书讨论活动中日渐成熟[1]，海外"保钓"运动时期则更进一步由思想转向行动。大学二年级时，刘大任的父亲转赠给他一本偶然获得的《鲁迅选集》，鲁迅的思想深度、毫不滥情的批判力和圆熟冷凝的语言风格使他倾倒，认为"里面藏着一种力量，这个语言是我在台湾其他的作家里面没有看到过的"[2]。在台北牯岭街的旧书摊上和夏威夷大学的图书馆中，他接触到茅盾、巴金、老舍等当时被台湾禁绝的大陆三四十年代的左翼文学作品。1966年起，刘大任在伯克利政治系研究中国现代革

---

[1] 陈映真的日本友人浅井基文提供了马克思、毛泽东、鲁迅著作的日文版，与其辗转获得的巴金、老舍、茅盾、曹禺等列入国民党《查禁图书目录》的著作一起成为左翼读书会的讨论材料。
[2] 罗婉：《专访作家刘大任：我的根就在中国》，载《晶报》2017年11月20日。

命史，阅读了包括《毛泽东选集》《西行漫记》在内的大量中国近现代史资料，让他跃出二元对立的冷战思维结构，了解了反殖民、反侵略的民族痛史，"历史的屈辱感"与"民族文化的自豪感"彼此交叠形塑，成为他心中"中国知识分子共同的感情基础"[1]。

郭松棻、李渝、刘大任赴美留学后，在加州大学伯克利分校这一反越战的左派大本营受到冷战结构松动下的全球60年代左翼风潮的影响，开始了解中国大陆的革命理想图景与社会主义建设，受到"第三世界论"与祖国认同的强烈感召。60年代末期，美国国内的反越战运动、非裔民权运动、原住民解放运动、女性主义运动此起彼伏，其中的反体制、反传统、反对剥削压迫、向往公平自由的诉求对身处海外、刚刚走出戒严体制的台湾留学生无疑是一种启蒙。同时，伯克利丰富的藏书资源提供了大量的阅读素材和讨论材料，为他们探寻中国革命历史真相、反拨国民党历史叙事和接触马列主义理论与社会主义新中国的建设经验创设了平台[2]。据李渝回忆，伯克利大学城有两处图书馆，一是东方语文系办公楼的中韩日文图书馆，二是市区霞塔克街上的中国研究中心，后者专门收藏20世纪中国左派政治经济史文献，材料齐全丰富，还有范文澜、费孝通、侯外庐等史学大家的著作令他们手不释卷。重读中国近现代史唤醒了留学生的历史意识和认同议题，这一在海外建构起的"左翼读书空间"为郭松棻、刘大任等人开启了明确的"向左转"进程。他们的回忆文章描述了当时的景象：

> 读中国近百年半殖民史，从鸦片战争到一九四九，不受感于列强的狠毒，政权的腐败懦弱，人民的辛苦，爱国人士的奋斗与壮烈牺牲，而同情左派或者思想开始左转，大约是不可能的。鲁迅成为灯塔，瞿秋白、闻一多等整套借回来复印，沈从文小说集

---

[1] 董子琪：《刘大任：我想把文学上的这点成绩认祖归宗，回到中国文学的传统中》，载《界面文化》2016年12月16日。
[2] 当时在留学生中传阅最广的是陈少校所写的《酒畔谈兵录》和《金陵残照记》，此外，毛泽东的《实践论》《矛盾论》、斯诺的《西行漫记》等著作都很有影响。

被传阅。大家看完《东方红》舞剧时，那种共享的兴奋现在想起来仍旧是栩栩如昨日。是的，华夏疆土是黑暗沉沦的大地，对那时的我们，是毕竟在延安不是在南京，在北京不是在台北，出现了曙光。[1]

"一九六九的圣诞夜，我们七八个中国留学生（台湾、香港都有）聚在老张租来的地下室里，喝日本米酒，讨论'中国农村的社会主义高潮'，唱《国际歌》"。[2]

在1970年5月的《大风》通讯上，郭松棻发表了《中国近代史的再认识》一文，反省了1949年后台湾历史教育的偏见与缺失所造成的断裂以及亲美意识形态下的结构性蒙蔽：

> 当我们生活在六十年代里，我们不许看我们父辈所曾生活过来的二十、三十、四十年代。仿佛我们原来就没有过去，没有历史，而是石缝里蹦出来的一批猴孙们。在台湾我们就这样被隔绝了。同时我们被迫吞食美国文化，把表面打点得叮当玲珑，硬是想把整块岛屿打扮成出落得很体面的寡妇。
>
> 在被迫无我、忘我、丧我的愚民世界里，有时我们也从浑噩里猛醒一下，然而总是抬出一九一九年来。如果我们不知道一九一九的前后关链，这类招牌总是无济的。
>
> 到一九七〇年，我们看到的自己仍是哈哈镜里的自己。似乎一个较为实在的自己不见了。因为回头看时，竟是一堆被拐扭的历史。[3]

---

[1] 李渝：《射雕回看》，《郭松棻文集——保钓卷》，台北：INK印刻文学生活杂志出版有限公司，2015年，第399页。原载中国时报《人间副刊》1996年9月9日。原作于1994年。
[2] 刘大任：《起来，饥寒交迫的奴隶》，《纽约客随笔》，沈阳：辽宁教育出版社，2001年，第349页。原作于1994年。
[3] 郭松棻：《中国近代史的再认识》，《大风通讯》1970年5月，第1—2页。

第一章　思想与行动：左翼现代主义的发展脉络与话语资源

为了破除"被拐扭"的历史观，郭松棻进一步阐明要爬梳中国近代史材料，尽可能还原其真实面目："我们应该充分利用较为自由的美国环境，把中国近代史（当然不止近代史，也不止'史'而已）尽可能地还原到它的本真。"[1]

在读书小组如火如荼的交流活动中，钓鱼岛风波骤起，留学生中酝酿已久的左翼思潮在"保钓"诉求中迎来爆发期。原本属于中国的钓鱼岛及其附属岛屿在1895年甲午战败后被迫割让给日本，1945年日本战败后被美军托管，1951年《旧金山对日和约》非法将钓鱼岛划入琉球群岛。冷战格局下美日同盟建立，1969年11月起，美国与日本在"美日安保和约"的框架下讨论琉球群岛的归属权，钓鱼岛的主权问题引起各界注意。1970年暑期，在钓鱼岛海域发生了台湾渔船被日本军舰驱逐的事件。1970年9月，美日两国私下达成协议，美国准备在1972年将美军"二战"时所占领的琉球群岛交予日本，当中包括中国的钓鱼岛及其附属岛屿，日本可以对钓鱼岛进行直接管辖。这一系列的举动引发全球各地华人抗议，海外中国留学生群体爱国热情高涨，新加坡、马来西亚等地的华人侨生也纷纷响应，保卫钓鱼岛运动在北美由左派大本营伯克利一路延烧至纽约，在普林斯顿、纽约、波士顿、威斯康星州麦迪逊、加州伯克利等地的大学都出现了自愿结成的学生群体。"钓运"起始于留学生群体的自发行为，随后纷纷成立"保钓"团体，通过一些当时已存在的跨校组织，如中国同学会联合会、大风社、《科学月刊》联络网等开始建立横向联系。

1970年11月，普林斯顿大学的台湾留学生组织"保卫钓鱼台行动委员会"，提出"外抗强权，内争主权"的口号，与五四运动的目标一脉相承。"钓运"期间，常见的标语和口号包括了"团结就是力量"，"发扬

---

[1]郭松棻：《中国近代史的再认识》，《大风通讯》1970年5月，第1—2页。《大风通讯》在郭文之后还罗列了有待进一步研究的人物与事件，包括：鲁迅、陈独秀、瞿秋白、梁漱溟、费孝通、闻一多、巴金、柏杨、李大钊等；事件有：南京大屠杀、托派运动、"二二八"事件、《自由中国》案、长征等。

051

五四爱国精神"，"二十一条丧权辱国不许重演"等等。普林斯顿的中国的学生组织制作了一本名为《钓鱼岛须知》的手册，从钓鱼岛的地理位置、历史沿革及海洋法等角度阐释钓鱼岛主权问题，在华人留学生中产生很大反响。1971年1月15日，郭松棻、李渝、刘大任参加的伯克利"保卫钓鱼台列岛行动委员会"和中国同学会联合在校园举行讨论会，决定1月29日在旧金山中国城圣玛利广场举行示威。1月29日，数千名留学生在旧金山与纽约联合国总部前集会抗议，华盛顿、芝加哥、西雅图、洛杉矶也爆发示威游行，"保钓"运动在北美六大城市点燃战火。1971年2月15日，伯克利发行《战报》示威专号，此后各地的"保钓"组织先后编印了上百种刊物。1971年4月10日，华盛顿举行了规模空前的"保卫中国领土钓鱼岛"大游行，共有3500余名学生参与，示威运动达至最高潮。

从1970年起，刘大任、郭松棻、李渝倾尽全力投入"保钓"运动之中，郭刘二人为此放弃了继续攻读博士学位[1]。他们与唐文标、张系国等人一同在美国组织"大风社"[2]，串联各地读书小组，办《战报》《大风》杂志，组织观看《东方红》话剧，提出"向新中国学习"的标语。大风社由美国各地对政治、经济、社会议题感兴趣的留学生所组成，创社的共识是"在文学之外，还要谈政治与社会的问题"[3]。该社一共有三四十人，在"钓运"爆发前成员间已有通讯讨论，"钓运"开始后正式出版了《大风》季刊。1970年6月，"钓运"还未启动，郭松棻已经在《大风》杂志创刊号上发表纪念殷海光老师的文章《秋雨》，记录了回台湾的见闻，显露出对中国近现代史苦难历程的悲愤，并说"没有武装起来的乌托邦思想只是

---

[1] 刘大任、郭松棻、李渝在1968年已经分别获得加州大学伯克利分校的政治学、比较文学和艺术史硕士学位，1970年"钓运"发生时三人正在攻读博士学位。郭、刘二人已经通过了博士资格考试，但仍然选择放弃，只有李渝坚持下来，师从高居翰，最后获得了艺术史博士学位。

[2] "大风社"与《科学月刊》是当时北美地区"保钓"运动最有影响力的两个组织，前者是政治性为主的社团，后者以发展科学为目的。大风社的主要成员除了刘大任、郭松棻、唐文标，还有张系国、李德怡、徐笃、沈平等人，大多是各地"钓运"的领头人物。《大风》于1970年6月15日出版第一期，1970年12月、1971年3月、1971年8月出版第二、三、四期，随后因"钓运"内部分裂而停刊。

[3] 张惠菁：《杨牧》，台北：联合文学出版社，2002年，第117页。

一只坦克下的蝴蝶"[1]。文中反思了自由主义者的不足,内含对国民党威权体制与白色恐怖统治的不满,是其左倾思想的最早明确体现。1971年,郭松棻与刘大任、许信孚、周尚慈等人采取了左翼史观,在伯克利校内开设《中国近代史》课程。

"钓运"初起之时,国民党《中央日报》就使用"匪"字称呼李我焱、刘大任、郭松棻、董叙霖等积极分子,并以"黑名单"限制他们回台。但是,海外留学生仍然坚持通过各类途径向台湾寄回书刊资料,将反抗威权体制与新型殖民主义的声音传回台湾地区,台湾的大学校园也爆发了爱国保土的抗议活动。郑鸿生在记录70年代台湾左翼青年活动的《青春之歌》一书中回忆前辈留学生的影响时说道:

> 郭松棻小小的身材,讲起话来却像个巨人,极有煽动力。他和刘大任两人在出国前就都属于与陈映真一样有着强烈社会意识的作家,在当年的知识青年中拥有不少读者,也是我们敬仰的前辈。我们在流入岛内的海外"保钓"刊物上,读到了这些前辈开始发展出来的批判帝国主义霸权的第三世界左翼立场,他们在思想上的激进发展自然给了我们很大的启示与鼓舞……这些书刊从"保钓"运动的号角转为统一运动的法螺,同时出现了左翼的声音,以"第三世界VS帝国主义"的观点来解释中国的近代史与台湾(省)的处境。这对我们是一种全新而令人震撼的视野。[2]

由郑鸿生的纪实叙述可见,海外"保钓"左翼是最早将第三世界理论和反殖民反霸权的民族主义运动之声传入台湾的,早于1975年陈映真出狱后对帝国主义和新型资本殖民经济的批判。可以说,海外留学生与台湾

---

[1] 郭松棻:《秋雨》,《郭松棻集》,台北:前卫出版社,1993年,第115页。
[2] 郑鸿生:《青春之歌:追忆一九七〇年代台湾左翼青年的一段如火年华》,北京:生活·读书·新知三联书店,2013年,第173页。

的"保钓"运动彼此联动、同气相求,在反对外部强权压迫的同时也疾呼出反抗威权体制的声音。

## 二、"日出剧社"话剧活动与李渝的左翼女性观

"钓运"期间,李渝协助郭松棻和柏克莱分会小组做了大量的后勤联络工作,也为《战报》《东风》等刊物撰稿。此外,她凭借文艺的特长,与戈武、傅运筹等人一起负责加州湾区留学生所组成的"日出剧社"的话剧排演[1],以期为当时课余爱好打麻将、看武侠小说、搞股票房地产的留学生群体提供精神文化活动,继承五四以来的光辉传统,在海外推广话剧运动。

### (一)"日出剧社"的活动

1971年起,海外"保钓"运动遭到台湾当局的阻挠,留学生逐渐感到"中国钓鱼岛群岛的领土主权问题不是一个单纯而又能短时间内解决的问题,因此这一运动的主要目标至少已'走入了一条窄胡同'"[2]。为了提升运动的影响力,保持参与者与当地华人群体的持续关注热情,各地"保钓"会在出版刊物之余,还开展起蓬勃的文艺影剧运动,不仅在全美各大高校和华人社区放映大陆的电影与各类新闻纪录片[3],还采取了讽刺漫画、音乐歌曲、讲演、街头剧、舞台剧等文艺宣传方式,以改编、演出曹禺戏剧为主要活动的"日出剧社"就成立于此时。

---

[1] 戈武在伯克利主修戏剧专业,傅运筹主修建筑设计,在台湾读书期间获得过电视剧比赛布景设计奖,二人与艺术史专业的李渝一起组成了"日出"剧社的编导班子。剧社的成员还有黄静明、张洪年、郭松棻、刘大任、蔡继光、唐文标、刘虚心、王正方等人。参见王正方:《都是将军一族(上)》,载《联合报》2008年1月1日。

[2] 谢寄心:《这仅是一个开始》,载《明报月刊》1971年6月,第68—69页。

[3] 从1971年起,在美国放映的大陆电影和新闻纪录片有数十部,包括《东方红》《乒坛盛开友谊花》《智取威虎山》《草原儿女》《白毛女》《野火春风斗古城》等。演出的话剧、歌舞剧则包括《日出》《雷雨》《桂蓉媳妇》《洪流》《阿庆嫂》《将军族》《我爱夏日长》《四海之内》《黎明之前》《海峡两岸是一家》等十余部。参见《全美各校园或华人社区放映之电影目录》《全美各校园或华人社区演出之话剧和歌舞剧目录》,《春雷之后:保钓运动三十五周年文献选辑:觉醒、决裂、认同、回归(1972—1978)》,龚忠武、王晓波等编,台北:人间出版社,2006年,第一卷第814、822页。

## 第一章 思想与行动：左翼现代主义的发展脉络与话语资源

早在1971年5月，加州湾区的"日出剧社"就在柏克莱高中小剧场举办"纪念五四52周年公演晚会"之际，演出了曹禺的《日出》。傅运筹、刘大任对《日出》的剧本进行了改编，他们将故事背景由20年代的天津搬到70年代的台北，情节涉及银行金融业，包括买空卖空的操作手段、银行职员内部钩心斗角、破产者求助无门等等。首演成功后，剧社被邀请至斯坦福大学、洛杉矶等地巡演。

1973年起，剧社又组织了《雷雨》的排练，在伯克利的小剧场、旧金山唐人街华埠和洛杉矶进行了三场演出，在留学生和当地华人群体中大获好评，华人报纸《时代报》《为民报》和英文报纸《加大每日新闻》都对该剧大力赞赏。剧社还将《雷雨》的彩排演出录制下来，在美国各地华人圈内放映。

在改编剧作中，周朴园成为煤矿矿主，长子周萍是他与留在大陆的"前妻"的孩子，次子周冲是赴台后与当地女子繁漪结婚所生，鲁妈从大陆到台湾后在台南做一份洗衣妇的工作，偶尔北上看望在周家做工的女儿四凤，鲁大海则是周家矿上的工人。值得注意的是，编导小组对曹禺原作"过分强调男女恋爱和宿命论"的"个人的或家庭的悲剧"进行了修改，突出了工人阶级鲁大海、鲁妈的坚强勇敢的一面，以期摆脱原作中"宿命论式的""水似的悲哀"，呈现出更光明的远景，"将那操纵命运的雷雨蜕变成了新生命迸发的风暴"[1]。改编后的剧目中，鲁大海成为工人运动的领导者，故事以矿上工人成功组织起大规模运动告终。

实际上，对《雷雨》"命运观"的批判在三四十年代已有出现，田汉、黄芝冈、杨晦等人都对该剧"命运悲剧""静态的消极处理"等方面提出过批评[2]。1973年"日出剧社"版的《雷雨》改编体现出创作者/知识分子试图通过文艺创作的方式为劳动者"赋权"，以在具体历史情境中呈现

---

[1] 参见李渝：《在海外推展话剧运动是时候了》，《郭松棻文集——保钓卷》，台北：INK印刻文学出版有限公司，2015年，第377—383页。原载于《东风》第三期，1973年6月。

[2] 参见田汉：《暴风雨中的南京艺坛一瞥》，载《新民报》1936年6月9日；黄芝冈：《从〈雷雨〉到〈日出〉》，载《光明》1937年第5期；杨晦：《曹禺论》，载《青年文艺》1944年第4期。

出与群众的情感结构互相联通的感性洪流。这一"代言"行为和所营造的昂扬、向上、明亮的艺术氛围在运动浪潮中有着明显的社会传播效用,是对革命新生力量的激烈与鼓动。但是其中楚河汉界式的统一划分却是对艺术表达的损害,对原作复杂伦理关系的删减也是对劳动者的性格特质的简化,导致了难以传递群体中多层次的真实声音和形象。

由此可见,李渝此阶段的文艺阐释话语与她在60年代初期创作的散文小说显然具有截然不同的风格,这种与过往自我的切割无疑体现了"向左转"过程中作家主体对阶级斗争话语的使用和对文艺与现实关系的一种历史目的论式的解读。

除了加州湾区的"日出剧社"之外,美国各地的中国留学生和华人群体都组织过话剧演出,包括但不限于纽约剧社的《洪流》、纽约文社的《桂蓉媳妇》、波士顿国声话剧社的《日出》、威斯康辛大学麦迪逊校区的中国同学会剧社的《黎明之前》《胸怀祖国,放眼世界》、华盛顿的《家在台北》等等。从1971年至1975年,美国华人圈内的文艺宣传运动可以说在某种程度上承袭了40年代"延安文艺运动"的思路与艺术样式[1],是一段非常值得再探的历史。

### (二) 李渝的性别观

1970年前后,正逢美国第二波女性主义运动浪潮兴起,贝蒂·弗里丹《女性的奥秘》一书揭开了人们对中产阶级家庭主妇精神境况的关切,凯特·米利特的《性政治》更进一步从文化批评的角度解构了传统父权制下的两性关系与性别角色,各地女性争取权利、推进《平权法案》的抗议

---

[1] 龚忠武提出此阶段艺术创作需要做到四点:(1) 用一种大多数华人可以了解的语言来写;不可自拉自唱或机械移植,使读者敬而远之;(2) 反映海外自己的生活感受和历史经验;(3) 创作健康的、进步的题材,扬弃和批驳颓废的题材;(4) 有利于促进海外华人的利益、祖国人民的利益和世界人民的利益。这里提出的对文艺作品语言、题材的大众化要求,显然是受到毛泽东《在延安文艺座谈会上的讲话》及社会主义现实主义文艺观的启发。参见谷若虚(龚忠武):《创造海外华人的新文艺》,《春雷之后:保钓运动三十五周年文献选辑:觉醒、决裂、认同、回归(1972—1978)》,龚忠武、王晓波等编,台北:人间出版社,2006年,第一卷第810—813页。原载纽约《华报》1975年7月26日。

活动愈演愈烈。受到当时美国文化语境的影响，李渝对妇女解放、女性发声、反抗男权中心社会结构的议题也多有关注。在1973年3月8日国际妇女节当天，纽约华人女性社团"文社"在哥伦比亚大学演出话剧《桂蓉媳妇》，李渝观看了这一改编自1953年孙芋创作的《妇女代表》的独幕剧并为节目单撰写了《演出的话》[1]。她强调，女性的历史自古以来就是被束缚、被忽略的历史，在父权制度的压迫下，"现代妇女的新理想"亦未脱离找到一个可依靠的归宿。看似合理的"男主外、女主内"家庭分工，其真相是女人在油烟、灰尘、孩童之间的奔波，常常被视为本分的家务劳动，家庭劳动的应有价值被全然忽略了。与较为幸运的中产女性相比，贫穷的低阶层女性更是面临着经济与性别结构的双重压迫，因此，"我们应该时时以低阶层妇女为怀，从她们的立场来看事，才能揭发更深沉的问题"。李渝提出，剧中的"桂蓉媳妇"是主动摆脱落后思想钳制，争取独立自主地位的榜样，女性主义运动需要妇女走出家门，"主动介入社会的权力和机会，终于能够自己站起来"，将女性运动的火把不歇地传承下去[2]。

在写于1973年的小说《雨后春花》中，李渝更是通过"P城姐妹会"的故事深刻地触及了女性主义与左翼运动中常见且棘手的问题，包括家庭个人生活与事业的平衡、理论与实践的龃龉、认识世界与改造世界之间的距离、个体选择与结构性不平等之间的关系等等。P城姐妹会的通讯负责人阿英，一开始不理解其他姐妹或囿于繁琐家庭事务、或忙于工作挣钱的境况，只是一味想要出通讯、办读书讨论会，否决了托儿服务和公共食堂的提案，批评"家庭主妇、职业妇女的积极性不高"，"应该革命人生观第一，妇女运动第一，家室、私事第七、第八！"，这样的声音导致姐妹会活动难以为继。与她相对，曾经仿佛是留学生群体中"美丽高傲的公主"

---

[1]《妇女代表》剧本作者孙芋，1953年在东北人民艺术剧院首演，剧本发表于1953年3月的《剧本》杂志，1954年获奖后改编为电影和地方戏曲，1956年由唐笙译为英文，收入北京外文出版社《妇女代表——三个独幕剧》文集。

[2] 参见李渝：《〈桂蓉媳妇〉演出的话》，《郭松棻文集——保钓卷》，台北：INK印刻文学出版有限公司，2015年，第384—386页。

的林又梅则是在华人、华工居住的中国城"和民众生活在一起","走实际和收敛的道路"。她与伙伴们在华埠做了大量的社会服务工作,开设互助托儿、食物合作社、华语班、技术进习班,还提供法律援助,取得了很好的效果。小说以主人公阿英和又梅的经历为对照,让留学生知识群体的理想主义剥离了高谈阔论的腔调,落实到中国城华埠平民百姓的日常生活需求之中。李渝在创作时显然受到了毛泽东《关心群众生活,注意工作方法》一文的影响,在小说中从阿英的视角引用了其中的段落:

> 我们要胜利,一定还要做很多的工作……解决群众的穿衣问题,吃饭问题,住房、柴米油盐问题,卫生问题,总之,一切群众的实际生活问题,都是我们应当主义的问题。

在"钓运"阶段,李渝的创作虽不多,但足够体现出其文章已经迥然不同于台大时期的清新灵动、忧郁低徊,从少女心事的抒怀转变为一种朴实恳切的现实主义文风。显然,在创作主体的意识形构与生成过程中有着清晰的自我锤炼的印迹。除此之外,李渝在此阶段对女性主义与女权运动的关注要早于80年代台湾和90年代大陆兴发的女性写作,而且因为受到社会主义新中国的妇女解放话语的影响,显现出与台湾和大陆90年代后流行的女性私人写作相形迥异的风貌。

可以说,李渝这一阶段的女性写作是受到了中国大陆妇女解放运动与美国女性主义运动的双重影响,二者的叠加产生了互补的效用。正如戴锦华所述,1949—1979年间,当代中国的妇女地位在法律与经济层面得到了前所未有的提升,社会主义实践与工业革命的需求使得中国妇女以"空前的规模和深度"成为历史进程的参与者,但是"由于这是一次以外力为主要甚至唯一动力的妇女解放运动",造成了"女性的自我及群体意识的低下及其与现实变革的不相适应"[1]。权威话语对"新""旧"历史分期的认定将女性解放划定为一个清晰的历史时刻，从而加剧了书写具有主体性的性别话语的难度。李渝在小说与剧评中承续了"妇女能顶半边天"的思想路径，但并未囿于"花木兰"式的困局，而是借鉴了西方女性主义对性别结构和父权制体系的批判视角，真实地挖掘了女性日常生活、工作中遇到的问题和困惑，直面女性意识生成过程中遭遇的隐性压迫与挫折。同时，李渝所引述的左翼的阶级话语，构成了对欧美早期女性运动只关注于中产阶级女性命运的视野缺陷的一个有效补充。

### 三、"钓运"的转折、分化与反思

在1971年9月的密歇根安娜堡国是大会上，左中右各方就中国在联合国的代表权问题展开辩论。左派留学生发表了由刘大任起草的《中国统一运动宣言》，首次公开支持中华人民共和国在联合国代表中国。郭松棻与刘大任成为"钓运"向"统运"转变的旗手人物。安娜堡会议后，面对"钓运"内部左派、中间派、右派的逐渐分裂，刘大任提出，"力求最激进的政治主张，要求抛弃温和的、不谈政治的立场，向新中国学习"[2]，"钓运"成为具有高度政治意涵的派别之争。郭松棻则执笔撰写了诸多倡导祖国统一、清除台湾殖民地残留意识的评论文章。《五四运动的意义》暨在一二·九示威大会上的演说，将"保钓"运动比作五四运动，强调二者都是为全体中国人民发声，都具有"向内"与"向外"的两个反抗焦点[3]。《保钓运动是政治性的，也是民族性的，而归根结底是民族性的》《台湾的前途》等文章显露出社会主义认同和促进国家统一的倾向。1973年在《谈谈台湾的文学》一文中，郭松棻开始关注日据时期台湾文学，将20年代

---

[1] 戴锦华：《涉渡之舟——新时期中国女性写作与女性文化》，北京：北京大学出版社，2007年，第3页。
[2] 刘大任：《我的中国》，台北：皇冠出版社，2000年，第50页。
[3] 郭松棻：《五四运动的意义》，《郭松棻文集——保钓卷》，台北：INK印刻文学出版有限公司，2015年，第96—100页。

的台湾新文学纳入左翼文学传统的脉络，强调民族文学的定位，这一主张可视作1975年台湾乡土文学论战的先声，显示了敏锐的眼光与洞察力[1]。如研究者所述，郭松棻的"保钓"论述"既有结构的掌握与认识，也具备行动主体的召唤与省思"，"是以当时冷战结构的现实语境，和"二战"后帝国主义对第三世界国家的统治转化与国际权力重编的视野，来看钓鱼岛问题"[2]。1971年9月21日，留学生再次组织了在纽约联合国总部前的九二一大游行，争取中华人民共和国在联合国的合法席位。1972年后，随着国际局势转变，运动由高峰期迅速退潮，郭松棻与刘大任因为被标记在国民党"黑名单"之上而无法返台，开始在联合国总部做翻译工作。

"钓运"发展到后期，由单纯的爱国学生运动逐渐演变为政治运动，其中涉及多种权力话语的争斗、利益绑定和派别分立。一边是国际局势转变，中日建交、中美建交的外交局面使得"钓运"的起始诉求开始出现变化；另一边是运动群体内部的分化与对立，人际关系不断复杂化，甚至出现相互的倾轧，让刘大任、郭松棻和李渝的参与热情逐渐降温。李渝在访谈中也曾谈到，"保钓"初期的理想主义是人性中的光明面，后期各种利益掺杂，揭示了不少体现人性晦暗面的"《红楼梦》/张爱玲时刻"[3]，这是运动难以避免的缺憾。

刘大任在回顾"钓运"得失时，认为最大的遗憾是因为上了黑名单而无法返回台湾，让"保钓"运动在海外风流云散，无法发挥其更大的能量："这一连串变化相当不幸，因为，一个原具自觉思维能力的政治运动，从此陷入现实政治泥淖而不能自拔，夭折了一个原应成长壮大的政治力

---

[1] 陈映真认为郭松棻《谈谈台湾的文学》一文"直接地易装上场，直接成为王拓殖民经济论、现代主义批评论、现实主义文学论、参与了乡土文学论争者……可以证明'钓运'对乡土文学论争的直接影响"。参见陈映真：《突破两岸分段的构造，开创统一的新时代》，龚忠武等编，《春雷之后：保钓运动三十五周年文献选辑》，台北：人间出版社，2006年，第9—10页。

[2] 简义明：《理想主义者的言说与实践——郭松棻钓运论述的意义》，《郭松棻文集——保钓卷》，台北：INK印刻文学出版有限公司，2015年，第40页。

[3] 李渝：《乡的方向》，载《INK印刻文学生活志》2010年7月第83期，第82页。

量。"[1]如其所言,"保钓"运动是联结海峡两岸的一个情感记忆焦点,代表了台湾左翼思想中不应被忽略的一派力量,重新梳理"保钓"运动的历史意义并挖掘运动的精神矿脉,将为我们打开更多的对话空间。

虽然"保钓"运动有种种遗憾,但是从李渝的回忆来看,"保钓"10年依然成为他们青春生命中最重要的印迹:李渝与郭松棻位于伯克利牛津街的公寓成为"钓运"的"联络站",从早到晚都随时有人进出,房间满是人,电话响不停,炉上永远准备着茶水饭食,同伴们一起编刊物、发传单、排话剧、办电台,一起买菜吃饭、开会开车、辩论吵架、彻夜谈理想。共同的理想形成共同的生活群体,"每天都是朝气的、活泼的,一心只想打抱不平、改变现状、捍卫世界,充满了对自己和世界的期许"[2]。不平则鸣是"钓运"的出发点,赋予其纯洁清新的美质,当运动告一段落,在作家的记忆中呈现为具体而微的、人情与物情的细密联结:

> 回首"钓运",于我,是加州靛蓝的天空,明亮的太阳,无邪的人情——这样的日子和关系……形成了我的保钓记忆。这记忆常又引出别的记忆,例如阳光的校园草地,晨昏洒在草地上的晶莹的水泉,阴凉干净的总图书馆和东方图书馆,线装书的页角蜿蜒着虫蚀,学校餐厅两块钱的午餐够两人合吃饱……然而三、四月一下起细雨,就很像台北了,牛津街上的小叶梅就会从打湿了的黑色树干上绽放出一年一度的水红色的五瓣花……这一件件清晰又生动的情与景形成如镶彩玻璃一般的记忆的图域,与其说是和保钓有关,不如说它就是柏城求学生活的全部记录。[3]

有研究者提出,"钓运"具有"两副面孔",一是作为社会运动的、外

---

[1] 刘大任:《又是保钓》,《我的中国》,皇冠出版社2000年版,第74页。
[2] 李渝:《射雕回看》,《郭松棻文集——保钓卷》,台北:INK印刻文学出版有限公司,2015年,第398页。
[3] 同上,第403页。

在的历史现象，二是作为主体状态的、内在的、超历史的领悟，前者是"历史的实相"，后者是"文学的精魂"[1]。从"钓运"对个体与集体记忆的形塑来看，记忆在时间维度上累积所产生的价值远比一般设想要更深远。对于历史主体，这段经历通过文学书写内化为难以磨灭的生命记忆，对于历史事件本身，时代的转换可以烛照出事件发生时未曾察觉的价值。在这方面，德国历史哲学家耶尔恩·吕森（Jörn Rüsen）对犹太大屠杀的分析很有启发性。吕森强调，历史事件的意义是随着时间的流逝而与日俱增的，因为伴随时间距离的加大，回忆和历史意识之间就产生了差别，就是说自然而然地就形成了从回忆到历史意识的转变，正是在回忆逐渐获得历史意识特征的过程中，事件本身也在同样程度上获得了自己的历史意义[2]。当时间的流逝拉开了亲历者的视距，历史事件的意义得失能够更为清晰地浮出地表。在写于1985年12月的《保钓追忆录》一文中，郭松棻提出"钓运"不仅是一个政治运动，还凭借其文化信念和人文透视而在思想层面多有探索，正因为如此，"它可以呼应前面的那个文化运动（即五四运动）而作为那个运动的承继者"[3]。如果我们把"保钓"运动作为中国百年来时断时续的启蒙运动的一个环节，将其放到现当代史的整体视野中，就能够更清楚地看到它的意义与价值。

纵观保钓运动近10年的时光，介入生命、介入实践的左翼理想主义精神点燃了海外左翼作家的青春，即使在"保钓"运动逐渐退潮后，他们的文学创作中也浮现出与其他现代主义小说家不同的色彩与光芒。

---

[1] 张重岗：《失败的潜能——关于钓运的文学反思》，载《暨南学报（哲学社会科学版）》2017年第11期，第41页。

[2]【德】耶尔恩·吕森：《纳粹大屠杀、回忆、认同——代际回忆实践的三种形式》，《社会记忆：历史、回忆、传承》，哈拉尔德·韦尔策编，李斌等译，北京：北京大学出版社，2007年，第179页。

[3] 郭松棻：《保钓追忆录》，《郭松棻文集——保钓卷》，台北：INK印刻文学生活杂志出版有限公司，2015年，第372页。

## 第三节　退潮、回旋与再出发（1974— ）

　　1974年，在海外"保钓"运动的浪潮逐渐消退之际，刘大任偕同父亲一起回到故乡江西永新，寻找失散多年的妹妹。同年，李渝、郭松棻与郭雪湖也应邀访问大陆，走访了多个城市。面对当时国内的现状，三人选择了不同的道路。刘大任借联合国工作调动的机会，远走非洲，企图在"自我放逐"中重寻心灵的平静与人生的价值；郭松棻重拾哲学研究，潜心于萨特与加缪的思想比较、马克思主义哲学及政治经济学研究，反思中国现代革命历史进程所遭遇的危机与困境，尝试为心中构建新的社会主义蓝图；李渝回到校园，获得了加州大学伯克利分校的中国艺术史博士学位，在古典绘画的纯粹世界中梳理中国艺术史的脉络。经过数年的调整、回旋，三位作家在1980年左右回归文学写作，重新出现在读者的视野之中，虽然身处异乡，他们仍通过小说、散文、专栏评论等方式，与八九十年代的台湾文学场域形成了颇为密切的互动。

### 一、刘大任：重拾文学生命，再探"钓运"价值

　　1976年，在联合国秘书处任职的刘大任借联合国在非洲成立环境规划署的契机，申请外派至东非肯尼亚工作。回想起这段时期的经历时，他说道：

　　　　一九七六年春，由于特殊的机缘，曾在赤道南北的东非滞留两年。那是什么样的两年呢？如今，在塞满了疲惫面孔的纽约地下铁里，我每每问自己。是洗尽了铅华的两年，洗尽了污染的两年——人事的铅华和政治的污染，大抵就是这样吧。喜悦是解冻后第一股汩汩冒出的泉水，我尘封已久的文学细胞竟而有了一线

生机，在自己浑然不觉时刻，拨开霉苔，向外张望了。那云，那波特莱尔的云，不可思议的南纬四度某一条子午线上的云，热带稀树干草原的云，那白云，竟又一次来到我胸中的闲庭散步。[1]

20世纪60年代初期在"小陶"心中漂浮的"波特莱尔的云"再次回到70年代末的作家心中，经过了"保钓"10年的沉浮，这云是否已有别样的意义？

回归文学创作的刘大任，依然秉持着知识分子的使命感、责任感和未曾褪去的理想主义。刘大任的理想主义从来不是纸上空谈，其核心支点是力图推动中国社会现代化，让"受尽百年折磨的真正中国人能够在地球上昂首阔步，成为一个有能力创造现代文明、享受现代文明的有尊严的公民"[2]。在谈到60年代在台湾文坛的活动时，他坦陈："写作、办杂志以及即兴参与的一些小剧场和电影活动，对我而言，不过是表象，真正的生活动力不在这里。我原来的梦想是通过文化出版和传播事业，在台湾全力推动那个阴暗社会的现代化。"[3] 90年代以来，刘大任又数次访问改革开放后的大陆，目睹了经济活力的复苏与市民文化的全面繁荣，从南至北、由西向东的各地蓬勃发展让他重新焕发了对祖国的信心。"保钓"运动退潮后，部分参与者以"消散的热情"的心态对过往经历进行个体清理与反思，但刘大任却提出需重估"钓运"的历史价值，因为运动主流精神与反既成体制的新左派运动暗合，代表了"那一代旅美中国人要求正视中国不幸分裂的现实并追求理想中国的重造"，绝非如"一般庸俗评论家所言是民族主义情绪的短暂发泄"[4]。在2010年台湾清华大学策划的"保钓"运动40周年纪念活动中，刘大任谈到，虽然保钓统派作为一个政治团体已

---

[1] 刘大任：《赤道归来》，《纽约客随笔》，第242页。修改、定稿于1984年。
[2] 刘大任：《纽约客的心情（代序）》，《纽约客随笔》，沈阳：辽宁教育出版社，2001年，第3页。
[3] 同上，第5页。
[4] 同上，第6页。

经风流云散，但是海峡两岸 30 年来的沧海桑田让他们一直不断地观察、思考，虽然可能不再有动手改造世界的机会，但仍"无怨无悔地进行灵魂搜索"[1]。

《远方有风雷》是刘大任写于 2009 年的中篇小说，以"保钓"左派的视角勾勒出保钓运动十余年间的整体风貌，与《浮游群落》一样具有半自传色彩。小说中，主人公雷霆因为与同伴在台北"南国冰果室"秘密地下集会被捕入狱，出狱后他远走美国攻读学业，与志同道合的同志组成读书小组，积极传播左派思想，希望有朝一日能将这股新力量带回台湾，继续未竟的事业。在美国的"保钓"运动风云突起之后，左、中、右各种力量在其中互相拉扯，在左派取得艰难胜利之时，雷霆妻子的叛变之举瓦解了整个小组，雷霆甚至差点为此殒命。从外界看来，雷霆为"钓运"中断学业、放弃感情，丢掉了本该拥有的辉煌人生，可谓失败。但是他的儿子雷立工在寻根过程中，发现了这一切并不是虚无的，父辈秉持着没有背叛时代的理想主义，所经历的是另一种认真的且有意义的人生。

将近 40 年过去，当"钓运"面对犬儒主义的嘲讽或者参与者试图与之划清界限的危机时，刘大任对保钓的全新阐释把握住了整体性的历史意识，在坦白的自我陈述与得失省察中依然坚持着一种"历史没有被浪费掉的热情"。如南方朔所述，"保钓"就事实脉络而言，无论左翼或右翼，都有爱国民族主义这个公约数，但在张系国《昨日之怒》（1978）、李雅明《惑》（1986）这些以往的"保钓"叙事中，冷战结构的残余使得这个公约数难以被具体化，只能在民族主义幻灭等方面表达出一种"拟悲剧性"的同情与嘲讽[2]。等到《远方有风雷》创作之时，悲剧性的历史结构已有了较大改变，所压抑的历史解释空间也被进一步释放出来，文学书写在同情与理解的基础上摆脱了过去给"保钓"健将们贴上的"失败者"的刻板标

---

[1] 刘大任：《反思》，《启蒙·狂飙·反思——保钓运动四十年》，新竹：台湾清华大学出版社，2010 年，第 274 页。
[2] 南方朔：《"保钓"的新解释——历史没有被浪费掉的热情》，《启蒙·狂飙·反思——保钓运动四十年》，新竹：台湾清华大学出版社，2010 年，第 286—287 页。

签,找到了更佳的叙事位置。如勒庞在《革命心理学》中所论述的,历史行动在理性逻辑之外,还存在着情感逻辑、集体逻辑和神秘主义逻辑这些截然不同的形式[1]。可以说,在"保钓"左翼的乐观浪漫主义行动中,的确存在着一个更宏大的救赎元素、一种自我实现的利他精神、一个世俗功利之外的评判标准。

## 二、郭松棻:在"介入"与"退息"之间

1972年起,郭松棻开始在联合国工作。在1974年访问大陆之后,他逐渐退出政治实践活动,转向思想研究,在一种复杂且痛苦的自我剖析和省思中坚持着左派理想和为中国人构建未来蓝图的信念,以罗安达、李宽木为笔名在港台左翼刊物《夏潮》《抖擞》上发表了一系列马克思主义政治哲学与文艺理论的翻译与分析文章。

1974—1979年间,郭松棻陆续写作了《战后西方自由主义的分化——谈卡谬和沙特的思想论战(一)》(《抖擞》1974年3月)、《战后西方自由主义的分化——谈卡谬和沙特的思想论战(二)》、《从"荒谬"到反叛——谈卡谬的思想概念(一)》(《夏潮》1977年5月)、《自由主义的解体——谈卡谬的思想概念(二)》(《夏潮》1977年6月)、《冷战年代中西欧知识人的窘境——谈卡谬的思想概念(三)》(《夏潮》1977年7月)、《战后西方自由主义的分化——谈卡谬和沙特的思想论战:现代宗教法庭与新教义(三)》(《抖擞》1977年11月)、《战后西方自由主义的分化——谈卡谬和沙特的思想论战:替无产阶级规定历史人物(四)》(《抖擞》1978年3月)、《战后西方自由主义的分化——行动中的列宁(五)》(《抖擞》1978年5月)、《战后西方自由主义的分化(六)》(手稿)、《沙特在哲学伦理学留下的空白》(手稿)。1978年9月至1979年3月,郭松棻翻译了圣地亚哥·卡里略所著的《欧洲共产主义与国家》一书的前四章。

---

[1]【法】古斯塔夫·勒庞:《革命心理学》,佟德志、刘训练译,太原:山西人民出版社,2020年,第5页。

## 第一章　思想与行动：左翼现代主义的发展脉络与话语资源

在上述谈加缪（台湾地区译为"卡谬"）思想的三篇文章中，郭松棻以马克思主义者的立场批判了加缪哲学中的反马克思主义元素、对历史的误解和"形而上的反叛"。在"战后西方自由主义的分化"系列文章中，他则是从历史的角度揭露了西方国家自由主义的自限性与苏联马克思主义实践的误区。这一时期他所翻译的《欧洲共产主义与国家》体现了一种对民主社会主义的认同。

在对萨特、加缪、列宁等人的思想研究中，郭松棻尝试剖析的不是"左"与"右"孰是孰非的问题，而是对现代革命历史进程的批判性反思。革命自身永不停歇、向前推进的欲望逻辑生产出了组织内部的自洁运动，因此，曾经能够联结个体与集体之间精神结构的历史工具论现今却导致了对个人主体的否定。郭松棻在这里试图寻找的，是一条在保持集体性的、历史性的现实联结之时，也不放弃对个人的打捞与救赎的思想路径。可是，道路一端指向的是民族精神与历史主义的宏大话语，需要个体经过自我淘洗完成一种功能化的使命，另一端指向的是个体心灵情感的独立自由，在进入规训话语后必然面临着自身的收束和改造，这两种诉求之间的冲突矛盾造成了作家精神上的困惑、痛苦与危机。

1980年左右，因为思虑过度，郭松棻患上神经衰弱与严重的胃病，不得已停止了相关思想研究，转而撰写小说，以一篇发表于1983年6月《文季》的《青石的守望》重回文坛。其后，他又陆续发表了三个小短篇（包括《含羞草》《第一课》《姑妈》）《母与子》《月印》《月嗥》《雪盲》等小说，于45岁后终于进入创作的高峰期。"保钓"之后，郭松棻以前檄文式、宣言式的文章被更纯粹的文学创作取代，这是他自我否定式哲学观的一贯体现，也是一位知识分子与理想主义者的自我要求。

1986年，郭松棻在纽约参加木心的散文专题讨论会，其发言中认为木心的创作中"主体已经多退了一层"，即存在一个"第二主体"，作家将第二主体置于"主体与客体"之外，这种自我后置的写作策略显示了一种"退息"的哲学：

生活退息以后，就成为一种萎缩的契机，萎缩就成为一种散文的美学。二十世纪如果比十九世纪高明、比十九世纪困惑的话，也就在于我们这个世纪的文学家，已经懂得不必愤怒，而更需要萎缩、委顿，以成其自己的美学世界。[1]

从强调萨特式的介入哲学，到追求"萎缩"的委顿美学，郭松棻思想中的这种"转向"有着何种内在的逻辑？是否构成了对过往经验的否定与抛弃？笔者认为这显然不是简单的转向论或者"告别革命"之言所能阐释殆尽的。从表面上看，郭松棻"退息"至纯粹的美学世界，但是，且不说"纯粹美学世界"是否存在，从他的具体文学创作来看，郭松棻其实从未放弃介入历史的行动性，不仅其小说的主题与历史记忆、历史意识紧密相关，而且通过独树一帜的文体塑造了现代主义美学与现实理想关怀相融相交的艺术风格。如研究者所指，作家的精神史不曾断裂，"文体的改变也只是书写形式的调整与追寻，内在的思考其实是以辩证性的方式在延续与扩充的"[2]。

郭松棻虽然与刘大任不同，在小说中甚少正面书写"钓运"，但是从1975的《保钓追忆录》至21世纪初，郭松棻在回忆散文与访谈中多次谈及"保钓"的始末、得失。2004年，在不幸因二次中风而去世的前一年，郭松棻在纽约接受舞鹤的采访时对"保钓"左翼运动有如下的阐述：

目前台湾对保钓负面评价，但七〇年代，不仅海外，台湾的知识分子普遍对中国之为祖国也有一种情怀。郑鸿生后来写的《青春之歌》就写了七〇年代台湾左翼青年的一段如火年华，写

---

[1] 郭松棻：《喜剧·彼岸·知性》，《木心的散文——专题讨论会》，1986年5月9日。
[2] 简义明：《理想主义者的言说与实践——郭松棻钓运论述的意义》，《郭松棻文集——保钓卷》，台北：INK印刻文学出版有限公司，2015年，第26页。

得很好。今天以台湾意识否认当时曾经存在的情境，连带全盘否定保钓是不恰当的，不公正的。[1]

从20世纪70年代末的反思，到2004年对"台湾意识"的批评，郭松棻对海峡两岸的思想动向始终秉持着一种省思的态度。对广大中国人生命境遇的关注、对中国社会正义可能性的思考，是他为人为文的基石，也是他文学书写中所显露的"思想"与"行动"的来源。正如李渝所说："对人，人的处境，与存在的关注，这里才是他的火点，他加入'钓运'的启线，他的文学的矿脉。"[2]无论是"钓运"参与、哲学思索，还是文学书写，他们的心都放在一个追根究底是生活生存和生命的题目上，这种生命意志呈现于认真纯粹的生活态度和为人做事的原则，不管是以怎样的渠道、形式或风格来表达，都是为了"在精神的废墟中，丝毫不怀苟且，且有理想地，建立自己"[3]。

郭松棻在中篇小说《论写作》中以主人公林阿雄之口说出自己毕生写作的追求——"为了剔除生命的白脂，寻找一种文体"。这种将文学"生命化"乃至"肉身化"的论述在访谈中也频频出现。譬如，"文学要求精血的奉献，而又绝不保证其成功"，"文学是这样的嗜血，一定要求你的献身"[4]。当文学与"生命""精血""献身"等语词建立关联，无疑显示出一种革命式的图景。对于作家来说，文学与革命二者均构成了一种对主体内在自我的询唤，主体将自我投注于一个超越性的现实/艺术事业之中，为此把"牺牲—奉献"的语言纳入个体精神的结构。当行动本身难以为继，

---

[1] 舞鹤：《不为何为谁而写：在纽约访谈郭松棻》，载《INK印刻文学生活志》2005年第7期，第49页。
[2] 李渝：《编者前言》，郭松棻：《郭松棻文集：哲学卷》，台北：INK印刻文学出版有限公司，2015年，第6页。
[3] 同上。
[4] 舞鹤：《不为何为谁而写：在纽约访谈郭松棻》，载《INK印刻文学生活志》2005年第7期，第51页。

文学成为"革命"的一种延续，作家在"介入"与"退息"的辩证之间寻找到一个建立主体意识的位置。

### 三、李渝：寻找艺术的"乡园"

与郭松棻相比，李渝没有深入哲学领域，而是一直与文学艺术保持着更贴身的距离，即使在学业中断期间也陆续有《台北故乡》《雨后春花》等小说发表，在"保钓"期间曾为五四运动 52 周年纪念活动导演话剧。后期她完成了学业，于 1981 年获得加州伯克利大学中国艺术史的博士学位，在学术研究方面投注心力。

1976 年 3 月起，李渝开始以李元泽的笔名在《雄狮美术》上发表艺术史与绘画评论文章。1978 年 1 月，她的第一部学术著作《任伯年——清末的市民画家》由台北雄狮图书公司出版。在写作艺评之外，她还翻译了巴尔的《现代画是什么》（1981）与高居翰的《中国绘画史》（1984）。1982 年，李渝赴纽约大学东亚语言文学系任教。1983 年，她在《中国时报·人间副刊》开设专栏，发表了一系列散文、艺评，对电影、文学、绘画等多有涉猎，这期间，她还写作了《金合欢》《并非败者》《江行初雪》等小说。

1981 年 3 月，李渝在《中报杂志》发表了以追忆"保钓"10 年为主题的小说《关河萧索》，正式回归文坛。1983 年 10 月，小说《江行初雪》获得第六届时报文学奖小说首奖。随后，她又创作了《朵云》《夜琴》《菩提树》《豪杰们》等短篇小说，集结在《温州街的故事》《应答的乡岸》文集中。如李渝所说，在艺术的纯粹家园中她找到了理想的归依之处：

> 在所有的志业中，只有艺术容忍不切实际，容纳懦弱畏缩，只有艺术接受幻象、痴梦和癫狂——怎么荒唐都没关系。只有艺术在乎人的本质和生活的意义，挂念生命的沉浮，关注康德说的"头上的星斗和心中的道德"，致力于超性的可能。只有在包涵了

文学在内的艺术的国度，人可以洗涤、再生，让自己变成好人，让周围成为新世界。[1]

由这段话可以看出，在"钓运"的理想陷入危局之后，李渝将内心的激情、对生命本质的探索、对超越性的追求纷纷投注于艺术之中，"只有艺术……"的句式表明李渝对外界现实"非纯粹性"一面的不满。但是，"纯粹"的"艺术"是否足够承接作家的这份期许与渴望呢？当作家将对"头上的星斗"和"心中的道德"的判断都丝毫不再假于外物，而是在艺术的家园中"反求诸己"，这份决绝的意志是否会将人生孤绝的体验推向极致，最终导致艺术主体的精神断裂？

从1973年话剧改编时"文学工具论"式的文艺观，到1996年的"艺术超越"观念，李渝对包括文学在内的艺术世界其实始终灌注了一种理想主义式的热情。即使在20余年后，她的文艺观也并不是全然的非功利主义或"去政治化"，更不是"纯文学"式的"为艺术而艺术"。分析李渝的观点，我们能够看出，文艺的效用虽然从社会运动的"外部"转向了心灵的"内部"，但对艺术之为艺术的价值依旧秉持着一种高度的期待，艺术在此处依然能够完成阿尔都塞所言的对主体的"询唤"。经由艺术的清洁、淘洗，主体能够实现超越性自我的"再生"，从而达到"让周围成为新世界"，这一论述与提倡通过塑造"新人"形象来构建"新世界"的社会主义现实主义文艺观在话语结构上有着微妙的契合。

对于现代主义，李渝在2008年5月参加于加州大学圣塔芭芭拉分校举行的"重返现代：白先勇、《现代文学》与现代主义国际研讨会"时，曾有这样的阐释：

现代主义……最重要的一个特征，就是执着于文字、强调纯

---

[1] 李渝：《射雕回看》，《郭松棻文集——保钓卷》，台北：INK印刻文学出版有限公司，2015年，第402页。原载中国时报《人间副刊》1996年9月9日。

文学。文字是一种自我训练，把文字密度提升到最高点是现代主义美学的基础。我想这是厘定六〇年代现代主义的一个指标。

文字本身不但修言而且修身，这是个性和语言两方面的事情。人如其言，所以现代主义者是有洁癖的，是绝对要讲纯洁的，拒绝乡愿、拒绝通俗道德、拒绝同意任何人，除非自己觉得有道理。在座很多人比我年轻，现代主义可能是文学上的一个term（术语）。对我来说，现代主义是我生活上的一部分……文学是我们唯一的爱人，而且对这个爱人我们用情专注、终生相守、至死不渝。我们是献身，我们是殉情性的。[1]

可以看出，李渝的文学/生命一体观与郭松棻"文学是献身"，要求"剔除白脂""奉献精血"的观点颇为一致，只是李渝更突出了"现代主义"的面向。李渝所言的现代主义显然不是福楼拜所阐释的——没有内容、没有主题，"不依赖任何外部东西"，"通过风格的内在力量独立支撑起来，就像地球，没有支撑物，悬在空中"[2]。李渝的现代主义更近似于一种主体存在主义精神的寄托物、纯粹情感的凝结物、历史的沉淀物，并将这三者贯注于精准无缺的文字表达之中，书写形式因此承担了足够多的激情、责任和理想愿景。正如李渝所说，她所认可的现代主义，固然要进行文字的实验，对叙事风格特别敏感，但是这种对形式的注重并没有使它架空于环境，其中的现实意识绝不少于乡土写实，"如果不比它还更尖锐更'此刻'"[3]。由此观之，李渝关于"现代主义"与"左翼运动"之间潜在关联的论述就显得顺理成章了。在2010年接受印刻文学杂志采访时，她说道：

---

[1] 白睿文、蔡建鑫主编：《重返现代：白先勇、〈现代文学〉与现代主义》，麦田出版社，2016年，第85页。

[2] 福楼拜与Louise Colet的通信。Gustave Flaubert, Correspondence II, Paris 1980, p.31. 转引自【美】弗雷德里克·詹姆逊：《论现代主义文学》，苏仲乐、陈广兴、王逢振译，北京：中国人民大学出版社，2018年，第15页。

[3] 宋雅姿：《乡在文字中——专访李渝》，载《文讯》第309期，2011年7月。

如果明白欧洲存在主义、俄国结构主义、意大利战后新写实、法国影视新潮派、新小说、英国"愤怒青年"、二十世纪左派、六〇年代学生运动等等这些二十世纪现代时期的思潮和活动在理念上有共通的地方，很多疑问就会豁然而解。王德威说我们参加学运本身就是一种现代主义的体现，是很对的，只有他看出了这点。[1]

现代主义与左翼运动的核心精神都在于反抗、自省、行动，都具有强烈的当下性、人本精神和介入志愿，是在追求纯粹性的历程中，实践着顽强而积极的人生观。

### 四、文学与革命的辩证：从"被引述"的瞿秋白谈起

针对文学与"革命/运动"的二重性问题，我们可以从李渝、郭松棻、刘大任三人都不断讨论或引用过的瞿秋白那里找到一条清晰的线索。被他们反复征引的瞿秋白及其《多余的话》，可以视作三位"保钓"左翼作家对文学与政治、革命与理想、艺术与人生诸问题态度的一个切入点。

2004年6月至10月，李渝为香港《明报月刊》撰写专栏"民国的细诉"，讲述民国人物故事。其中有一篇《在莽林里搭建乌托邦——中国才子瞿秋白》，专写瞿秋白的经历，认为瞿秋白如"窃火者"一般"持守了为中国人民带来幸福的理想，呕心沥血，以身殉之，用自己的血肉凝聚成光，也照亮了20世纪"[2]。李渝在对瞿秋白的评价中蕴含了自身的文艺观，强调他临刑前在狱中写诗、刻章、写字联，"在生命的最后一程，毕竟是脱离了政治，回归了艺文的乡园，回到了'家'"。《多余的话》一篇中的

---

[1] 李渝：《温州街的寻鹤人》，载《INK印刻文学生活志》2010年第7期。
[2] 李渝：《在莽林里搭建乌托邦——中国才子瞿秋白》，载《明报月刊》第39卷第9期，2004年9月。

怀疑和踟蹰、彷徨和怯懦、自剖又自谴，"和作者相互映照而不朽"，因其一生"在洞察明晰着人间虚无中进行着革命的要求，在政治的莽林里想开出理想国来"。这最末一句与其说是在谈瞿秋白，不如说是李渝的自我剖解。

郭松棻在访谈中曾提及瞿秋白：

"左翼是很美丽的。如瞿秋白一般的文人不适合搞政治运动。瞿秋白无奈卷入了大时代的潮流，不得不作，最后留下了一篇《多余的话》说出心里的话。"[1]

刘大任在散文与小说中也多次谈到瞿秋白。在《远方有风雷》的开篇段落中，刘大任以美国历史学者史第文森在眷村采访国民党老兵的契机讲述了瞿秋白被俘就义的事件：

> 老头子大概快八十了，一九三五年六月十八日，国军第三十六师师长宋希濂在福建长汀执行任务，枪决瞿秋白，他是当时开枪的刽子手之一。
>
> 那件事还记得蛮清楚的……主要是那天的场面，如临大敌，出动了一百多人，犯人却是个文弱书生，我当时便觉得有点小题大做。我们在长汀公园待命，等犯人用完最后一餐，才把他绑起来，押解了两里路，在西门外罗汉岭行刑。犯人态度挺好的，一点不啰唆，拣一块干净的草地，盘腿坐下，像个菩萨似的，还问我们：这个姿势，对不对？
>
> "又传说，瞿秋白处死前写信给郭沫若和鲁迅，请求协助，蔡元培也帮忙关说，你听到过这些传闻吗？""我只知道犯人喜欢写、喜欢读书，特别喜欢豆腐，最后那一餐，就有一大盘，吃得

---

[1] 舞鹤、郭松棻：《不为何为谁而写：在纽约访谈郭松棻》，载《印刻文学生活志》2005年第7期，第49页。

第一章　思想与行动：左翼现代主义的发展脉络与话语资源

干干净净……"[1]

刘大任将瞿秋白的故事作为保钓叙事的起始"引线"，并通过采访转述这一第三者视角营造了历史的在场感，显然有着勾连左翼革命精神史的意图。但是，在叙述细节上凸显瞿氏"喜欢写、喜欢读书"的"文弱书生"形象和"特别喜欢豆腐"的生活化场景，而淡化其革命家的一面，显然是作者的有意选择。在1984年为小说集《杜鹃啼血》作序时，刘大任引用瞿秋白在狱中所作最后一首集句诗《偶成》——"夕阳明灭乱山中，落叶寒泉听不穷。已忍伶俜十年事，心持半偈万缘空"。比起李渝对诗句的向内挖掘，刘大任将这"鬼气森然的宁静"作为"再出发"所需要的心境，更显出一种向前、向外探索的昂扬。

三位作家对瞿秋白的评述话语无疑流露出对其在文学与政治之间徘徊的"脆弱的二元人物"[2]主体身份的心有戚戚焉。作为"文人/革命家"，瞿秋白思想资源的二元性或多重性是一个被反复讨论过的议题。在《现代君主与有机知识分子》一文中，张历君从思想史的角度将瞿秋白与同时代的意大利马克思主义者葛兰西并置，从历史与理论的层次讨论20世纪初革命知识分子扮演的角色。他强调，瞿秋白与葛兰西都面临着如何解决知识分子与工人无产阶级之间距离的难题，即文化领导权建构和大众化的问题[3]。为解决这一问题，葛兰西借鉴了列宁的主体思想，提出将知识分子、工人阶级和农民经由某种方式熔炼为一体的有机知识分子概念[4]。而瞿秋白

---

[1] 刘大任：《远方有风雷》，台北：联合文学出版社，2010年，第8页。

[2] 瞿秋白：《多余的话》，南昌：江西教育出版社，2009年，第10页。

[3] 张历君：《现代君主与有机知识分子——论瞿秋白、葛兰西与"领袖权"理论的形成》，载《现代中文学刊》2010年第1期，第35—60页。

[4] 有机知识分子应是"建设者、组织者、'永久性的劝说者'"，他们的任务是要"真实地、深入地了解，不能只是装作理解"。参见【英】斯蒂夫·琼斯：《导读葛兰西》，相明译，重庆大学出版社2014年版，第108页；关于瞿秋白与葛兰西，刘康将二人视为"未相会的战友"，认为他们都是知识分子型革命家、各自共产党的领袖人物，共同关心文化霸权/领导权问题，又都被捕入狱，思想上有很多的相似性。参见刘康：《瞿秋白与葛兰西——未相会的战友》，载《读书》1995年第10期，第27—33页。

在实践"有机知识分子"身份时所体验到的清末民初传统文人与现代革命者之间的矛盾龃龉，在其生命最后时刻凝聚为《多余的话》中的"心的两面"[1]。

既往的研究视角侧重于瞿秋白"革命家"与"文人/革命家"两种主体身份的分裂和抵牾，这种对抗性在五四一代作家中是常见的。但是，"作家"与"革命者"的二元性主体"与其说是一种对抗性存在，莫如说是一种始终处在彼此转换、矫正和提升过程中的一体性内在精神结构"[2]。在文学与革命之间，20世纪初左翼知识分子实践着一种"对真实的激情"的主体模式[3]。正是这种贯通性的激情，促使他们去完成"作家的革命现实实践、主体人格的塑造及其文学创作形式"之间"辩证的互相塑造"。

值得注意的是，在对"保钓"左翼作家的前行研究中，其断裂、转向的一面同样被格外突出，而主体内在精神结构的一致性未得到足够重视。从在台大时期的现代主义浸润与左翼思想初探，到留美后左派读书小组活动中的"左转"，再到"保钓"运动的爆发与运动退潮后的反省与再出发，刘大任、郭松棻、李渝三位作家与20世纪初期以瞿秋白为代表的左翼知识分子共享了"对真实的激情"的主体模式。从他们对瞿秋白的阐释中，我们能够看到，除了强调"文学者"身份与政治的扞格之外，他们对其革命经历怀抱着"同路人"的理解认知。

革命主体人格的形塑要求经历自我的清洗、改造和锤炼，需要"克服一切种种'异己的'意识以至最微细的'异己的'情感，然后才能从'异己的'阶级里完全跳出来"[4]。三位"保钓"左翼作家在60年代经历过这

---

[1] 参见张历君：《瞿秋白与跨文化现代性》，香港：香港中文大学出版社，2019年，第185页。
[2] 贺桂梅：《丁玲主体辩证法的生成：以瞿秋白、王剑虹书写为线索》，载《中国现代文学研究丛刊》2018年第5期，第2页。
[3] 张历君借鉴巴迪欧与齐泽克所提出的"对真实的激情"概念，提出"无论瞿秋白还是葛兰西，推动他们的主要驱力都是这种'对真实的激情'，他们的目标都是直接落实被渴求的新秩序，而非单纯追求以构想未来为重点的乌托邦式和'科学化的'政治计划和理想"。
[4] 瞿秋白：《多余的话》，南昌：江西教育出版社，2009年，第30页。

种主体的自我改造，将个体激情打磨、熔铸为集体激情的过程，在 70 年代后期复杂的内外环境中，他们选择了将这一激情引向文学书写，在思考与行动的写作中挖掘个体记忆的真实与缺憾、历史创伤的多重蕴涵。

# 第二章

# 文学传统的承续：鲁迅作为"原点"

从赖和到陈映真，在这两位不同代际的作家被频频提起的"台湾的鲁迅"称谓中，我们看到鲁迅无疑是台湾左翼文学传统的重要源头。对于成长于台湾、成熟于海外的"保钓"左翼作家而言，鲁迅不仅担当了他们在"钓运"时期战斗精神的引领者，还是他们80年代回归文学写作后不断"溯河洄游"的中国现代文学"原点"。郭松棻、李渝、刘大任的一些重要作品，均与鲁迅小说产生了不同程度的互文性，体现出对充满复杂性的"鲁迅"在不同切面、不同维度上的承续。

## 第一节 关键词：左翼、存在主义、文学者

从中国现代文学的整体视野来看，20世纪30年代的施蛰存、穆时英的新感觉派小说与穆旦、卞之琳的现代派诗歌便以象征主义手法将抒情主体与客观世界的关系复杂化。受到尼采超人哲学与安特莱夫象征主义小说影响的鲁迅，则长于表现现实荒诞性、人生孤独感乃至颇具精神分析色彩的幽暗意识。郭松棻、李渝、刘大任都强调过鲁迅对于自己创作的影响。身处左翼文学在台湾被主导话语禁除殆尽的年代，鲁迅作品的地下流传为

## 第二章 文学传统的承续：鲁迅作为"原点"

他们打开了颇具震撼力的、另一层面的历史视野与思想进路。"保钓"运动时期，《大风》等杂志的战报宣传文章常引用鲁迅的杂文为批判先锋，80年代重回文学写作后，他们的作品中也多有对鲁迅的仿写与致敬。可以说，在"左翼文学"这一脉络的复杂历史蕴含中，海外左翼现代主义一派接续的是"鲁迅左翼"的文学传统。

根据钱理群的观点，"鲁迅左翼"包括四点精神特质：一是独立的、批判性的知识分子传统，以人为本的文学艺术观与追求个体精神自由的"立人"思想，其终极理想追求是将人从异化状态解放出来；二是"永远要以弱者、小者的立场去凝视人、生活和劳动"[1]，坚持平民立场，感受平民的痛苦，为一切被侮辱与被损害者斗争；三是"立意在反抗，指归在动作"[2]，坚持从革命思想启蒙到社会实际运动的双重实践；四是保持敏锐的自我批判精神，"的确时时解剖别人，然而更多的是更无情面地解剖我自己"[3]。鲁迅的写作如同他欣赏的俄国作家安特莱夫，"含着严肃的现实性以及深刻和纤细，使象征印象主义与写实主义相调和……消融了内面世界与外面表现之差，而现出灵肉一致的境地"[4]。可见现代主义对中国作家的影响，不仅表现在美学手法上，还体现为浸润到他们文化性格中的思想精神。鲁迅在1928年与"革命文学"论辩时曾说："一切文艺，是宣传，只要你一给人看。即使个人主义的作品，一写出，就有宣传的可能，除非你不作文，不开口……但我以为一切的文艺固是宣传，而一切宣传却并非全是文艺，这正如一切花皆有色（我将白也算作色），而凡颜色未必都是花一样。革命之所以于口号、标语、布告、电报、教科书……之外，而用

---

[1] 陈映真：《相机是令人悲伤的工具——日籍国际报导摄影家三留理男剪影》，转引自钱理群：《陈映真和"鲁迅左翼"传统》，载《现代中文学刊》2010年第1期，第31页。
[2] 鲁迅：《摩罗诗力说》，《鲁迅全集（第一卷）》，北京：人民文学出版社，2005年，第68页。
[3] 参见钱理群：《陈映真和"鲁迅左翼"传统》，载《现代中文学刊》2010年第1期，第27—34页。
[4] 鲁迅：《〈黯澹的烟霭里〉译者附记》，《鲁迅全集（第十卷）》，北京：人民文学出版社，2005年，第201页。

文艺者，就因为它是文艺。"[1]鲁迅认为文学"都带"但并非"只有"阶级性，在肯定文学为人生、为社会的一面时，反对将其工具教条化。赓续了鲁迅左翼传统的刘大任、郭松棻、李渝，将现代主义艺术手法与左翼精神内核熔为一炉，坚持文学应与外部世界构成批判性的互动，力图"画出这样的沉默的国民的魂灵来"[2]。但此时作家的视觉结构已经不再是传统写实主义"粗糙的未曾消化的以固定反应为基础的世界"，而是"经过分解重组、提升而给人全新的感受"[3]。

鲁迅的左翼思想创作意义在于，通过写作梳理了左翼的身份位置实践与文学写作的表达行为之间的微妙关联。一方面，"'革新'的理想把'作为表达者的个人'与'作为表达的对象/表达的接受者的大众'连接了起来"，另一方面，获得表达空间的个人能够将处于无法言说的困境中的同类的"病"与"苦"再现出来[4]。在"保钓"运动的风云过后，郭松棻、李渝、刘大任三人回归文学的乌托邦，在"革命"之后以书写作为行动的延续，他们的文字中始终怀有指向家国的焦虑、历史创伤的印记、青春未竟之梦的慨叹、未曾消散的理想热情和作为表达者"抉心自食"的纯粹信念。

刘大任曾谈到："鲁迅这条文学路最大特色是写小说要看历史，要看整个国家、整个国民发展的方向。鲁迅在写特殊现象时背后有很大的东西。一个真正的作家跟古代原始人类生活中的'巫'一样，是人跟神交往的媒介，是现代社会中的一个'巫'。知识分子需要抓住历史的主流和社会的脉络。"[5]他认为，台湾当下的文学放弃了"大块文章"，向内心去挖掘，不写社会的主脉而写社会的"末流和异状"，是遗失了鲁迅而走了张

---

[1] 鲁迅：《文艺与革命》，《鲁迅全集（第三卷）》，北京：人民文学出版社，2005年，第84—85页。

[2] 鲁迅：《俄文译本〈阿Q正传〉序及著者自叙传略》，《鲁迅全集（第七卷）》，北京：人民文学出版社，2005年，第84页。

[3] 刘大任：《六十年代的绝响》，《纽约客随笔》，沈阳：辽宁教育出版社，2001年，第374页。

[4] 参见曹清华：《位置与身份：左翼鲁迅的意义》，载《南京师大学报（社会科学版）》2016年第1期，第160页。

[5] 刘大任、姚嘉为：《我为中国人而写》，载《苏州教育学院学报》2016年4月，第49页。

第二章 文学传统的承续：鲁迅作为"原点"

爱玲的道路。这可以说是台湾社会自50年代以来因为"消失的左眼"所导致的缺憾。对于60—70年代在海外重启"认识中国"过程的"保钓"左翼作家来说，他们重新张开了这只"左眼"，打捞起五四新文学运动与30—40年代文学遗产，在其文学视野中，影响力最大的就是鲁迅。

谈到鲁迅对自己的影响，刘大任强调在写小说时"鲁迅是我精神上的私淑对象之一"[1]，郭松棻认为"鲁迅是与我最贴近的作家"[2]，李渝则把鲁迅与沈从文并列为她最欣赏崇敬的现代中文作家。具体来看，鲁迅对他们的影响体现为"思想"与"文体语言"两个方面。其中，思想层面以钱理群的"鲁迅左翼"观点为基轴，指的不仅仅是鲁迅"向左转"之后"从进化论最终走到了阶级论，从进取的争求解放的个性主义进到了战斗的改造世界的集体主义"，或者"从绅士阶级的逆子贰臣进到无产阶级和劳动群众的真正的友人，以至于战士"的经典化论述[3]，还包括最根本的一些要素。譬如，对被侮辱与被损害者的同情、对国家与国民的深沉的爱，相信"无穷的远方，无数的人们，都与我有关"[4]。张宁提出，鲁迅一生致力于对国民主体性的建构，这种建构不是抽象的逻辑层面的阐述，而是以自己的血肉之躯摸索、尝试这种主体性在中国现实条件下的可能。因此，鲁迅拒绝在一个分层的社会里从"上层"寻求精神依赖，而是致力于把民众从政治的客体变成政治的主体[5]。这种战斗的、关心底层的、倡导文学教化社会和为人生的一面，对于"保钓"左翼作家而言是点燃青春激情的火种，在"钓运"退潮后，这一面或许有转淡，但并不曾褪去。鲁迅为他们所开启的第三世界国家知识分子的历史视野，在单纯的民族主义情感动力逐渐

---

[1] 罗婉：《专访作家刘大任：我的根就在中国》，载《晶报》2017年11月20日。
[2] 简义明：《郭松棻访谈》，见郭松棻：《惊婚》，台北：INK印刻文学出版有限公司，2012年，第240页。
[3] 瞿秋白：《鲁迅杂感选集序言》，见鲁迅：《鲁迅杂感选集》，上海：青光书局，1933年，第15、20页。
[4] 鲁迅：《"这也是生活"·且介亭杂文末编》，《鲁迅全集（第六卷）》，北京：人民文学出版社，2005年，第624页。
[5] 张宁：《无数人们与无穷远方：鲁迅与左翼》，上海：复旦大学出版社，2006年，第10页。

失去话语实践位置后，更加显示出具有生产性和阐释力的精神动能。

在"左翼鲁迅"之外，还有一个1985年后被大陆学界再次发现的，以"历史中间物"精神和"反抗绝望"主体哲学为思想标识的鲁迅[1]。同样在这个时间节点，鲁迅在郭松棻、李渝和刘大任的视域中经历了一番现代主义和存在主义式的再解读。更准确地说，"保钓"左翼作家在60年代的台湾已经接触过西方现代主义文学，所以他们对鲁迅"现代主义者"一面的认知是早于中国大陆的，更直觉且天然的，只是囿于戒严体制，对鲁迅的研究讨论在公共学术语境中被很大程度地弱化了。[2]

日本学者山田敬三提出，鲁迅是一位"无意识的存在主义者"，他的思想中的进化论、尼采主义、浪漫主义、马克思主义，这种种倾向的一以贯之的动机是如何才能拯救在列强侵略下濒临灭亡的中国的危机，是积极地将自我的主体投身于未来，"乍看起来似乎没有什么章法，但不如说正是这种存在主义式的态度才是他的特点"[3]。改造国民性的"启蒙者"活动是鲁迅与黑暗抗争的"支点"，在黑暗与虚无的"实有"中继续"作绝望的抗战"是一种"极为存在主义式的思考形态"[4]。

山田敬三的观点可以说是对竹内好所提出的鲁迅的"回心"之轴的再拓展。也即是说，在瞿秋白所言的"进化论向阶级论转变"之前，鲁迅已经在北京寓居期间（甚至是在仙台留学期间）形成了某种决定性的东西。张宁在讨论鲁迅与左翼的关系时，提出鲁迅在"向左转"之前就已经解决了"信仰"问题。鲁迅没有在信仰的位置上放置任何"尘世之物"，不管是历史进化论，还是历史目的论。他让这个位置空置起来，或者更确切地

---

[1] 参见汪晖：《历史的"中间物"与鲁迅小说的精神特征》，载《文学评论》1986年第5期，第53—67页；汪晖：《反抗绝望——鲁迅的精神结构与〈呐喊〉〈彷徨〉研究》，上海：上海人民出版社，1991年。

[2] 李渝曾讲到，第一次读到鲁迅小说是《影的告别》，当时她还以为是欧美"舶来"的作品。这体现了对鲁迅文字风格现代主义特点的敏锐捕捉。

[3]【日】山田敬三：《鲁迅：无意识的存在主义》，秦刚译，北京：北京大学出版社，2012年，第3页。

[4] 同上，第264—266页。

## 第二章 文学传统的承续：鲁迅作为"原点"

说，他在信仰的位置上置放了"绝望和虚无"，同时又拒绝绝望和虚无，以一种绝望和希望、虚无和实有之间的张力状态，形成了一种"东方式的独特的精神景观"[1]。

值得注意的是，构成鲁迅内在声音的"存在性主题因子"包括了爱、牺牲、希望、绝望、死、复仇、沉默、愤怒[2]，而这些要素，是可以被包容在存在主义哲学的范畴内的，实际上构成了受到存在哲学与现代文学哺育的郭松棻、李渝与刘大任的精神土壤。这是他们三位与鲁迅在左翼的思想关怀之外的另一重内在共同点。可以说，在走近一个被经典化、体制化了的"鲁迅"之前，他们在台湾60年代的时代语境中先验性地认识了一个纯粹文学家的、作为"禁忌"的启蒙者鲁迅，这使得他们所接受的"鲁迅"天然地带有反叛性和颠覆力，以独立的姿态完成对主流话语的抗拒和反思。总体而言，他们的鲁迅阅读史既不同于将鲁迅推上神坛的彼时的中国大陆，也不同于30—40年代的日据台湾[3]，而是具有特殊的历史意义和艺术取向。

相信"唯黑暗与虚无乃是实有"，或者"绝望之为虚妄，正与希望相同"这样的看似悖反的对立命题，标志着鲁迅心灵中属于文学者的矛盾。鲁迅最本质的特质，也是刘大任、郭松棻和李渝三人最根本的特质，在于他们是竹内好所称的"第一义的文学者"，在于他们"作为一位个体在面对整个革命时期的方式是精神式的、文学性的"[4]。在这一"回心"的要义上，他们承续了鲁迅的思想与文学传统，并且显出独树一帜的时代与命运的色彩。

本章将以鲁迅的小说为参照，讨论郭松棻《雪盲》与《孔乙己》的互

---

[1] 张宁：《无数人们与无穷远方：鲁迅与左翼》，上海：复旦大学出版社，2006年，第8—9页。
[2] 黄子平：《〈故事新编〉：时间与叙述》，《灰阑中的叙述》，北京：北京大学出版社，2020年，第95页。
[3] 黎湘萍在讨论海峡两岸阅读鲁迅的不同方式时提到，日据时代的台湾知识者"走近鲁迅"是出于"实用的启蒙主义目的"，因此幸运地比大陆读者更贴近鲁迅的本义。1946年9月，《台湾文化》杂志刊出了"鲁迅逝世十周年特辑"，是台湾第一次也是最后一次用特辑的形式纪念鲁迅。参见黎湘萍：《是莱谟斯，还是罗谟斯？》，载《收获》2000年第3期。
[4]【日】丸山升：《辛亥革命及其挫折》，《鲁迅·革命·历史——丸山升现代中国文学论集》，王俊文译，北京：北京大学出版社，2005年，第37页。

文性及其所反映的启蒙知识分子的历史忧郁；李渝《和平时光》与《铸剑》的复仇美学与历史故事新编写法异同；刘大任《且林市果》与《从心所欲》两篇小说的"后保钓"叙事对鲁迅《在酒楼上》的仿写。

## 第二节　知识分子的历史忧郁症结：《雪盲》与《孔乙己》

郭松棻的《雪盲》（1985）是一个具有多重蕴涵的复杂文本，不仅寄寓了作者强烈的个体生命经验，还涉及历史事件、家庭伦理、欲望情感、代际关系等多个议题。小说中大量使用了意识流、内心独白、时空跳跃、叙述视点跳转、短句式、重复、人称与词性变换等叙事手法，是以现代主义美学包裹社会历史主题的一篇佳作。小说通过校长与幸銮这两位主人公的经历之间的参差对照，表达出从日本殖民统治末期到白色恐怖戒严时期的两代台湾知识分子因无法实现"立志的允诺"而产生的精神忧郁及其所承载的历史创伤。值得注意的是，作者在小说中反复引述鲁迅的《孔乙己》中的段落，构建起具有贯通性的文本外互文[1]，暗喻了一种跨时空对话的可能。

与中篇小说《雪盲》相比，鲁迅的《孔乙己》（1918）篇幅很短，但因其具备"复调小说"[2]的特质也显示出话语层次的多重性。将两个文本并置阅读，我们能够发现二者的叙述内核中都包含了文本内的"隐含作者"[3]作为启蒙知识分子的历史忧郁症结。

### 一、"立志"与"退志"

《雪盲》中的"校长"陈兴南是成长于日据时期的台湾知识人，他是

---

[1]"文本外互文"概念是克里斯蒂娃"互文性"一词的拓展，由杰·莱姆基（Jay Lemke）提出，指的是不同文本之间的关系。Jay L. Lemke. Ideologies, Intertextuality, and the nation of register, in Systemic Perspectives of Discourse, eds. Benson and Greaves. Norwood: Ablex Pub, Corp., 1985. p175.

[2]严家炎：《复调小说：鲁迅的突出贡献》，载《中国现代文学研究丛刊》2001年第3期。

[3]"隐含作者"概念最早出自韦恩·布斯1961年出版的《小说修辞学》。参见【美】韦恩·布斯：《小说修辞学》，北京：北京联合出版公司，2017年。

"台湾人中难得的一个教育家",从年轻时就立志做一个小学校长。在日本殖民时期他是台北市政府的督学,能"说上一口上品的日文"。光复之后,他成为"我"/幸銮所读小学的校长,又通过收听广播剧努力学会了北京话,在学校周会上可以满腹生气地面壁朗读国父遗嘱,"遇到卷舌音时,校长都能够把他的舌头认真地卷上去,而发出不令人厌恶的舌音"。两次克服语言的障碍以赢取一种身份上的"平等"认同,显示出校长身为教育者/知识者的决心。校长与他在东京读医科的兄长都是日据时代被殖民者中"立志"的典型,他们决心摆脱"亚热带的惰性",想要离开家乡,"走异路,逃异地,去寻求别样的人们":[1]

> 少年时代最恨的就是乡里的父老叭喳扒喳嚼着槟榔。亚热带的惰性。在糖厂的五分车里,科隆科隆的机轮声中,他和哥哥立志要和槟榔断绝关系。[2]
> 我走。我走。只身离开这个气闷的海岛。远远地走开。远远地走开。少年时代立的志。[3]

矢内原忠雄在《帝国主义下的台湾》中曾说"甘蔗糖业的历史,也就是殖民地的历史"[4]。小说中的糖厂,作为单一殖民经济结构中的代表农作物蔗糖的制造场所,暗示了在当时"殖民现代化"的社会语境中台湾青年人生活道路选择的有限性。除了读文科的校长、读医科的校长兄长,作者还以第一位台湾飞行员的故事含蓄地带出了一批日本殖民统治下有志青年的形象:

---

[1] 鲁迅:《呐喊自序》,《鲁迅全集(第一卷)》,北京:人民文学出版社,2005年,第437页。
[2] 郭松棻:《雪盲》,《奔跑的母亲》,台北:麦田出版社,2002年,第180页。以下引文未注明出处者均同此版本。
[3] 同上,第176页。
[4] 施淑:《日据时代小说中的知识分子》,《两岸——现当代论文集》,北京:清华大学出版社,2014年,第131页。

大人们围着火谈起台湾人出现第一个飞行员的往事。盆火照红了父亲一团被窝气的脸。萨尔牟逊式的"高雄号"飞入云端。万里长虹。台湾人的抱负。意志升上去了。飞越在殖民地的上空。从高空鸟瞰,据说汉民族的土地郁渝苍翠,气运沸沸。十几年的威尔逊主义在这里长出了苗芽。[1]

在某种程度上,校长和他的兄长都是成长于日据时代资本主义经济与"现代文明"结构下的"有机知识分子"[2],他们结束学业后,将作为殖民地低等文官和熟悉现代科学的本地医者,稳固地嵌合于这一整套的殖民话语系统之中,并且终生寻求文化身份认同。根据陈培丰的论述,早在1937年皇民化运动之前,日本已经在台湾实行"同化于文明"与"同化于民族"的双重政策[3]。小说中的校长与他的兄长确为施淑所说的"一些新人类,一些由殖民教育政策决定,被动地接受和认同由日本移植来的资本主义思想的有机知识分子",在努力朝向新的观念锦标前进的道路上,"以社会达尔文主义的眼光,对待被认定为应该被淘汰的传统封建文化"[4]。对槟榔的厌弃和出走的理想,即显示出《雪盲》中的"校长"作为新的权力结构的功能者所面临的文化断层现象。

作为"汉民族"的"立志"因此有了复杂的含义:一是作为弱小民族,在民族主义情感统摄下奋力图强,以实现自立于世界民族之林的启蒙

---

[1] 施淑:《日据时代小说中的知识分子》,《两岸——现当代论文集》,北京:清华大学出版社,2014年,第178页。杨清溪是第一位拥有私人飞机的台湾人,他1930年入东京多摩郡立川飞行学校学习,1933年取得二等飞行士执照,在家人资助下购得日军退役侦察机(Salmson 2 A2型),命名为"高雄号"。1934年11月,杨清溪在飞行中不幸殒命,年仅27岁。

[2] "有机知识分子"是与新的社会集团或新的阶级同时诞生的,并在它的发展过程中成熟起来,大多数都是新的阶级所彰显的新型社会中部分基本活动的"专业人员"。参见【意】安东尼奥·葛兰西:《狱中札记》,曹雷雨、姜丽、张跣译,郑州:河南大学出版社,2014年,第2页。

[3] 参见陈培丰:《同化的"同床异梦"——日治时期台湾的语言政策、近代化与认同》,王兴安、凤气至纯平译,台北:麦田出版社,2006年。

[4] 施淑:《日据时代小说中的知识分子》,《两岸——现当代论文集》,北京:清华大学出版社,2014年,第132—133页。

救亡理想；二是作为殖民地子民，面对殖民者带来的先进技术与符号体系，意图通过个体向上攀爬的努力，获取一种智识与能力上的平等并促进现代社会机制的良好运转。

但是，在殖民语境下，被殖民民族知识群体的"有机知识分子"身份实际上是可被证伪的。正如葛兰西所言，有机知识分子不能满足于只掌握技术知识，他们需要乐于并勇于参与文化领导权的斗争，将专业知识制作为政治知识，以建设者、组织者的角色积极投入实践生活。以上种种要求，在台湾被殖民的历史境况中显然是无法达到的。因此，校长在经历了一次"精神的危机"后，主动放弃了有机知识分子的历史使命，把自己重新抛回传统的、充满"陋习"的、与他构成血脉与土地联结的旧有文化之中。在兄长自杀后，校长竟然主动嚼起了曾经最厌弃的槟榔，"他的嘴第一次呵出刺鼻的槟榔味"——这与校长哥哥因目睹生产的景象而受到刺激、溺水而亡的事件构成了小说中前两次"立志的失败"。

从文本的表层来看，校长的自堕是源于亲人去世的打击，实际上隐含了从日本殖民、战争轰炸，到"二二八"、白色恐怖和城市戒严等一系列创伤性的历史事件的影响。此外，最重要的是，校长所体验到的有机知识分子与传统知识分子两种角色之间的撕裂。

校长经历了殖民话语无处不在的压制与战争的震荡，在光复后终于当上小学校长，以严格的自律履行职责，却因为一次在戒严时为病弱的母亲出门买豆腐，而遭遇"唰地宪兵一个大巴掌掴在脸上"。作者以极度克制的笔调书写个体的这些"断裂"体验，诸如此类的时刻散落在文本压抑的叙述氛围中，成为一个个情绪张力的爆裂点。校长退休后，由台北迁至渔港小镇南方澳，无疑是一种精神上的退守，因此每每不期然遇见时，"他总是露出一脸的惶恐和羞惭"。他交给"我"的那本鲁迅选集，是作为曾经的启蒙知识分子的校长的最后一次履行教育与精神传承的责任。

校长兄长的自杀是小说中另一个值得剖析的事件。哥哥陈昆南在医院实习，上完妇产科的接生课后却突然精神崩溃，后来在海中溺水自尽，只留下一本书和几件衣服：

> 哥哥突然从医科大门冲出来，泪脸奔向马路。白色的罩衣在风中飘卷。那慌张的身影是校长一直没有忘却的。
>
> 马路空旷无人。桫椤科植物绿荫成盖。医科的红砖大楼，在骄阳下巍然矗立。艳丽的晌午时分。医科的实习生刚刚上完接生课，哥哥一下子精神崩溃了。[1]

小说对这一情景的描述是通过校长的视角展开的，而在他的视点之后还有着另一位观察者——校长的学生幸銮。兄长穿着医生白大褂奔跑的身影成为"一只白日的鬼影"，"带着绳结般的困扰，印入了校长的记忆"。这个记忆也镌刻于幸銮的记忆中，大学时代，他在上学的途中于医学院大楼止步不前，"等待那白衣飘卷的影子，嬉戏般的向你奔跑而来"。显然，校长哥哥奔跑的身影作为一种创伤性的经验植入了两代人的心灵。

为何一堂接生课会有如此巨大的影响？校长回忆哥哥那时说过的唯一的话就是："想不到生小孩会那么丑陋。"从文意推断，兄长或许是无法忍受生产之黑暗面所带来的理想美感的崩坏。当他目睹了现代医学"巍然矗立"、整饬有序的外表下被放大的真实和一览无遗的细节，这种"真实的过度"乃至"丑陋"造成了主体紧绷的立志理想下的认识论断裂。当主体的意识因猛然的冲击出现裂痕和错位，无法与既有的认知结构缝合在一起，他就面临着分裂的精神危机。可以说，过分纯粹洁净的主体意志是一种历史的幻觉，"纯粹"是一种紧绷的、易碎的状态，无法承受真实所携带的复杂性，也就不具备巴迪欧所言的"对真实的激情"。

"生产的丑陋"是否暗示着现实与理想之间的巨大落差？如巴迪欧所

---

[1] 郭松棻：《雪盲》，第 181 页。

述，革命将自己召唤为一种新的开启，其中最重要的步骤就是"对人的（再）开启"，在生产"新人"、清洗"旧人"的过程中，为了祛除伪装与矫饰，暴力的恐怖诞生了[1]。显然，人的肉身生产与主体的精神生产一样，是痛苦而丑陋的过程，未做好心理准备的参与者会遭受极大创伤。于是，"在清洗终结之处，真实作为现实性的总体性匮乏，变成了虚无"。面对现实破碎面的态度，或许是区分传统的书斋型知识分子与有机知识分子的一个维度。

需要关注的是，相对于"立志"，郭松棻在 1982 年接受香港《七十年代》主编李怡的采访时，曾用"退志"的概念来形容他所欣赏的瞿秋白与俄国革命家普列汉诺夫：

> 他说"退志"而不说"退意"，是因为他觉得"退"是要有勇气的，不是一般人能做到的。中国人说"急流勇退"，就强调了"勇"气。[2]

《雪盲》中校长及其兄长的选择似乎印证了作者所说的"退志"。但是，选择了"退志"的主体真的隐退了吗？退志一词，关键或许不在"退"，而仍在"志"。正如小说结尾处，幸銮在美国沙漠城市的一所大学寂寞地教授着无人理解的鲁迅，在翻读校长赠予自己的《鲁迅选集》时看到了校长哥哥的签名，突然醒悟到：

> 你终于了悟到你一生缺乏的就是一位亡兄。好让他把痛苦分享给你。使它成为你生活的一部分。

---

[1]【法】阿兰·巴迪欧：《世纪》，蓝江译，南京：南京大学出版社，2017 年，第 94—95 页。
[2] 李怡：《昨日之路：七位留美左翼知识分子的人生历程》，《春雷声声——保钓运动三十周年文献选辑》，台北：人间出版社，2001 年，第 755—756 页。

啊，什么时候，有一个穿白衣的哥哥，流着泪奔跑过街。医科学生的罩衣在空中飞卷。他的发，他的惶惶无主的脚步，他绳结般绞缠的胸口，突然间崩裂的人格，冲出了医科巍然矗立的红砖大楼。

那白日哭丧的魅影在狂风中及时为你目击，好铸成你日后幸福的佐证，领你走向立志的道路。[1]

经过了整部小说的挣扎矛盾，与历史、与家庭、与欲望和理想的纠缠，作者还是收束于"立志"和"幸福"的未来可能性，这的确是从痛苦的精神深潭中所拔擢出来的心灵花朵。父兄辈传承下来的"痛苦"成为主人公自我建构的基础，让其能够"及时"地把握住历史的真实脉搏，沉降于现实的人间，并重新寻找一条再出发的道路。

米娘是《雪盲》中一位重要的女性人物，她是校长立志失败后的情感出口和历史欲望的实体化。小说以散文诗的含蓄笔调描述出校长年轻时与邻居家的米娘曾有过的一段恋情：

陋巷。安静的午后，空气停止流动。夏日无声的慵懒发出喁喁的心的声音，多热啊。令人难以负荷的气压。米娘的上身探出了窗口。

相信他，默默地留在他的身边。

校长用手摇着踏板。后车轮转动起来。得得得……得得得……制造着悦耳的声浪。

全是一阵浪涛。把自己卷了进去。来罢，全世界所有的海水。会淹死的。小心。就淹死在午后巷尾无声的空气里。噢。多热。[2]

---

[1]郭松棻：《雪盲》，第214页。
[2]同上，第174—175页。

## 第二章 文学传统的承续：鲁迅作为"原点"

短句组成的段落构成了电影镜头式的画面，在声音、空气、人物动作与内心独白的组合切换中，清晰地呈现出燥热的夏日午后空气中弥漫着将要迸裂的情绪。小说中出现两次"来罢，全世界所有的海水"的表述，隐喻着校长突破家庭伦理限制的决心。此类的家庭叙事是郭松棻小说中常涉及的主题，《月印》《惊婚》等篇都聚焦于小家庭内部的亲子与夫妻情感，将情感伦理的冲突架构于复杂的时代背景之中，由此引申出人与人、人与历史的纠缠，以及人性潜意识中最根本的欲望和困惑。

《雪盲》中，校长、米娘与校长夫人构成了一段常见的彼此牵制的三角恋情，但作者以曲折的笔法凸显出了三个人命运的悲剧性。出身望族的校长夫人，带着数车嫁妆和花一般的年纪，下嫁当时的师范高才生，后来成为"巷子里唯一被称呼'先生娘'的有身份的女人"。面对校长的情感越轨，她以不明言的方式保存自己的高傲与体面，最终这段恋爱以米娘的离家出走告终。数年后，米娘因精神失常而流落街头，从一位长发乌黑、肌肤雪白的少女变成"一身破烂满脸污垢的女乞丐"，甚至生了好几个小乞丐围在她的身边。校长夫人在隐忍中继续把生活过下去，刻意将往事遗忘为一段无足轻重的插曲。对于校长本人来说，这段情感的终结象征着他人生"出走"可能性的丧失。虽然一再说着"我走，我走"，但最后仍是"他哪里敢，他有胆，我倒任他去了"。于是，米娘离开的第二天，幸銮从窗口望出去，"完全看到了校长上半身终于塌下去的背影"。在"立志"的理想成为泡影之后，以欲望情感作为逃脱的可能性亦被彻底封闭，校长的主体意志似乎自此完全倾颓下去，任生活的洪流将他飘卷到无意义的所在。

如前所述，《雪盲》中的"立志"与"退志"很接近于作者的自我告白，为了凸显内心自白式的叙述语气，让隐含作者与叙述者的声音在小说的"前景"与"后景"中相互映衬，作者采取了与内容相匹配的形式。作者所运用的现代小说的语言技巧，包括蒙太奇、意识流、内心独白、时空转换等，在词汇句法的特殊配置中达成了新的陌生化与"叙事空间化"的效果。这种故意制造的"滞涩"最大限度地攫取住读者的注意力，正如乔伊斯的"显现法"，"通过事物的经营而突入一瞬的真实"[1]。这种表现方式让读者看到了抒情主体的视域是如何铺展的，它让读者不得不逐字逐句地对文本进行揣摩、拆解、分析，而并不给予一种囫囵吞枣的快感式阅读体验。

**二、历史的互文性：孔乙己、鲁迅与"你"**

《雪盲》中的主人公"幸銮/你"与校长构成了一种精神上的父子关系。对校长的描述大部分是从幸銮的视点延伸出去的，校长年轻时的踌躇满志、兄长去世后的抑郁沉落、米娘出走后的衰颓都由叙述者"你"呈现给读者。同时，在小说变幻交叠的时空结构下，幸銮的经历与校长的故事于文本中交替进行，这种方式自然形成了二者相互印证的效果。小说中最重要的物——一本日据时期总督府监印的《鲁迅文集》——也是由校长转赠于幸銮，无疑预示着一种启蒙知识分子精神传统的代际承续。从此，幸銮将鲁迅引为知音，又像是另一位"精神之父"，从书中摘取的《孔乙己》片段，成为笼罩他一生的象征。

小说开篇以叙述者"你"在窗前所观看到的"小学校长"在海滩上推船的场景展开。快要升高中的幸銮，因为母亲想让他晒晒太阳强壮身体，于是在联考之后，来到位于渔港南方澳的、以前就读小学的校长家中小住几天。为了让客人可以乘船出海，校长赶在落雨前，奋力把渔船推向海边。作者用了数百字的篇幅描写了这番景象：

> 小学校长抱住船，俯身将它推向海上。
> ……远处的地平线已经失去了雍容的平衡，露出逐步升级的焦灼。天空吸饱了墨水，海变得沉重。白浪带着流质的钝拙，丧

---

[1] 叶维廉：《现代中国小说的风貌》，香港：香港文化社，1970年，第111页。

失了冲向沙岸的意志。

地平线、海、沙地,统统沉静了下来,各自安于自己的地位。连风也遁曳了。前一个片刻在头顶上呱叫的海鸟突然在空中绝迹。不久,一场骤雨就要打破这种静止的安排。

校长张开的脚趾盘入沙里,脚板掀起来,成为他向前推进的着力点。沙上已经印出长长一条足迹,像铁模的凹槽,轮廓完整而美丽。[1]

这段有如散文诗的风景描写,将人物无声的动作语言嵌于风雨欲来的紧张气氛中,为小说构筑了一个稳健、含蓄、精准的开端。当校长集结全身的力气推着渔船,力量贯注于他的肢体,如同推动巨石的西西弗斯一般"透露出允诺的信息",小船终于"以舒坦的卧姿,漂浮在水上,完成了复归的宿愿"。"你"眼中校长的背影显得沉默而严肃,"一如周会时面壁朗读国父遗嘱的模样"。"你"的目光由窗前收回,看向手中校长赠予的一本"台湾总督府监印的旧书"。这本《鲁迅文集》是他家中唯一的中文书,书已经被虫蛀穿,每一页都有小小的洞疤。

用主语"你"来替代"我"作为第一人称叙事的叙述者,是郭松棻在小说中常使用的手法,《雪盲》则是最早采用这一手法的作品。《雪盲》中的叙述视点在几个人物之间迁移变化,但最常见的是幸鎏以"你"的视点出现。"你"的第一人称叙事将叙述者与被叙述的过去的自己之间拉开了反视性的距离,文本中生成了观看"我"、并且隐身于"我"的"第二主体"。这一人称视点的选择让小说的声音维度得以扩张。第一主体在行动、思考,而第二主体隐形于其叙述声音背后,对他的行动、思考进行审视和观察。

作者借"你"的视角直接引述了《孔乙己》的段落:

---

[1] 郭松棻:《雪盲》,第 167—168 页。

……但终于没有进学,又不会营生;于是愈过愈穷,弄到将要讨饭了。幸而写得一笔好字,便替人家抄抄书,换一碗饭吃。可惜他又有一样坏脾气,便是好吃懒做,坐不到几天,便连人和书籍纸张笔砚,一齐失踪。如是几次,叫他抄书的人也没有了。孔乙己没有办法,便免不了偶然做些偷窃的事。但他在我们店里,品行却比别人都好,就是从不拖欠;虽然间或没有现钱,暂时记在粉板上,但不出一月,定然还清,从粉板上拭去了孔乙己的名字。

从这第一次引用开始,"孔乙己"连同其创造者鲁迅就攫取了叙述者的注意力,成为小说不断回返的象征符号。第一人称叙事也是鲁迅小说中常见的叙事方式,《孔乙己》的叙述就是以咸亨酒店的小伙计"我"的视角展开的,并且伴随着叙事的推进,叙述者"我"从一个尚有同理心的少年逐渐向普通的看客靠拢,因此与隐含作者鲁迅的情感指向拉开了距离,叙述声音产生了分裂。《雪盲》中,郭松棻借由幸鎏的视点进行叙述,但通过自我反视性的"你"的人称使用,也形成了复调的叙述声音。在《孔乙己》的"我"和《雪盲》的"你"背后,读者都能清晰感知到作者的叙述声音在人物的视点背后回荡,真实作者在此处以"隐含作者"的姿态不断洄游于文本之中。

鲁迅作为 20 世纪初期启蒙知识分子的代表,是联结校长与幸鎏两代知识者的精神纽带,他所走过的"呐喊"与"彷徨",隐喻着从校长兄长、校长本人到主人公幸鎏已体验或将要体验的"读书人"的际遇。这一链条的首尾两端,还隐藏着作者郭松棻本人与鲁迅在生命体悟上的互通之处。郭松棻最喜欢的鲁迅小说是《孔乙己》和《故乡》,曾说"鲁迅应该是和我最贴近的作家了",并引述记者曹聚仁的话,谈到"鲁迅自己非常喜欢

《孔乙己》"[1]。《雪盲》中对孔乙己的引述和对鲁迅的反复指涉既是文本内的致敬，又是贴合小说家心境的文本外的互文。

《雪盲》完成于1985年，是郭松棻由左派理论研究转向小说创作后的高峰期作品。《孔乙己》作于1918年冬，当时鲁迅在教育部任职，寓居于北京的绍兴县馆，受困于辛亥革命后知识阶层的分裂，常在公余研究抄写金石拓本、做古籍勘校，在夏夜多蚊虫的院子里，"晚出的槐蚕又每每冰冷地落在头颈上"，更感到"这寂寞又一天一天地长大起来，如大毒蛇，缠住了我的灵魂了"[2]。这份知己者寥寥的寂寞想必是80年代在纽约联合国工作、公余时钻研马克思主义政治经济学的郭松棻所深切体验过的。因此，1918年的鲁迅与1985年的郭松棻分享了在孤独中踽踽独行、寻找希望的写作心境，笔下展露出对他者、对自己、对国民与历史的反思性视野。在一份写于80年代初期的手稿中，郭松棻曾将鲁迅与他最重视的哲学家萨特相并而论：

> 对沙特来说，虚无不是自我欺骗式的想象的自由，丛集体不是麻木不仁，也是有意识活动的。沙特反对佛洛依德的无意识状态，鲁迅也是。那么沙特的丛集体的现代意义在哪里——是看到了资本主义个人主义原子论的前景吗？沙特是社会发展的透视，而鲁迅则是救中国。[3]

在这个略显"突兀"的并提后，论者并未对他的观点展开说明，但

---

[1] 简义明：《郭松棻访谈》，见郭松棻：《惊婚》，台北：INK印刻文学出版有限公司，2012年，第240—241页。据郭松棻回忆，他在初二时第一次接触到鲁迅，"家中不知为何出现了一本他的精选集，还是人家给我的，就开始看"。

[2] 鲁迅：《呐喊自序》，《鲁迅全集（第一卷）》，人民文学出版社2005年版，第439—440页；郭松棻在《雪盲》中以叙述者幸銮的口吻说："鲁迅，在阴影下曾经被树上掉下来的毛虫冷冷地爬过颈背。那是一九一八？"见《雪盲》，第208页。

[3] 郭松棻：《沙特在哲学伦理学留下的空白》，《郭松棻文集：哲学卷》，INK印刻文学杂志出版有限公司，2015年，第236页。

是对鲁迅尝试通过启蒙"丛集体"来"救中国"的举动的肯定是显而易见的。一篇洋洋洒洒的萨特研究文章最后落脚到此处,作家自身的理想无疑是寄托于其中的。

具体到《孔乙己》这篇小说,郭松棻认为孔乙己是一个"可爱的"、被误读的形象:

> 多数的人读到的孔乙己这个人物的形象与解释是过气的,落伍的,偷书啊,一个负面的人物,我觉得大家都不了解他,小说里的孔乙己是酒楼里唯一会跟小孩(鲁迅的化身)说话的,很可爱的,也不拖欠跟酒店的账。[1]

从这种同情之理解的态度出发,《雪盲》与《孔乙己》的互文显然不是为了指责小说主人公的丧志和失败,而是将孔乙己与"校长/幸銮"之间相通的境遇与精神状态做一种比较。他们的共同点是"失败的读书人"的形象以及个体在特殊历史境遇中的不幸。孔乙己作为一个传统文人,是清朝末年科举制度下不得志的牺牲品。《雪盲》中的校长和幸銮则代表着从日据时期到光复后戒严统治期间难以立志的台湾知识分子。在中学时代即被鲁迅小说攫住目光的幸銮,显然心中有着一种涌动的志向与激情,但是身处"白色恐怖"的环境,那久久没有消散的、"凝聚在巷子里那股令人懊丧的恶气"使得他无法发出自己的声音。如小说中所写:

> 狂犬病流行的台北。狗都戴上了口罩,在街上一律不准开口。整个城一下子听不到吠声。狗变成了一种最沉默的动物。把尾巴夹起来,默默地跟在人的背后,巴眨着令人不解的眼神。戴着口罩的鼻子这里嗅嗅那里嗅嗅。连走在地上的狗爪子都是默然

---

[1] 简义明:《郭松棻访谈》,见郭松棻:《惊婚》,台北:INK印刻文学出版有限公司,2012年,第240页。

无声的。[1]

被噤声的犬象征着沉默的人群。为了逃避这种压抑的环境，幸銮出国留学后留在美国拉斯维加斯旁的沙漠城市里，在一所警察大学教中文，常开设一门鲁迅小说的选修课。"落草般陷在这沙漠里"的幸銮，对着七八个中文都讲不太流利的美国大学生，教授着无人理解的鲁迅。他的学生毕业后往往被派到赌场工作，选修这门课程并不是对这位遥远的中国作家感兴趣，而是因为容易拿到 A 等成绩。幸銮在美国一呆就是 17 年，从未返乡，从同校日本教授所说的"回到你的国家，你也教不了你的鲁迅"来看，幸銮或许不是不愿，而是不能返乡[2]。作者并未聚焦于幸銮曾拥有的踌躇满志，而是从一开始就通过叙述视角的牵引，将他的命运与校长的故事同构在"立志失败者"的话语之内。

除"失败者"的身份之外，幸銮与鲁迅笔下的孔乙己有两点相似。其一，他们都与他者（学生/酒客）的生活产生一种"结构性""工具性"而非"情感性"的意义联结。孔乙己"之乎者也"的行为举止在旁人眼中是与其地位不相称的，因此他充当着咸亨酒店来往的长短衫酒客们与老板、伙计无聊生活中的谈资笑料，甚至小孩子也拿他取笑——"孔乙己是这样的使人快活，可是没有他，别人也便这么过"[3]。显然，没有人真正将他作为人的主体存在对待过、同情过。这也反讽性地证明了鲁迅所说的传统知识分子的实际地位，不过是充当"帮闲与帮忙"[4]。偷窃成癖的孔乙己无法再"帮闲"，走向末日的王朝不需要他的"帮忙"，所以他只能"大

---

[1] 郭松棻：《雪盲》，第 203 页。
[2] 小说中的幸銮在很多方面是郭松棻的自我写照，例如初中时初读鲁迅、身材苍白瘦弱、出国前心情苦闷、1966 年出国留学、曾在旅馆打工赚钱等细节，都与作者相符。因此，虽然文中没有提及"保钓"运动（写作与发表期间台湾尚未解除戒严），但从幸銮出国后到工作前这段时间在叙述被刻意省略了，或许我们可以推测，略去的这段正是参与"钓运"的时间。幸銮 17 年未回家，可能暗示着郭松棻被国民党政府以"郭 X 棻"之名列为黑名单，护照被吊销的经历。
[3] 鲁迅：《孔乙己》，《鲁迅全集（第一卷）》，人民文学出版社 2005 年版，第 460 页。
[4] 鲁迅：《集外集拾遗·帮忙文学与帮闲文学》，《鲁迅全集（第七卷）》，人民文学出版社 2005 年版，第 404—406 页。

约的确死了"，成为历史中一个被湮没的微末生命。《雪盲》中，幸銮在警察学校的学生们个个体格壮硕，每天做数十个伏地挺身和引体向上，毕业后被分配到赌场工作，"他们原无须鲁迅，其实他们连一句简单的中文都说不好"，"是早风闻这门课容易拿 A 而来的罢"[1]。幸銮一度因为期末考前"学生个个露出了痴呆的脸色"而恼火，想要以不及格的成绩让他们长长教训，但最后还是改变了主意，决定给每个人最高的成绩，完整地履行了鲁迅课程的"工具"之用。钱理群在分析《孔乙己》时曾提到，《孔乙己》中最能超越时空、最具概括性和普遍性的一点是它反映了知识分子的自我审视与主观评价和"社会上大多数人"对知识分子的观察评价之间的对立和反差，而后者恰恰构成了知识分子的实际地位[2]。《雪盲》中的幸銮在异国"流亡"时也面临着此种对立。理想与现实之间巨大的差距让幸銮的"走异路，逃异地"之举的意义顿显茫然，也是造成小说弥散不去的忧郁气质的原因之一。

幸銮与孔乙己的第二点相似之处是身体上的"沉沦"。孔乙己因为偷了丁举人家的东西，被打断了腿，再次去店里买酒时，"穿一件破夹袄，盘着两腿，下面垫一个蒲包，用草绳在肩上挂住"[3]，满手是泥，竟是用手走来的。幸銮没有被人殴打，也没有身体上的疾病，却也像孔乙己一般无法用脚行走了：

> 每次教完了《孔乙己》，你好像患了机能障碍症似的，脚突然失去了作用。你想象以孔乙己的模样，用满是污泥的手爬出教室，甚至让自己的腿折断，坐在地上一路跂着向前。现在这就是教室和停车场之间唯一可以顶天立地的行走方式。你忘不了南方澳的那次旅行。不管母亲怎么骂你，你还是屈身蹲在车厢

---

[1] 郭松棻：《雪盲》，第 213 页。
[2] 钱理群：《〈孔乙己〉"叙述者"的选择》，载《语文学习》1994 年第 2 期，第 16 页。
[3] 鲁迅：《孔乙己》，《鲁迅全集（第一卷）》，人民文学出版社 2005 年版，第 460 页。

的地上。读着你的鲁迅,让自己在站客不断摇晃的腿与腿之间沉落。[1]

如果说孔乙己从"身材高大"到被打折了腿,是一种物理上的、被动的萎缩,那么幸銮为什么会主动将屈身爬行的姿势作为"唯一可以顶天立地的行走方式"?这一超现实的场景显然有着更多精神层面的寓意,表征着主人公已将孔乙己的肉身创伤内化为自我情感一部分。在升高中的暑假,那次去校长家的旅行之后,"你"第一次读到鲁迅,读到《孔乙己》,便在回程的火车上选择蹲在车厢地上读书,四周都是乘客熙熙攘攘的双腿。这个"沉落"的举动在当时或许只是因母亲反复唠叨而产生的叛逆,在20余年后美国的沙漠小镇中却化为一种委顿的姿态。但是,委顿中还存在一丝挣扎着向前的意愿,即使"胸臆及时萎缩成孔乙己",却依然"准备以残废的雄姿迎接在风中连绵几百英里的金莹闪亮的沙粒"。以这样委顿的"雄姿""顶天立地"地行走,这应该就是作者所说的"退"亦有"志"。

### 三、"沉到底"的允诺

小说中一个有趣的意象是在开篇与结尾处两次出现的"T形的结合"。开篇处,校长奋力将渔船推向海边,叙述者"你"在窗口看到:

> 慢慢被校长推动前进的船,和水面构成垂直交叉。船尖逐渐移向地平线,就要完成T形的结合。一直跟在校长背后的黄狗兴奋地狂吠起来。校长仍然抱住船,俯身奋力。铅空下,他全身力量的集结透露了允诺的气息。[2]

---

[1] 郭松棻:《雪盲》,第212页。
[2] 同上,第168页。

结尾处,幸銮与同校的日本教授一齐等待"一天最神往的时刻"——落日和地平线慢慢构成T形的允诺。这是"落日和地平线结合的伟大构成",更是"挥之不去的允诺"。显然,从船与海岸,到落日与地平线,点与线的T形结合的动态风景被赋予一种允诺的意味,在小说的首尾两次出现,证明的是主人公在孔乙己式的失败者形象之下坚持着"允诺的创造"的信念。从台湾的海岸,到内华达州的内陆沙漠,原本是湿润与干燥的两个极端,在小说中被"T形结合"的意象缝合为一个彼此扣结的整体。

此处的"允诺"指的究竟为何?当海岸的允诺失去了,是否可以在异国的沙漠中找到新的应许之地?我们或许可以从小说的题目找到一些答案。小说以"雪盲"为名,但全篇没有一字与其有关,这种题目与内容表面上的无相关性是郭松棻小说的特点。"雪盲"指的是因雪地反射的强烈太阳光长时间刺激眼睛而引起的视力障碍,症状为眼部疼痛、畏光、流泪甚至失明。海岸与沙漠都不具有雪地的特质,这里的"长时间刺激"应是指压抑灰暗的现实环境对知识分子精神的长期压制,凝固为"暂时失明"的历史创伤,使得知识主体逐渐放弃或丧失了介入社会现实的话语能力,选择随波逐流的犬儒式的生存方式,最终如孔乙己般在精神上被折断了"腿",只能匍匐前进。

由校长亡兄、校长、幸銮所构成的精神线索,再结合小说对鲁迅的征引,小说中的"允诺"可以理解为第三世界国家知识分子的启蒙者理想。他们的立志不仅是对个体未来的许诺,更怀抱着启发国民性、改造社会现实情况的期望。但是,现实的打击显然磋磨了他们的志向,令其只能以暂时性失明的逃避态度对待自己民族的历史与未来。小说中人物在进与退、立与弃之间徘徊,恰恰暗示了作者本人处于理想与现实夹缝中的矛盾态度。但是,作者并不是完全退缩回个人的孤绝世界中,更没有切断他与国族、国民的联系。这点可以从小说中对张爱玲《中国的日夜》一诗的引用略窥端倪。

如前所述，郭松棻并不青睐张爱玲的作品，甚至可以说对她的一些创作略有微词，但是在《雪盲》中却特意提及这一段：

在罗斯福路的一家租书店，你偶尔翻开《张爱玲短篇小说集》。充塞在一本一本薄薄的武侠小说里，这本相较之下显得厚实的书，一时带上了私生子的名分。你在灰暗的灯火下，读着《中国的日夜》。仍然硬硬的牛皮纸封面还没有沾上租书人的手气。在平滑如珍珠米的书页上印着：

"沉重累赘的一日三餐。谯楼初鼓定天下；安民心，嘈嘈的烦冤的人声下沉。沉到底。……中国，到底。"[1]

那是女主人挽着菜篮，行过菜市场。心里默默地有了向随时随地都如市场般嘈乱的同胞祝福下沉的心愿。

诗句固执地印在你的脑里。在满室散发着阿月浑子香气的沙漠公寓里，你但愿自己有超绝的能力沉将下去。沉到底……到底。[2]

这一段对张爱玲散文的引述乍看之下是与前后文无关的。前文写的是幸銮读高中后，在台北街头看到了精神失常、衣着褴褛的米娘。后文紧接着是写他在美国的学校教书，在黑板上画出鲁迅年谱的场景。这段略显突兀的引述在小说中有何作用？我们需要回到张爱玲的原文本去一探究竟。

张爱玲写于1947年的散文《中国的日夜》，记录了她在秋冬之交的上海，每天去市场买菜的见闻经历：

---

[1]张爱玲该诗的完整版本为："中国的日夜，我的路，走在我自己的国土。乱纷纷都是自己人：补了又补，连了又连的，补丁的彩云的人民。我的人民，我的青春，我真高兴晒着太阳去买回来，沉重累赘的一日三餐。谯楼初鼓定天下；安民心，嘈嘈的烦冤的人声下沉。沉到底。……中国，到底。"参见张爱玲：《中国的日夜》，《传奇》，北京：中国青年出版社，2000年，第407页。

[2]郭松棻：《雪盲》，第206页。

又一次我到小菜场去,已经是冬天了。太阳煌煌的,然而空气里有一种清湿的气味,如同晾在竹竿上成阵的衣裳。地下摇摇摆摆走着的两个小孩子,棉袍的花色相仿,一个像碎切脆菜,一个像酱菜,各人都是胸前自小而大一片深暗的油渍,像关公颔下盛胡须的锦囊。又有个抱在手里的小孩,穿着桃红假哔叽的棉袍,那珍贵的颜色在一冬日积月累的黑腻污秽里真是双手捧出来的,看了叫人心痛,穿脏了也还是污泥里的莲花。至于蓝布的蓝,那是中国的"国色"。不过街上一般人穿的蓝布衫大都经过补缀,深深浅浅,都像雨洗出来的,青翠醒目。我们中国本来是补丁的国家,连天都是女娲补过的。[1]

沿路,张爱玲写了卖橘子的男人、化缘的道士、买菜的女佣、拎着锅子的小女孩、肉店的学徒、衰年的娼妓、肉店老板娘、吵架的夫妻……她还写到路边屋子的收音机中在播沪剧《西厢开篇》"谯楼初鼓定天下","第一句口气很大,我非常喜欢那壮丽的景象,汉唐一路传下来的中国,万家灯火,在更鼓声中渐渐静了下来"。文章结尾处,作者说道:

我真快乐我是走在中国的太阳底下。我也喜欢觉得手与脚都是年青有气力的。而这一切都是连在一起的,不知为什么。快乐的时候,无线电的声音,街上的颜色,仿佛我也都有份;即使忧愁沉淀下去也是中国的泥沙。总之,到底是中国。[2]

显然,这篇散文有着张氏作品中少见的对个体与国家、国族与国民集体情感的直接表述,她收起了以往的疏离的讽刺的腔调,流露出一丝欢欣与温情。奇妙之处在于,这种宏大情感与普通百姓的市井生活丝丝缕缕地

---

[1] 张爱玲:《中国的日夜》,《传奇》,北京:中国青年出版社,2000年,第403页。
[2] 同上,第406页。

缠结于一体，将每一个个体的悲欢熔铸在一起，便形塑成一个民族完整的灵魂。"补丁的国家"是这个民族真实的一部分，但它在朴素日常中所拥有的快乐仍然有着振奋人心的力量。作者目光中的审视、调侃、慨叹，都是源自作为"我的同胞"的他者与"我"的主体生命所产生的深刻联结。她所说的"忧愁沉淀下去也是中国的泥沙"即是后文诗作中"中国，沉到底"的阐释，也是郭松棻在《雪盲》中援引本诗的意图。

如前所论，互文性是《雪盲》小说中话语实践的一种重要方式。因此，拆解互文文本是解读本文的一种有效方式。通过对文本中这另外一重互文性的解读，郭松棻真实的、被曲折的表述所隐藏起来的书写指向逐渐显露出来——"沉到底的允诺"所指的内容不只是校长或幸鎏个体生命的意义追索，他所牵挂的更是未言明的国族与国民。但是，1985年时台湾尚未破除的戒严体制、"保钓"运动的"黑"名单、两岸历史的分断现状，都使得他左翼知识分子的主体身份无法与自己的民族建立起有效用的联通。徐秀慧认为，郭松棻在失去了"保钓"运动平台后，只能走向实践哲学的理论探索以及文艺美学的形式实验来安顿他左派的理想[1]。晚年时曾数次表达过对鲁迅杂文欣赏的郭松棻[2]，显然并不是如表象所示，在"钓运"退潮后就躲进象牙塔之中背向现实，而是依旧借助艺术的形式"来表现他的政治立场，他的深刻的对于社会的观察，他的热烈的对于民众斗争的同情"[3]。与鲁迅相似，郭松棻以"历史中间物"的思想和"反抗绝望"的人生哲学沉潜于文学书写，完成他"介入"的实践。

综上所述，《雪盲》中所呈现的知识分子的历史忧郁症结并不是本雅明所言的、自我沉湎的"左派忧郁"。忧郁并不代表失败，反而是坚持自

---

[1] 徐秀慧：《革命、牺牲与知识分子的社会实践——郭松棻与鲁迅文本的互文》，"从近现代到后冷战：亚洲的政治记忆与历史叙事国际研讨会"，2009年11月。

[2] 在2005年与简义明访谈时，郭松棻提起他纽约家中书库有两套鲁迅全集，认为鲁迅的杂文"厉害得要命"。简义明：《郭松棻访谈》，见郭松棻：《惊婚》，印刻出版社2012年版，第240页。

[3] 这句话是瞿秋白评价鲁迅的"杂感"（他又称之为"社会论文"）时所讲的。见何凝（瞿秋白）：《鲁迅杂感选集序言》，鲁迅：《鲁迅杂感选集》，何凝编，上海：青光书局，1933年，第2页。

我，与外界抗衡的状态，是一种以退为进的立志，一种鲁迅式的对民族、国家、人民深沉的情感，一种对中国社会变革和建设的持续关注。丸山升在谈及鲁迅与革命的问题时，认为鲁迅的"寂寞""绝望"是无法离开中国革命、中国的变革这一课题而单独进行讨论的。并且，"革命"不是对他身外的组织、政治势力的距离或忠诚问题，而是鲁迅自身的问题。可以说：

> 一言以蔽之，鲁迅原本就处于政治的场中，所有问题都与政治课题相联结；或者可以进一步说，所有问题的存在方式本身都处于政治的场中，"革命"问题作为一条经线贯穿鲁迅的全部。[1]

如果考察小说中对现实政治问题的直接指涉，郭松棻显然是少于鲁迅的，他的写作是更加晦涩、更加跳跃、更加复杂多义的。尽管如此，通过分析《雪盲》的文意内核及其与上述重要文本的互文性，我们能够看出郭松棻小说中隐隐绰绰、时时浮现的，那条社会历史场域的"经线"。那是承续鲁迅文学者与革命者精神而来的血脉联结。

## 第三节　历史故事新编：《和平时光》与《铸剑》

本节要讨论的是李渝的《和平时光》与鲁迅的《铸剑》。前者出自李渝2005年出版的历史小说集《贤明时代》，后者初刊于1926年，是《故事新编》中"最不油滑"的一篇。《和平时光》以聂政刺韩王的传说为本，又明显受到鲁迅《铸剑》的启发，是李渝横跨80年的时间，与鲁迅进行的一场历史新编对话。从启蒙现代性话语的"文的自觉"，到由现代主义渡引而出的抒情传统的古典回望，鲁迅与李渝展现了不同世代中国知识分

---

[1]【日】丸山升：《辛亥革命与其挫折》，《鲁迅·革命·历史——丸山升现代中国文学论集》，王俊文译，北京：北京大学出版社，2005年，第29页。

子以历史时间介入现实时间的文学思考。在相近的复仇主题叙事中，两位作者以浪漫主义美学视域呈现了独异个体与庸众、自我与镜像等不同面向。鲁迅作为李渝文学上的先导，是她在创作中不断回归的精神堡垒，二者叙事话语机制与历史观的同与异，呈示的是本体论意义上时间绵延的连续与多样，钩沉的是不同叙述脉络下的历史空间。

"历史故事新编"作为一种广义的文学体裁，在具备史传传统的中国古典小说中早已盛行，"传奇"与"演义"大多是由某一原本增删添附，"新编"而作。现代文学史上，故事新编的高峰应属鲁迅的八篇开山之作，其反叛颠覆的叙事策略和话语机制，在启蒙的现代性尚未彻底铺就之时就已显露出恣意腾挪的后现代色彩。鲁迅之后，现当代中文作家尝试历史新编的作品为数不少，但台湾作家李渝于2005年出版的《贤明时代》小说集却未得到足够的重视。该集收录《贤明时代》《和平时光》《提梦》三部作品，分别以武则天时代、战国时代、莫卧儿王朝为背景，重新书写历史上惊心动魄的几个纷乱时刻。跨越80年的时间长河，鲁迅与李渝两代中国知识分子，在新编历史寓言的书写中呈现了既共通又殊异的文学精神。

**一、鲁迅与李渝：文学影响溯源**

现代中国文学中，对李渝影响最深的作家是沈从文与鲁迅。在台湾大学客座开设的"小说阅读和书写"课程中，她唯二选择的现代中文作家就是鲁迅与沈从文。她坦陈，"鲁迅文字之紧密强劲，之能笔中驱逐情感而埋伏巨大的情感，现代中文小说写到今天都还没人能追及"[1]。李渝少年时在家中读过鲁迅的《影的告别》与《狂人日记》、沈从文的《边城》，大学毕业后赴伯克利读书，开始重读五四与30年代文学，更加深受撼动，沉郁狂热的"激励者"鲁迅和柔软谦逊的"透视者"沈从文让她对文学写作

---

[1] 李渝：《温州街的寻鹤人——李渝》，载《INK印刻文学生活志》2010年7月。

有了新的体悟。

从思想层面来看，鲁迅的左翼知识分子精神与理想主义情怀是青年李渝"精神的前导"，激发了她强烈的民族情感，"保钓"运动时期出版的《战报》常常是以抄录鲁迅的句子为填白的。李渝认为鲁迅的小说是以小见大的"高视角"叙述风格的最高峰，虽然阿Q、孔乙己、闰土等都是很微小的人物，作者的观点却立在一个高点上，所以叙述处处显示了反思内省阐释的性质，但最可贵之处在于他并不会因高视点而出现"解说或发议论"的问题，更不会有自诩为正义之声来训导读者[1]。

在文学语言的揣摩运用方面，作为"文体家"的鲁迅对李渝80年代后的创作更是有示范之义。李渝非常认同鲁迅对语言的慎重，"鲁迅的文字端庄简劲，砍去了多余的语法枝节，漂去了不必要的情感，倔骨嶙嶙，华文书写到今天仍是唯一，仍是典范"[2]。另一方面，鲁迅的小说不易读，因他喜欢"扭曲句法，变更词性，叠积形容词，使用书写性词汇，使用一波三折的复句来导引意念，绵延出一句衍生出一句的追索性的反刍性的长句子"[3]，与老舍、巴金、茅盾相比，鲁迅要"别扭古怪得多"，但再读三读之下"却能觉出它理念深密井然，层层卷入内里的绵延的气势，是其他人没有的"。李渝推崇鲁迅在文字"陌性化"上所表现的高度技巧，并汲取了鲁迅"节制庄严"的表达风格。词汇句法的陌生化也是李渝小说的一大特点，她精于锤炼文字，运用繁复内卷的叙述语流、幽微转圜的心理分析，通过多重视角的转换拉长"视"的距离，塑造出一种知性文体，不同于舒闲或流畅的口语体写作。夏志清在《中国现代小说史》中将鲁迅与乔伊斯相较，李渝也认为两位小说家"在文字的精准细致上，在压抑的平淡，在有意的不动声色中，透露着某种深沉的忧郁和抒情上，依旧能和星

---

[1] 李渝：《月印万川——再识沈从文》，《那朵迷路的云：李渝文集》，台北：台湾大学出版中心，2016年，第279页。
[2] 宋雅姿：《乡在文字中——专访李渝》，载《文讯》第309期，2011年7月。
[3] 李渝：《寻找一种叙述方式》，《那朵迷路的云：李渝文集》，台北：台湾大学出版中心，2016年，第444页。

第二章 文学传统的承续：鲁迅作为"原点"

斗一般，在各自的位标上发挥着文学的光芒"[1]。

鲁迅对李渝的影响贯穿了她的创作生命。《温州街的故事》是李渝写于80年代的早期短篇小说集，其主旨是回望台北温州街60年代的生活日常与人事兴衰，是李渝在遥远的异国他乡重塑个体身份认同、爬梳历史记忆脉络的代表作。其中有一篇《朵云》，以16岁的少女阿玉为主视角，写到阿玉隔壁家的夏教授送给她一本鲁迅的《故乡》，并说这本书"中国人，是不能不看的"[2]。从这篇颇具自传体色彩的小说，到向古典传统致敬的《贤明时代》故事新编系列，鲁迅显然是李渝阅读史与文学影响史中的关键一环。

"故事新编"这一体例属于历史书写的范畴，是以小说的形式对古代历史文献、神话、传说、人物、典籍等进行有意识的改编、重整抑或再写[3]。现代的故事新编小说与传统的历史演义小说不同之处在于，前者具有鲜明的主体介入操作，文本逻辑结构的铺陈、语言机制的调整、故事材料的删削增附都是作者意志的体现。鲁迅将历史小说分为两类，一是"博考文献，言必有据者"，二是"只取一点因由，随意点染，铺成一篇"[4]，故事新编属于后者。鲁迅的《故事新编》八则以《补天》(1922)为始，《起死》(1935)为终，写作时间跨越了新文学的第一个10年与第二个10年，写作的语境和缘由也几经易改。其叙事从神话传说与诸子百家中汲取素材，寄寓了对传统文化的再想象和反讽式解读，也包含了明显的对现实社会的指涉和解剖。《贤明时代》《和平时光》《提梦》是李渝写于2000年后的三篇故事新编小说，是作者由西返中，由现代主义重返古典中国，重新认知古典小说的传承回溯之作[5]。

---

[1] 李渝：《抖抖擞擞过日子——夏志清教授和〈中国现代小说史〉》，《那朵迷路的云：李渝文集》，台北：台湾大学出版中心，2016年，第413页。
[2] 李渝：《朵云》，《温州街的故事》，台北：洪范书店，1991年，第185页。
[3] 朱崇科：《如何故事，怎样新编？》，载《中国现代文学》2006年第4期，第274页。
[4] 鲁迅：《故事新编》，天津：天津人民出版社，2015年，第4页。
[5] 李渝在采访中曾说："我在西化中长大，现在又可算是个'纽约人'，可是关心的题目，和在文字叙写上，都越来越华夏。"参见《温州街的寻鹤人——李渝》，载《INK印刻文学生活志》2010年7月。

107

创作时间横跨近 80 年的两代知识分子，在重写历史寓言的过程中都凝聚了自身的审美意志与生命体验，将"人的主体性"从史传传统中凸显出来。时代的距离赋予了二人相异的写作姿态。《故事新编》作于"启蒙现代性"的滥觞，徘徊于前现代到现代的转型之际，鲁迅所关切的是"人的发现"与"文的自觉"，个体如何从庸众的群体中独立，个人的话语机制是如何建立的，传统文化资源又有哪些值得打捞，哪些需要弃置。而李渝的历史新编，是在 21 世纪审美现代性主导下的古典回望，接续了抒情传统与史传心志，虽然选择了暴力、战乱、纷争的片段作为书写内容，却始终秉持着文化原乡的有情的视野，弥漫着高洁的理想主义情绪，隐含着对历史命题中美与悲剧性彼此同构的感喟。

## 二、"剑"与"火"：浪漫主义的复仇美学

李渝的三篇历史新编小说都聚焦于紊乱动荡的时代。《贤明时代》一篇，描绘武则天晚年时期大唐氏族宗室子弟彼此倾轧、争权夺利，寄生于武后暴虐统治之下的纷乱图景，故事的视角展开于永泰公主李仙蕙与驸马武延基的爱情，由二人遭武后杖杀、血溅至亲的惨剧，铺展出宫闱之变的波诡云谲。《和平时光》一篇，写战国时代韩召王舞阳弑父弑母、工匠之女聂政为父复仇的纠葛，在冤冤相报的循环中，刺客与韩王、复仇者与被复仇者在琴音中互认为知音，将世仇消弭于一曲猗兰操中。《提梦》则将视角转向印度，叙写巴布尔王如何通过征战杀伐建立了莫卧儿王朝，一生极尽穷奢，却饱受梦魇困扰，梦中铸造的中土花园成为他心灵的皈依。

《和平时光》叙事最为跌宕，最能显露李渝的创作意图，且与鲁迅的《铸剑》同为复仇主题，有诸多相似之处。《铸剑》（1926 年 12 月初刊于《莽原》）一篇以古代传说中干将莫邪之子眉间尺的复仇故事为本，《和平时光》则以"聂政刺韩王"的典故为基础，描绘了巧匠聂亮之女聂政一波三折的复仇经历。《铸剑》最早发表时的原题是《眉间尺》，鲁迅新编的是

记载于《搜神记》中的干将莫邪之子眉间尺为父复仇、刺杀楚王的故事。鲁迅对于这个传说故事的情节没有进行大的改动，改写的重点在于增添人物形象、对话的细节，将故事填充得更为饱满[1]。李渝的《和平时光》是以"聂政刺韩王"的故事为本。聂政的故事最早见于《战国策·韩策》和《史记·刺客列传》，但是李渝主要参照的应该是东汉蔡邕的《琴操》这本古代琴曲著作。蔡邕在《琴操》中解析名曲《广陵散》，认为它演奏的就是聂政刺韩王的故事，但是将《战国策》中"士为知己者死"的韩傀相韩一事改记为子报父仇：聂政的父亲，为韩王铸剑，在剑锻造完毕后却惨遭杀害，聂政从此立志为父亲报仇，入山学琴10年，身成绝技，名扬韩国。韩王召唤他进宫演奏，聂政终于实现了刺杀韩王的报仇夙愿，自己毁容而死。

《铸剑》与《和平时光》两个文本都是将"为父复仇"作为叙事主线——父亲是技艺高超的工匠，在为楚王/韩王铸造出举世无双的宝剑后，却因王的猜忌遭到杀害，子辈长大成人后，义无反顾地踏上复仇之路，将个体的生命意志和全部气力融贯于报仇的使命中。李渝的选材应受到了《铸剑》的影响，主人公同为剑工之子/女，突出了"剑"这一行文要素，以"剑"隐喻人物的复仇意志，凸显主人公的精神成长史，并且将复仇这一行为精神化、浪漫化、审美化。推动故事情节发展的不单单是亚里士多德诗学意义上"人物的行动"，更有审美伦理角度的层层递进。"铸剑"之义，一方面指向淬炼宝剑的盛景，另一方面隐喻着主人公内心复仇之火从无到有、从弱到强的过程：

> 当最末次开炉的那一日，是怎样地骇人的景象呵！哗啦啦地腾上一道白气的时候，地面也觉得动摇。那白气到天半便变

---

[1] 鲁迅曾多次在信件中提到《铸剑》一篇写作的"认真"。在1936年2月给黎烈文的信里说："《故事新编》真是'塞责'的东西，除《铸剑》外，都不免油滑"；在同月致徐懋庸的信上说《铸剑》的出典，现在完全忘记了，只记得原文大约二三百字，我是只给铺排，没有改动的。"参见《鲁迅全集（第十四卷）》，人民文学出版社2005年版，第17、30页。

成白云，罩住了这处所，渐渐现出绯红颜色，映得一切都如桃花……大欢喜的光彩，便从你父亲的眼睛里四射出来。[1]

眉间尺忽然全身都如烧着猛火，自己觉得每一枝毛发上都仿佛闪出火星来。他的双拳，在暗中捏得格格地作响……"我已改变了我的优柔的性情，要用这剑报仇去！"[2]

锻造利剑需要烈火相助，母亲将复仇的决心注入眉间尺内心，其优柔寡断的性格弱点也经受了烈火般的炙烤。"火"之于"剑"是必不可少的，当心灵的火焰被唤醒、被点燃，复仇的意志也自然如宝剑出鞘。这一器物与精神齐齐蜕变的过程在《和平时光》中有着更详尽的铺叙：

冶师的作坊里，柴火添加又添加，火光跳跃又跳跃。炼铁放进炽热的炭炉中，变成了液质，熔烧又熔烧，沸滚又沸滚。熊熊的火头逐渐稳定，焰色从彤红转向艳红，转成殷红、转成绛红、紫红、郁红，幽幽地跳动着，像挑衅的舌头，从舌头底下吐出血红的涎液，发出滋滋的皮肉炙焦的声音……经过正火和淬火，锻打又锻打，对折又对折，折出了重重层层十八叠，剑体出现了。[3]

少女聂政做小工，助父亲铸剑，明知造剑呈献的结果凶险，却不得不依照一道道工序进行。父亲的叮咛、母亲的无言，冶剑炉中跳动的火光如同残暴君王的挑衅，女儿家红润青春的脸庞"被火舌舔得透透的"[4]。重复的动词渲染出铸剑过程的复杂繁琐，火焰的颜色由浅转深，象征着同"剑体"一起出炉的，是聂政暗暗存下的为父报仇的决意。对细节的把握是李渝的擅长，作为中国古典绘画与建筑的研究者，她有比常人更细致的观察

---

[1] 鲁迅：《铸剑》，《鲁迅全集》第二卷，北京：人民文学出版社，2005年，第435页。
[2] 同上，第437页。
[3] 李渝：《和平时光》，《贤明时代》，台北：麦田出版社，2005年，第112页。
[4] 同上，第113页。

视角，在文本中常出现对事物形态、颜色、气味的多重感官书写，营造出五感相通的美学视阈。

"复仇"叙事作为文学表达的常见母题，因其矛盾冲突、情感浓度和精神力度，天然地与浪漫主义相连，《和平时光》与《铸剑》两个文本，都是对此种复仇美学的彰显。浪漫主义作为一种美学思想，起源于18世纪的德国，经由东欧，在拜伦引领的英国找到了最为激情澎湃的表达。主体意志和无意识是浪漫主义美学的基本要素，强调是某种"意志"而非理性在主宰着生活，如谢林所说，"浪漫主义是荒蛮的森林，唯一的向导是诗人的意志和表达"[1]。情感的纯洁、完整、投入、奉献成为一般的道德态度，人们的精神状态和动机比结果更为重要。鲁迅在《摩罗诗力说》论及拜伦的复仇之举，将其由身体暴力拔擢为纯粹的审美精神力量——"盖复仇一事，独贯注其全精神矣"，"怀抱不平，突突上发，则倨傲纵逸，不恤人言，破坏复仇，无所顾忌，而义侠之性，亦即伏此烈火之中"[2]。对于李渝来说，激烈的、投注身心的理想主义情感在"保钓"时代笼罩了她，虽然中年后李渝几度对早年经历有所反思，但浪漫与浓烈并未在她的文字中消减，只是将纯然的、不掺杂质的、审美的理想与执着由时代的外部转向了文学的内部。

在小说中，复仇的决绝是眉间尺与聂政的精神动力，同为替父报仇，二人全然没有哈姆雷特式的犹豫挣扎，而是以"时日曷丧，予及汝偕亡"的任侠之气伏身于"烈火"之中，颇有鲁迅《墓碣文》中所写的"抉心自食，创痛酷烈"之意。

眉间尺砍下自己的头颅，与青剑一齐赠予黑色人，让他代自己复仇。聂政则是经受了习武学剑、毁面去声、苦练琴艺等几种磨折，只为一心报仇。随着时间推移，行动的原因已愈发淡化，行动的状态本身成为叙事的

---

[1]【英】以赛亚·伯林：《浪漫主义的根源》，【英】亨利·哈代编，吕梁等译，南京：译林出版社，2011年，第95页。
[2] 鲁迅：《摩罗诗力说》，《鲁迅全集》第一卷，北京：人民文学出版社，2005年，第78页。

聚焦。无论是眉间尺那位从未谋面的父亲，还是聂政那位劝她放弃仇怨、安心生活的父亲，都不存在于传统宗法伦理框架中，家族叙事不是鲁迅与李渝的着眼点，主人公行动的目的已不在于家族的使命，甚至也不在于"大仇得报"所具有的结果导向的快感。如同《野草》中《复仇》一篇所述，复仇这一行为被提炼为两个对象之间单纯的、抽象的审美之举，参与者将"永远沉浸于生命的飞扬的极致的大欢喜中"[1]。作为一场尼采式的酣畅淋漓的表演，其所必需的热忱、恒心、宗教般的献祭意味，已经远远超过了使命本身所具有的道德负累。

在行动的过程中，复仇者纵然有"抉心自食"的意志，却也会如浪漫主义诗人一般体会到"森林间的孤寂"，即身处森林中那种半愉悦、半恐惧的孤独。在穿越黑暗森林的过程中，"愉悦"在于"生命的大欢喜"即将达成，"恐惧"在于对其余人生可能性的抛却。正如眉间尺在街上第一次看到楚王，"他不觉全身一冷，但立刻又灼热起来，像是猛火焚烧着"，又如聂政在第一次寻仇失败后转而练习琴艺，要做到"眼里什么都没有，都没有，只有这七条弦而已"，她却想起儿时父亲做的木鸢，"扎成鹞鸟、鹊鸟和鹰的形状……有风的时候，还会鸣鸣响哪，遥遥游翔在天上"。复仇叙事包裹着作者的尼采式的生命哲学和摩罗诗人精神。鲁迅与李渝，作为两代左翼知识分子的代表和文学现代性的实践者，将全部激情能量贯注于人物主体精神之中，并将"无实利的复仇"视为审美的终极价值。如英国诗人威廉·布莱克所言，"一只知更鸟身在樊笼，整个天堂陷入狂怒之中"[2]，这或许是对浪漫主义复仇美学的最佳诠释。

### 三、"头"与"琴"：庸众与镜像

李渝与鲁迅的复仇叙事在文字表达与情感能量上都具有"诗的浓度"

---

[1] 鲁迅：《复仇》，《野草》，《鲁迅全集》第二卷，北京：人民文学出版社，2005年，第176页。
[2]【英】以赛亚·伯林：《浪漫主义的根源》，【英】亨利·哈代编，吕梁等译，南京：译林出版社，2011年，第55页。

和强审美性，但是，李渝提供了与鲁迅不一样的创作视角。在对复仇主题的传说典故进行新编书写时，除了描摹复仇者的内面自我之外，鲁迅"新编"的重点在于复仇者作为"独异的个人"与社会中"庸众"的对照，李渝则通过大量心理分析式的描写，创新性地将聂政与韩王设置为"自我"与"镜像"的关系，以"复仇"作为隐含的"大他者"指向话语，凸显二人精神层面的对抗与对话。

《铸剑》中"复仇者"的形象由眉间尺和黑色人宴之敖者共同构成，代表了鲁迅内心的两面性。黑色人"黑须黑眼睛，瘦得如铁"，严峻、冷静、尖刻、无所顾忌，因"善于报仇"而"魂灵上是有这么多的人我所加的伤"，他是眉间尺优柔性格的反面，是摩罗式复仇精神的"人形化"，象征了作者内心决绝的一面。如鲁迅在信中所说："我自己，是什么也不怕的，生命是我自己的东西，所以我不妨大步走去，向着我自以为可以走去的路；即使前面是深渊，荆棘，峡谷，火坑，都由我自己负责"[1]。当眉间尺削下自己的头颅，将剑与头一齐交予黑色人，宴之敖"一手接剑，一手捏着头发，提起眉间尺的头来，对着那热的死掉的嘴唇，接吻两次，并且冷冷地尖利地笑"。这一奇诡的景象隐喻了眉间尺舍弃自我，将灵魂与肉体一同交予黑色人，至此，复仇者形象中的柔软一面被剥离，留下的是虽然"憎恶了我自己"却坚决无畏的报仇意志。

《铸剑》采取了《故事新编》一贯的讽刺寓言式写法，对远古神话传说进行解构式新编，寄寓了强烈的现时性关切、反讽与批判，包含了明显的对现实社会的指涉和解剖。"独异的个人"作为鲁迅小说中常见的人物类型，"个人的自大，就是独异，是对庸众宣战"[2]，彰显了鲁迅"掊物质而张灵明，任个人而排众数"[3]的个人观。在复仇之路上，主人公眉间尺/黑色人作为"独异者"，在人群中看到了若干种庸众的面孔。初出家门时，

---

[1] 鲁迅：《北京通信》，《鲁迅全集》第三卷，北京：人民文学出版社，2005年，第51页。
[2] 鲁迅：《随感录·三十八》，《鲁迅全集》第一卷，北京：人民文学出版社，2005年，第327页。
[3] 鲁迅：《文化偏至论》，《鲁迅全集》第一卷，北京：人民文学出版社，2005年，第51页。

眉间尺遇到"干瘪脸的少年"和"呆看的闲人们",因跌倒在少年身上与其发生口角,引起围观:

> 眉间尺遇到了这样的敌人,真是怒不得,笑不得,只觉得无聊,却又脱身不得。这样地经过了煮熟一锅小米的时光,眉间尺早已焦躁得浑身发火,看的人却仍不见减,还是津津有味似的。[1]

当眉间尺与黑色人在树林中谈话,遭到狼群的伏击,"在杉树林中,四周都是饿狼咻咻的喘息和磷火似的眼光闪动",眉间尺的青衣、身体、血痕乃至骨头都被舔舐殆尽。闲人与饿狼,是群体的两幅脸孔,一是《示众》中漠然又好奇的看客,二是《药》中捡拾人血馒头的民众,而独异者不仅在生前要遭受围观的侮辱,死后还要将血与肉尽数献出。

《铸剑》第三、四节以颇为"油滑"的腔调塑造了楚王宫殿中另一系列庸众的形象。上至王后、王妃、老臣,下至武士、侏儒、太监,众人对王恐惧多于爱戴,放纵多于规劝,任由其骄奢淫逸、暴戾恣睢。黑色人斩下楚王的头,让其与眉间尺的头颅一齐在金鼎沸水中扭打,当王一度露出胜利之势,围看的宫人"仿佛听到孩子的失声叫痛的声音",纷纷显出奇异的神态:

> 上自王后,下至弄臣,骇得凝结着的神色也应声活动起来,似乎感到暗无天日的悲哀,皮肤上都一粒一粒地起粟;然而又夹着秘密的欢喜,瞪了眼,像是等候着什么似的。[2]

眼前诡谲又悲哀的奇景激起众人隐隐的同情和已经失去多时的悲痛感

---

[1] 鲁迅:《铸剑》,《鲁迅全集》第二卷,北京:人民文学出版社,2005年,第439页。
[2] 同上,第447页。

## 第二章　文学传统的承续：鲁迅作为"原点"

悟力，但最终还是看客的喜悦占据了上风，以观看马戏的姿态等待着更奇异恐怖之事发生。在结尾处，王公大臣连夜召开会议，试图通过瘢痕、鼻椎骨、后枕骨乃至须发来分辨"王"的头骨，但终告失败，"只能将三个头骨都和王的身体放在金棺里落葬"，人们也都"装着哀戚的颜色"。至此，全文的讽刺意味达到最高程度，一场有关"头"的复仇正剧却在滑稽戏的氛围中收束，英雄主义、摩罗主义的复仇精神因而更显露出其独异的悲剧性。

不同于鲁迅对于复仇者内心"二我"的剖析和对旁观者的描摹，《和平时光》中，李渝的书写中心是复仇者聂政与被复仇者韩王舞阳这一组互为镜像、彼此映衬的人物。她构建了一条韩王身世的背景线索，赋予人物更饱满的性格特质和心理活动，并且改变了韩王被刺的故事结局，由此实现对原有故事逻辑的更改，对复仇行为与精神的进行双重消解。

聂政与韩王，同为"美丰仪"且才华卓绝的人中龙凤，因为心中执念而陷入冤冤相报的仇恨循环。舞阳为"父"复仇而命工匠聂亮造剑，弑亲生父母，聂政苦练数年剑法与琴艺，甚至"漆身为厉，吞炭变其音"，只为有机会除掉韩王。复仇被作者视为于己无益但难以弃之不顾的一种执念。在此过程中，复仇者与被复仇者会不断地内卷化，施力方与受力方互相缠绕。以拉康主义精神分析的理论来看，被复仇者应是"小他者"（the little other），是复仇者主体的自我投射之物，作为主体的镜像他者而存在，代表了其内部的相异性。而"仇恨"本身是文本语境中的大他者（the big other），是主体构建想象性认同时凝视的对象。所谓"大他者"，是一种象征秩序的架构，小他者存在于想象界，大他者存在于象征界，个体之间的关系不是简单地在人与人之间形成，而是在大他者的规介下构成的。人的欲望是大他者的欲望，无意识是大他者的话语。当"大他者"的复仇话语深深镌刻于聂政的无意识中，使得她在将自我的想象性认同建构成"替父报仇"的侠女形象，无法摆脱这一宿命论式的诱惑。李渝一方面在叙述中尽力渲染聂政复仇的决绝和钢铁意志，另一方面也在不断拆解其背后价值的虚无。

李渝在文本中进行了性别的置换,将聂政在《战国策》与《史记》中的男性/儿子身份,更改为女性/女儿身份。为何要对性别进行"新编"?典故记载中,聂政有一姐姐聂嫈,与聂政长相相似,作者灵感或许由此处来;从其在小说中的功用来说,中国有"子报父仇"的传统精神,女儿则不必接续家族的仇怨,被期许可以过平常日子,和顺一生,但主人公仍坚持行刺复仇,更增添了复仇的难度、恨意的深度和对人的内心的剥蚀。第一次行刺时,聂政先以侍女身份潜入王的府邸,体现了对"女性"身份特质的强调和对"美"的工具化使用,但聂政试图单纯以剑行刺,结果失败;第二次行刺,聂政毁面去声,完全抹去了表面的女性性别特质,销毁了"美",以比武方式接近韩王,仍过早暴露导致失利;第三次,聂政苦练琴技多年,终于享有盛名,以琴诱王以行刺,却意外达成了仇恨的消解。李渝在三次行刺的设置中暗含了"化暴力为艺术,从混沌中找秩序"的审美观——无论是对美的利用与销毁,还是对暴力的出神入化的使用,均不如艺术魔力对人心灵的感召。

在谋划复仇时,韩王与聂政都选择了"琴"作为行动的诱导物,以优美夺人的琴声迷惑仇人的耳朵与心志,令其恍惚失神。但是,"琴"并未如计划般激化两者的仇怨,经过一夜的聆听,二人在高山流水中得遇知音,互通有无,了解了彼此的故事与志愿,也了解了作为镜像存在的他者,映衬的是自我:

> 毕竟是面对面,相互倾诉了身世,聆听了相互的故事,一同走过了过去。长夜就要过去,天渐渐有点亮了,又是昼和夜更迭的时间了;月亮正在落下,日头就要升起。这里两人,一边是澹淡像退月,一边是苍茫像早阳,行走在同一条轨道上,共享同一种气质:只有誓志复仇的人才有一样坚决的意志,一样冷淡的心肠,才能了解,原来宇宙和人间的进行和持续,需要的正是这两

种品质。[1]

在琴声绕梁中,"君和臣,敌和我,听者和奏者,复仇和被复仇的双边全体,都在水金色的光里融解"。放弃复仇使命的聂政与韩王,终能在和谐的琴音中跳脱出宿命,达成自身的主体性价值。

李渝在访谈中表示,女性更多关注私人的历史与记忆,以女性为主角的文本可以发展出更多的人间关系。因此,她在《和平时光》中将原本的历史故事重写,以女性作为主人公,来完成她对复仇叙事的新编,也就是化解仇恨的叙事意图[2]。人物情节的重新编写安排,其实也是美学范式的翻转更改。研究艺术史的李渝,在小说中特别突出了"琴"这一艺术元素,在后记中也是多次谈到聂政刺韩王的典故在后世的音乐美术创作方面的延续。李渝没有将自己框定在现代主义作家的概念之中。特别是在她2000年后的创作中越来越多地注重中国古典文化、古典绘画、音乐等艺术元素。她将现代主义的写作训练比喻为"练剑",因为现代主义注重精读,追究文本品质,留意书写艺术各环各节的细密运作。经过这种书写美学的锻炼,再入文学之场,比较有备而来。

### 四、有意味的形式:"新编"的话语机制与历史观

克莱夫·贝尔认为艺术作品的本质属性在于"有意味的形式",这一经典论断在解读故事新编体小说时有着独特的功用。所谓"有意味的形式",指的是"在每件作品中以某种独特的方式组合起来的线条和色彩、特定的形式和形式关系激发了我们的审美情感"。[3]在历史新编书写中,元文本通常是读者所熟知的历史传说典故,为了有效地重构历史,作者需要将故事转换为情节,以形成文本的逻辑"线条",并通过创新的话语机

---

[1] 李渝:《和平时光》,《贤明时代》,台北:麦田出版社,2005年,第164页。
[2] 郑颖:《在夏日,长长一街的木棉花——记一次访谈的内容》,《郁的容颜——李渝小说研究》,台北:INK印刻文学出版公司,2008年,第190—191页。
[3]【英】克莱夫·贝尔:《艺术》,薛华译,南京:江苏教育出版社,2005年,第4页。

制为文本填充新的"色彩",使得特定的话语机制与特定的历史观有机地互动关联,以有意味的新形式激发读者全新的审美体验。

鲁迅与李渝都是有着强烈文体自觉性的小说家。形式是作家感知世界的方式,如何呈现世界彰显了作家是如何知觉世界的。鲁迅在《故事新编》序言中称自己写作《补天》时"从认真陷入了油滑的开端,油滑是创作的大敌,我对于自己很不满","因为自己的对于古人,不及对于今人的诚敬,所以仍不免有时油滑之处"。[1]"油滑"一词作为新文学中一个异质性评价,在《故事新编》的接受史与批评史上占有重要位置,引申出新历史小说、反历史小说、游戏写作、解构式新编等解读模式。李渝的《和平时光》与之在文体上有着明显的不同,叙述语言更偏向庄重华丽,技巧上多采取现代主义式的心理描写,对古人古事也采取"同情之理解"的态度,是以一种审美的、有情的历史观进行翻新书写。

具体来看,鲁迅虽然对"油滑"的写法不满,但是,正如日本学者木山英雄所述:

> 作者在序中几度流露出对"油滑"表示反省的话,然而实际上这种手法贯穿着《故事新编》全部作品……令人感到,这与其说是作者表示谦虚,毋宁说是在提醒人们对这一点引起注意。其中或许还包含着鲁迅在创作方法上的自负。[2]

《故事新编》的"油滑"体现在如下几个方面:一是对女娲补天、大禹治水、后羿射日、伯夷叔齐不食周粟等古代神话、传说、典故传统结构的颠覆与拆解;二是以大量现代话语介入历史叙事,形成小说语言修辞上的巴赫金式多声部"杂语"奇观;三是以反传统的世俗日常生活描写填充英雄主义叙事的空白,造成艺术表达上的陌生化与间离效果。《铸剑》已

---

[1] 鲁迅:《故事新编》,《鲁迅全集》第二卷,北京:人民文学出版社,2005年,第354页。
[2] 【日】木山英雄等:《〈故事新编〉译后解说》,载《鲁迅研究动态》1988年第11期。

是《故事新编》中"最不油滑"的作品,所写主题是爱、牺牲、复仇,"悲壮凄厉,一气呵成,艺术上的'完整'是集子中少见的",但是,《铸剑》也不能对"油滑"完全免疫,其中掺杂有不少现实指向的讽刺性语言和颇为现代的修辞[1]。

多语体的混杂贯穿了从《补天》到《起死》的写作。例如,《补天》中作者以现代白话文为主要叙述语言,夹杂了"小东西"咿呀学语的拉丁字母象声词、"古衣冠的小丈夫们"模拟《尚书》的文言体;《理水》一篇中"文化山"学者们使用洋泾浜英语相互问候,洋洋洒洒地讨论"禹"是否存在;《铸剑》中的头颅在金鼎中高唱的奇诡歌曲是古代辞赋体与民间歌谣的混合形式,在"堂哉皇哉兮嗳嗳唷""一头颅兮而无万夫"的吟唱中营造出既悲壮又滑稽的悲喜剧情境。除此之外,鲁迅还多次引用同时代人的评论话语,对现实社会事件和一些言论派别、文化集团进行隐喻讽刺。譬如,对女娲横加指责的"古衣冠的小丈夫"影射的是大学生胡梦华对于汪静之《蕙的风》"内容不道德"的批评;用后羿女使的口吻讲出高长虹对自己的攻击,如"你不过四十五岁,若以老人自居,是思想的堕落","你打了丧钟","有人说老爷还是一个战士,有时候看去简直好像艺术家",等等。

鲁迅在文本中模仿了现代白话过渡时期多种语言形态混杂的景象。以巴赫金的社会杂语理论来看,现实社会的语言本就是芜杂多样的,不同的话语形式表述不同的思想意识体系,语言的竞争也是价值判断与生活经验的竞争。而鲁迅在新编历史小说中采取此种技法,既是对史传传统的非个人化叙事的解构,也是在现代转型期以"有意味的形式"实现"文的自觉"的建构。文本的视点由底层故事逻辑转移至表层语言结构,体现了对语言能指符号而非所指内容的关注。

由此来看,《故事新编》的艺术手法已然有了后现代主义的火花。鲁

---

[1] 黄子平:《〈故事新编〉:时间与叙述》,《灰阑中的叙述(增订本)》,北京:北京大学出版社,2020年,第110页。

迅将事实与虚构、现实与神话、原创与模仿等量齐观,将传统修辞手法进行戏拟式的运用,无论在语言形式还是思想观念上都具有颠覆、解构、破坏的异质性,这与卡林内斯库对于后现代主义手法的定义高度契合[1],是鲁迅小说创作前瞻性与超越性的又一证明。

李渝的历史新编小说与她其他的历史题材书写相似,位于现代主义与古典美学交汇处,以现代主义的叙述手法承载抒情历史观的审美内核。李渝在《和平时光》中通过心理活动呈现人物的个性与行动,以意识流笔法推动情节的展开,使用大量的隐喻、象征和繁复的修辞,在文本中建筑一个纯粹的审美王国。在人物设置上,李渝则更侧重内聚焦的叙事,对主人公的"内面"自我采用抽丝剥茧式的精神分析。鲁迅以外聚焦的视点为多,重点刻画主人公与周遭他人和社会环境的关系,在外部压力对人物的磋磨中推动故事逻辑发展。譬如女娲的"神性""母性"与她创造出的人类"恶"之间的错位、后羿所感受到的家庭生活的负担压力和外界的轻视、大禹理水时与水利部官员的龃龉等。主人公多是悲剧性的,而与其相对照的人物和环境则具有滑稽喜剧纷杂喧嚷的特质。这种悲剧性与喜剧性的掺和交织,一直存在于作者的精神世界。

"乌鸦的炸酱面"与"巴布尔的梦中花园"是《奔月》与《提梦》中的两个重要意象,体现了鲁迅与李渝在历史意识和主体介入角度方面的差异。两个文本在历史材料的选择上有一定相似性,后羿射日和巴布尔王子征战印度大陆的原本历史材料都是典型的英雄主义叙事[2]。同样书写英雄人物的"晚景凄凉",鲁迅是以日常生活图景灵活地替换了古代神话雍容恢宏的正统话语,将"乌鸦的炸酱面"这一荒诞食材作为嫦娥后羿的矛盾爆发点,在深刻与滑稽之间保持了巧妙的平衡。李渝则用巴布尔王梦中反复出现中土花园来暗示其向往平静幽美而不可得的心理挣扎,对"惊梦意

---

[1] 参见【美】马泰·卡林内斯库:《现代性的五副面孔》,顾爱彬、李瑞华译,北京:商务印书馆,2002年,第327—328页。
[2] 后羿射日的神话传说最早出自《山海经》《淮南子》等。巴布尔王是印度次大陆莫卧儿王朝的开国君主,著有讲述自己戎马一生的《巴布尔回忆录》。

识"的探索也是作者自己面临心灵危机时与人物、与文学的一场对话[1]。

巴布尔出生于大宛，其外祖父是成吉思汗的后裔，家族原属铁木尔王国的一个藩国。巴布尔早熟、野心勃勃且具有军事天才，11岁起便立志如先祖成吉思汗一般建立跨疆域的大帝国。李渝在文中屡次提到巴布尔珍惜自己源自蒙古族的血统，常常怀念童年时"在温暖湿润的中土的日子"以及"曾在汉土京城的皇府里，在身为蒙古金河公主姥姥的花园里"看见过的牡丹与柳树[2]。巴布尔为了实现对中土花园的渴望，在自己的土地上建造了精美宏大的"诚园"。他在诗文上的典雅和在战场上的残忍几近同一等级，"磐尼帕之战的血流成河、首级填野，和这里的细流成渠、百花成锦，来比拟同等级的规模，一样的执着和投入"。"花园"在文本中成为一个意蕴丰富的隐喻系统，一方面昭显着巴布尔内面自我的双重性，一方面投射了作者的民族文化情结和历史审美意识。如小说中所写，巴布尔的战场"不在印度次大陆，而在他的心中"，"敌方不是顽悍的南方拉吉蒲族人，是他自己"。而作者反复叙写巴布尔年少时在大都的记忆，并且突出中土文明在文化与技术上的优势力量，这映射的是李渝在温州街的个人记忆和与家国相连的历史记忆。

小说题目如"贤明时代""和平时光""提梦"所示的雍容祥和，与李渝所写内容的肃杀残酷形成了反讽的对照。向往古典幽静之美的作者为何会选取宫闱夺权、行刺暴君、沙场征伐为主题呢？这里要谈到李渝"多重渡引"的创作理念，历史的现场只是渡引的表层，从原本到新编，李渝意不在颠覆故事的原有逻辑和话语机制，而是通过"布置多重机关，设下几道渡口，拉长视的距离"，渡引读者进入人物，再经由人物之眼长距离地"观看"过去，让普通的变得不普通，写实的变得不写实，将历史叙事

---

[1] 在郭松棻于1997年不幸中风后，李渝一度患有抑郁症，经历了较为严峻的精神危机。因此，作者对于巴布尔心灵危机的着重描写应是一种自我经验的投射。

[2] 李渝：《提梦》，《贤明时代》，台北：麦田出版社，2005年，第192页。下文未注明者同此版本。

寓言化，以形塑出"遥远又奇异的气氛"[1]。以波澜不惊之笔写波涛汹涌之事，这一"形"与"质"的对照恰恰构成了文本的张力。

总体而言，《故事新编》"油滑"的叙述方式凸显了从史传传统向个人化叙事的文体转变，鲁迅借此继续其文学现代话语的创造。李渝的历史新编小说则是将现代主义作为一种"渡引方式"，是一种由西向中的抒情回望。二者的不同也是历史观念的差异。鲁迅对待历史有一种矛盾的态度，在他的小说中，历史与现实是一种相互交织、难舍难分的状态，历史材料中有现实的感染力，而现实存在着随时被历史化的可能。

鲁迅在为芥川龙之介作译序时有如下看法："他又多用旧材料，有时近于故事的翻译。但他的复述古事并不专是好奇，还有他更深的根据：他想从含在这些材料里的古人的生活当中，寻出与自己的心情能够贴切的触著的物，因此那些古代的故事经他改作之后，都注进新的生命去，便与现代人生出干系来了。"[2]材料与心情贴合，小说才能写成。在运用古代神话、传说、史实时，鲁迅看似随意点染，不拘一格，其实除了特意的挪用戏仿之外，所引用的材料是言必有据的，在"古"之确凿和"今"之灵活之间构造了一个互通有无的空间。

李渝的历史观是一种有情的、审美的古典视角。记忆书写本就是李渝创作的常见主题，将个体生命记忆和人文情怀、高洁的审美意识和理想主义文学精神投注于新编历史书写之中，是个体化与历史化的彼此圆融，交错辉映。"美"是李渝的创作原则。她笔下的人物如大唐永泰公主李仙蕙、韩王舞阳、刺客聂政等均是容貌气度不凡，小说中描绘的器物服饰亦是精雕细刻，而人间情爱之美和历史的因缘际会之美更是李渝创作的灵感内核。她坚持"关于纯洁、诚实、怜悯、同情、友情、爱情"，"关于热情、牺牲、梦和理想"是值得相信、令人向往，不能使之从文学中流走的[3]。

---

[1] 李渝：《无岸之河》，《应答的乡岸》，台北：洪范书店，1999年，第8页。
[2] 鲁迅：《译文序跋集》，《鲁迅全集》第十卷，北京：人民文学出版社，2005年，第243页。
[3] 李渝：《漂流的意愿，航行的意志》，《明报月刊》41卷7期，2006年7月。

秉持这种观念，李渝接续了抒情传统与史传心志，在史与情、情与美的接合处完成了对文学崇高性的恪守。

作为历史新编书写，《故事新编》和《贤明时代》是鲁迅与李渝两代知识分子历史意识的文学表达，其目的显然并非是还原历史，而是旨在创造历史、重塑历史，借古人之故事抒胸中之块垒。在《铸剑》与《和平时光》的复仇叙事中，鲁迅与李渝有着相通的浪漫主义美学精神，选取了不同的叙事策略，但背后蕴含的都是一种"无实利"的审美意识和现实主义的社会人文关怀。审美与社会，无实利与现实，看似是矛盾冲突的，但正是这种冲突凝结为文本的精魂，亦是艺术家坚持与知识分子良心的相互冲撞。

萨义德在《论知识分子》中提出：

> 知识分子的重任之一就是努力破除限制人类思想和沟通的刻板印象和化约式的类别[1]。
>
> 知识分子的代表是在行动本身，依赖的是一种意识，一种怀疑、投注、不断献身于理性探究和道德判断的意识；而这使得个人被记录在案并无所遁形。知道如何善用语言，知道何时以语言介入，是知识分子行动的两个必要特色[2]。

从启蒙的现代性，到抒情传统的古典回望，鲁迅与李渝展现了不同世代知识分子以历史新编书写介入现实、介入文学思考的行动力。鲁迅作为李渝文学上的先导，是其在历史"惘惘的威胁"的语境下不断回归的精神堡垒。二人话语机制与历史观的同与异，呈示的是社会时代背景的变迁，沟通的是不同叙述脉络下的历史空间。

---

[1]【美】爱德华·萨义德：《知识分子论》，单德兴译，北京：生活·读书·新知三联书店，2002年，第2页。

[2] 同上，第23页。

## 第四节　对《在酒楼上》的两种"仿写"
## ——从《且林市果》到《从心所欲》

　　刘大任、郭松棻与李渝三位作家对于"保钓"运动的文学处理是有明显差异的。郭松棻在小说中从未正面书写过"钓运"，只有一些细节的暗示透露出主人公曾经历过那段"激情延烧"的岁月；李渝在 1980 年 3 月发表于《现代文学》的《返乡》一文中，讲述了女主人公"纯子"在"钓运"退潮后由美国返回中国，到台南乡下支持家乡教育事业的故事，《关河萧索》一文则是在"保钓"运动 10 周年之际回忆往昔，是她少数涉及"钓运"背景的作品；刘大任则不同，在他颇具特色的"袖珍小说"创作中[1]，有多篇从不同角度直接书写了"保钓"运动的历史记忆。

　　值得注意的是，这组作品中，《且林市果》与《从心所欲》两篇多次指涉了鲁迅的《在酒楼上》，有意识地与鲁迅笔下辛亥革命后知识分子的叙事构成对话。另外一些没有直接关联鲁迅作品的小说，如《草原狼》《照水》《唐努乌梁海》《大年夜》等，往往抓取一位或数位运动亲历者的故事，创建出一组值得细察的"后保钓"叙事群像，在讲述故事的"叙述时间"与被讲述的"历史时间"的冲突中观照过去与当下、理想与现实。

　　写于 80 年代的《且林市果》与写于 2010 年后的《从心所欲》都是对鲁迅《在酒楼上》的一种"仿写"或致敬[2]。横跨 30 年的时间距离，二者对历史的反思和对现实的观察有着怎样的异与同？又是从何种层面借鉴或回应了《在酒楼上》所提出的问题？体现了作者怎样的思想转变？下面将

---

〔1〕"袖珍小说"指的是"小小说"（大陆通行称谓）或"极短篇"（台湾通行称谓），篇幅短则一两千字，长则四五千字。刘大任习惯使用"袖珍小说"来称呼自己这类型的作品。

〔2〕在《从心所欲》的题目中，刘大任明确提出该篇为"仿鲁迅《在酒楼上》，错其意行之"；《且林市果》一篇，虽然没有直接点名，但在情节设计、主题意涵、情绪与叙述风格等方面都与《在酒楼上》有相近之处，全文也具备明显的"鲁迅气氛"。

对上述问题进行具体讨论。

## 一、历史"拾荒者":《且林市果》与《在酒楼上》

《在酒楼上》写于1924年2月,被誉为"鲁迅生平最成功的一篇短篇小说"[1]。60年后,远在美国的刘大任写出了《且林市果》,在"保钓"运动结束的"后革命"语境中以文学书写的方式完成了对鲁迅的询问与自我回答。作为一个已被经典化的文本,《在酒楼上》以"我"的视角讲述了辛亥革命之后,曾经的革命知识分子吕纬甫所面临的过去与当下、理想与现实、自我与他人之间的巨大落差。以过往追求的热烈纯粹,反衬现实生活的琐碎庸常,呈现了历史主体在失去战斗位置后的挫败与消磨。刘大任的短篇小说《且林市果》书写了"保钓"运动退潮10余年后,曾经以一腔热血投身钓运的留学生群体如何面对生活的平淡、事态的变迁,在主题情境与叙事风格上与《在酒楼上》有着异曲同工之处。但是,两篇小说对"革命"之后的知识分子心境有着不同的揣摩,呈示出刘大任在接续"鲁迅左翼"的思想传统时的现实省思与个体感悟。

《且林市果》开篇的叙事风格、人物设置与《在酒楼上》颇为相似。

叙述者"我"因朋友失约,独自一人带着几分落空的心情,在纽约唐人街"既非异国又非乡土的杂碎风景里,漫无目的地溜达徘徊",此时虽然还是夏天,但唐人街"却有点冷冷清清,像个散戏后的舞台"。只有白布红字的电影广告条幅在风中飘动,"仿佛徒然号召着刀光剑影,径自无力翻动,偶尔也发出噼噼啪啪的声音"[2]。"我"在街上闲逛,"想从那些摆满了纪念品的橱窗里发现点什么奇技淫巧的小玩意儿",最后终于在一家进口二等粗瓷的老字号里买了一个花盆,"红泥倒还烧得可以,只可惜胡乱添上的几笔兰草,颇不入眼,然而也只好将就了"。如柄谷行人所言,

---

[1] 司马长风:《中国新文学史(上卷)》,香港:昭明出版社有限公司,1980年,第152页。
[2] 刘大任:《且林市果》,《残照》,台北:联合文学出版公司,2009年,第199页。下文引用未注明者同此版本。

风景的发现起源于内面自我的诞生，存在于外部的客观之物其实是某种先验概念的美学折射。此处的风景描写不仅展露了叙述者作为小说"双主体"之一的经历背景、个性特质，而且为下文偶遇昔日伙伴的怀旧情绪做出铺垫。

小说开篇场景的空虚寥落与叙述者内心的意兴阑珊彼此映衬，恰如鲁迅笔下的"我"在"深冬雪后，风景凄清，懒散和怀旧的心绪联结起来"之时造访 S 城，寻访旧同事而未得，物是人非的景象让"我"意兴索然，"颇悔此来为多事了"，于是为逃避"客中的无聊"，独自一人来到一石居酒楼[1]。有研究者认为，鲁迅在此处通过访旧未成的情节"制造了一个怀乡情结被隔断的 S 城"，从而营造了文本内部空间上的错层并打断了读者的预期心理，由此一来，下文的旧友重逢之景成为小说中一个"冗余的存在"、一个"对回忆性叙述的戏仿"，为故事打造了一个反讽性的讲述基调[2]。《且林市果》也采用了与之相似的笔法。因朋友失约，叙述者"我"面临"无聊到想做点什么事情却又什么事情都懒得去做的光景"，正想打道回府，又有些意犹未尽，闲逛至街角一家小书局时见到了"老孙"。

"我"与老孙都是 60 年代由台湾来到美国的中国留学生，曾经一起在"保钓"运动中"搞革命"，为了心中的爱国理想挥洒青春的热情。那时的老孙有一副运动员身架，"结结棍棍，随便往哪儿一站，也像个百米选手冲线的样子"，如今身材却是大大走样了，连脖子都变得粗短起来，"说话都嘎哑得多，仿佛他的声带，也给什么东西压得扁扁的"。走形的身材暗示了记忆的变形和一种昂扬积极的精神力量的消散，如同鲁迅所写的吕纬甫也"不像当年敏捷精悍"，神情沉静颓唐，"行动却变得格外迂缓"[3]。老友相逢，自然免不了追忆往昔一同奋斗过的事业，"我"记起了老孙总是爱挑重活干，在示威游行时负责扛大旗，"走上几十条街不必换手不说，

---

[1] 鲁迅：《在酒楼上》，《鲁迅全集（第二卷）》，北京：人民文学出版社，2005 年，第 24 页。
[2] 李国华：《革命与反讽——鲁迅〈在酒楼上〉释读》，载《文学评论》2020 年第 2 期，第 67 页。
[3] 鲁迅：《在酒楼上》，《鲁迅全集（第二卷）》，北京：人民文学出版社，2005 年，第 26 页。

再大的风,旗子照样不倒",是敦厚话少的实干型。在经过"且林市果"时[1],老孙放慢脚步,提醒"我"那一年我们曾把大队拉到这里高唱《国际歌》,"我"却没有回应。至此,二人对"保钓"运动的谈论迅速地告一段落,此处回忆的迅疾掐断与小说结尾处令人意想不到的转折之间构成了富于冲击性的戏剧张力。

小说中关于《在酒楼上》一文一个有迹可循的提示细节是"我"认为纽约唐人街虽然吃穿用度样样不缺,却遍寻不着"一个喝酒的地方"。这个叙述者期待的心灵寄托之所应是"一个黄酒白酒各备上那么几坛,凤爪牛肚豆腐干也卤上那么一锅的地方",正与鲁迅笔下以绍酒和油豆腐著名的"一石居"相仿。

因为没有适宜的饮酒聊天之地,老孙邀请"我"到他家做客,尝尝他山西五台老家的竹叶青酒。闲谈中"我"知晓了他离婚后在唐人街的公寓独居,一直在大通银行做着一份电脑程序员的工作,收入不菲,生活简单。"我"环绕四顾,只觉得老孙这间看似齐整实用的单身公寓有一丝"不那么典型"的异样,直到厨房的壁钟响起了"久违了的《东方红》","我"才恍然大悟:

> 原来,他这一屋子,从地毯到天花板,大概除了电灯泡,所有的家具、用品、摆设、装饰,连墙上挂的、柜子里放的、桌子上摆的,甚至连字纸篓在内,几乎没有一样不是大陆来的土货!我坐了一晚上始终并不感觉很舒服的这张沙发,竟然也是颇为讲究的仿明朝式样的紫檀木器。[2]

至此,读者与叙述者才一并发现,在"保钓"运动退潮10余年后,

---

[1] "且林市果"英文原名Chatman Square,是纽约华埠的一个小广场,翻译名沿用了老辈华侨的乡音。

[2] 刘大任:《且林市果》,《残照》,台北:联合文学出版公司,2009年,第209页。

"革命"的影子依然包围着老孙的精神世界,甚至内化为他日常生活的一部分。

老孙收集来自祖国大陆纪念品的行为,如同本雅明笔下的"拾荒者"与"收藏家",在自己的一方居室天地中通过物品的累积来构筑起革命诗学的历史想象。本雅明从波德莱尔的散文中发现了"拾垃圾者"形象:

> 他在大都会聚敛每日的垃圾,任何被这个大城市扔掉、丢失、被它鄙弃、被它踩在脚下碾碎的东西,他都分门别类地搜集起来。他仔细地审查纵欲的编年史,挥霍的日积月累。他把东西分类挑拣出来,加以精明的取舍;他聚敛着,像个守财奴看护他的财宝……两者都是在城市居民酣沉睡乡时孤寂地操着自己的行当;甚至两者的姿态都是一样的。[1]

本雅明将拾荒者的活动视为一种具有诗人/革命家二重性的活动,他们捡拾历史废墟中的碎片,期待找到革命的契机。身为一个图书与文字的收藏家,本雅明认为收藏家的行为具有内在世界的革命性。面对机械复制时代城市生活的整一化,人只能把自我经验由公共场所缩回室内,居室是我们失去的世界的小小补偿。"在存在的意味上,收藏对于收藏者是一种构筑——构筑一道界限,把自己同虚无和混乱隔开,把自己在回忆的碎片中重建起来"[2]。在纽约唐人街亦中亦洋、不中不洋的城市景观中,老孙看似已抛下昨日之梦,融入现实生活的汪洋大海,但实际上他作为一个革命/收藏家依然"梦萦一个悠远或消逝的世界,同时幻入一个更美好的世界"[3]。在这个纯粹自我搭建的居室世界中,他通过捡拾来自祖国的物质碎

---

[1]【德】瓦尔特·本雅明:《发达资本主义时代的抒情诗人》,张旭东、魏文生译,北京:生活·读书·新知三联书店,1989年,第9—10页。

[2] 同上,第12页。

[3]【德】瓦尔特·本雅明:《启迪:本雅明文选》,汉娜·阿伦特编,张旭东、王斑译,北京:生活·读书·新知三联书店,2008年,第61页。

片而重新获得对记忆与历史的阐释权。虽然这些购自唐人街纪念品商店的装饰物大多是"次等的"、粗制滥造的,不能代表中国传统文化的精粹与典雅,但是老孙通过"拥有"的方式与"物"建立起最深刻的联结,让它们由橱窗中的商品摇身一变为文化记忆的载体,这一由收藏品所构筑起的、异托邦似的空间给予了一位"前革命者"所亟须的心灵庇护。

从叙事学的角度来看,《在酒楼上》与《且林市果》中的叙述者"我"都不是一个单纯的视点提供者,而是具有独特主体位置与结构功能的形象。叙述者"我"的冷静超然、理智清醒与对话者老孙/吕纬甫的怀旧绵绵或颓唐消沉构成了作者内在精神世界的一体两面。如汉娜·阿伦特在《论革命》中所阐释的,革命最核心的部分是能够召唤出一种新的情绪、新的想象,这种根深蒂固的诗的召唤能够将海德格尔式的诗的力量变成革命的冲力。"钓运"之后,面对局势的变化,刘大任一方面远走非洲开始自我放逐的省思之旅,逐渐抽离运动的激情回到理性的辩证空间;另一方面,他心中"未曾消散的热情"仍以根深蒂固的、诗的形态存在着,只能在文字的实验中将自己撕开,在历史忧郁与家国愁思的挣扎中不断自我辩难。因此,刘大任小说中有着"二十馀年如一梦,此身虽在堪惊"的深沉隽永,读者会发觉"那些小说里的人物不再是他,说不定不是他,说不定也正是他,正是我,正是你"[1]。正如诗人杨牧在1985年为《秋阳似酒》作序时所说:

> 风云际会,沧海桑田,可是就文学的路数来看,刘大任今天的心胸和当年并没有什么不同。基本上,我敢大胆地说,是完全一样的。……岁月令人老,我们各自在天涯海角独力抵抗着层出不穷的诱惑、恫吓、收买、打击,穿过缤纷和汹涌的嘲笑;我们

---

[1] 杨牧认为,刘大任的小说"意识强烈,主题撼人,而文笔风格却始终维持着散文诗的密度,浓郁处有一种乡愁的醇味,轻淡时独见浅浅的懊悔","我读他的小说,觉得刘大任心里很苦,因为爱所以苦,因为恨也苦"。参见杨牧:《〈秋阳似酒〉序》,《刘大任集》,台北:前卫出版社,1993年,第242,244页。

也曾那样枯坐斗室面对自己的怀疑,除了挫折,还有寂寞。这一切很实在,刘大任懂,我也懂,我们同时代以文学为社会教化的朋友伙伴,无论他选择的是温和的还是剧烈的手段,无论他活在纽约或是台北,摩天楼下,老榕阴里,我们不会不懂。是的,工作的慰藉往往并不来自"现实的真",反而来自"文学的假"。[1]

这种在心灵的幽暗意识与现实的勠力向前之间的挣扎,是刘大任与鲁迅两代中国知识分子在"以文学为教化"的精神追求中所共享的精神密码。他们毕竟不是具有开创性的革命家,没有能够提出撬动中国社会制度建设的未来符码,但是,他们以竹内好所言的"文学者"的理路不断自我检视反省,又不断探索改造国民性的方向,因此,在一种旁人眼里"时过境迁"的后革命语境中,他们以再解读的视角将过去的记忆打捞起来,并重估它的历史价值。

从辛亥革命到五四运动,鲁迅经历了两次"革命"下沉或分裂的危机。在五四新文学运动出现分化后,鲁迅曾感到:

后来《新青年》的团体散掉了,有的高升,有的退隐,有的前进,我又经验了一回同一战阵中的伙伴还是会这么变化,并且落得一个"作家"的头衔,依然在沙漠中走来走去,不过已经逃不出在散漫的刊物上做文字,叫作随便谈谈……得到较整体的材料,则还是做短篇小说,只因为成了游勇,布不成阵了,所以技术虽然比先前好一些,思路也似乎较无拘束,而战斗的意气却冷

---

[1] 杨牧:《〈秋阳似酒〉序》,《刘大任集》,前卫出版社1993年版,第243页。诗人杨牧(原名王靖献)1966年进入加州大学伯克利分校攻读比较文学博士学位,师从陈世骧,与郭松棻是同门,与刘大任亦关系交好,是20世纪70年代海外"保钓"运动的见证者。

第二章 文学传统的承续：鲁迅作为"原点"

得不少。新的战友在哪里呢？我想，这是很不好的。[1]

对并肩战斗的伙伴情谊的怀念，在《且林市果》中也有隐晦的表达。当"我"离开老孙家，回到自己的公寓时，才发现把白天在唐人街游荡时买来的来自大陆的粗陶花盆忘在老孙那里，"归入他一屋子收藏的外销土货里去了"，"然后我才想起来，这可能是一天里唯一完成的事，幸运的是，却是于无意间得之"[2]。时过境迁，"我"与老孙虽然已不复当年钓运时的同心协力、同气相求，但这一无心之举却让"我"为老孙的收藏世界稍稍地添砖加瓦。在那一方居室中仍保留着我们的青春记忆与未完成的梦想，能够让散兵游勇式的精神羁旅之人拥有共同的寄托场所。

同样处理革命记忆的问题，鲁迅的《在酒楼上》以其深沉的反讽性，展现了对于回忆诗学的迷恋和怀疑，以吕纬甫为小弟弟迁坟、送顺姑绒头花的两个事件表达了对知识者遗忘革命、逐流而下的思考。但是，在颓废或怀旧的表层结构之下，鲁迅仍怀抱"抉心自食"的勇气，秉持"世上本没有路，走的人多了，也便成了路"的信念。刘大任的笔下有着鲁迅式的"两间余一卒，荷戟独彷徨"的孤独，也有着鲁迅式的"只得由我来肉搏这空虚中的暗夜了，纵使寻不到身外的青春，也总得自己来一掷我身中的迟暮"[3]的自我坚守。

两篇小说结尾的风景描写处理也是很值得考察的。在《且林市果》中，"我"与老孙"把酒"却未必"言欢"，"我"从老孙家窗口望下去，看到且林市果广场"看来就像缩进一口深不见底的古井里面去了一样"。离开后，"不只微醺"的"我"脚步轻飘起来：

究竟是残夏了，才不过十二点多，风刮起来，已经有点阴

---

[1] 鲁迅：《南腔北调集·自选集自序》，《鲁迅全集（第四卷）》，北京：人民文学出版社，2005年，第469页。
[2] 刘大任：《且林市果》，《残照》，台北：联合文学出版公司，2009年，第210页。
[3] 鲁迅：《希望》，《鲁迅全集（第二卷）》，北京：人民文学出版社，2005年，第182页。

131

阴冷冷。我从地铁入口处走进灯光暗淡的隧道，一张发黄的旧报纸，被穿堂风抓起来，飞在铁栅门上，不由自主地径自反动，偶尔发出噼啪的声音，在这个昏沉污浊的地底世界里，回响着。[1]

这段风景描写与小说开篇形成对照，一样的夏末凉意，一样的凄清景象，"旧报纸"和"电影广告"被风吹动的声音一样是这个昏沉世界里唯一的声响。不同的是这种街景已经从唐人街扩展到整个城市，叙述者所见的视域开阔了，但新的天地并未给予他足够的新的可能性，或者说，新的出路。与这一天的开始相比，一切仿佛没有得到改变，仍处于一种虚软无力的状态，如同叙述者"我"和老孙都是从曾经深度参与历史进程的"革命"主体，被抛掷于无人了解的时代一隅，在"勉强支撑"的心情中过着难以获得意义体验的人生[2]。

回到《在酒楼上》的结尾：

我独自向着自己的旅馆走，寒风和雪片扑在脸上，倒觉得很爽快。见天色已是黄昏，和屋宇和街道都织在密雪的纯白而不定的罗网里。[3]

在"黄昏"这一明暗交叠的时刻，"我"走向旅馆，但是在"纯白而不定"的时代的罗网里，互为镜像的叙述者与吕纬甫其实都并没有明确的方向，小说中悬而未决的气氛将会一直延续下去，结尾的收束只是一个暂时的时空中的停顿，没有给出解答。

丸山升在《辛亥革命及其挫折》中谈到，鲁迅的"支点"是他对于革命的期待，并非是一种简单化或政治化的理解，而是说，将"革命"理解

---

[1] 刘大任：《且林市果》，《残照》，台北：联合文学出版公司，2009年，第211页。
[2] 这种心情刘大任在小说《信》中称为"在岁月磨损、人事全非之后，终于回归原谅的心情中，勉强支撑着的吧！"见《信》，《枯山水》，深圳：深圳报业集团出版社，2017年，第85页。
[3] 鲁迅：《在酒楼上》，《鲁迅全集（第二卷）》，北京：人民文学出版社，2005年，第34页。

为政治革命与人的革命、精神革命的一体。更准确地说,"鲁迅从未在政治革命之外思考人的革命,对他而言,政治革命从一开始就与人的革命作为一体而存在……即便是将革命作为精神的问题、人的问题来把握,也并非在政治革命之外单独考虑人的革命和精神革命","鲁迅作为一位个体在面对整个革命时的方式是精神式的、文学性的,这在性质上异于部分地只将革命中的文学、精神领域当作问题的做法"[1]。

与鲁迅相似的是,刘大任等人没有提出对革命后社会制度和政治实践的有效想象,但是,他们"不是将'革命'作为观念,而是作为自身的欲求,换言之,即作为思想来把握"[2]。对于他们来说,在那里"押赌了自己的青春",当意识到"革命"落潮之时,"是作为自己至那时为止的青春历程(革命征程)的一举失败来体验的"[3]。因此,在刘大任的讲述中,社会/集体记忆是作为个体记忆的一部分而存在的,在对历史经验的反复咀嚼中,过往生命经验所具有的意义和价值在不同的叙述时间里反复地被打开、被重构。

## 二、"错其意行之":《从心所欲》的当下省思

从20世纪80年代的《且林市果》,到写于2010年的《从心所欲》,经过30年的岁月洗礼和时代变迁,刘大任走出了"后革命"的感伤和无力,将对"革命"的"怀念"或者说"信念"投注于对中国社会现状的分析、反思和历史结构性的考察之中。他的写作心态逐渐从沉郁冷峻转向简明通透[4],文字亦更加老练辛辣。

---

[1]【日】丸山升:《辛亥革命及其挫折》,《鲁迅·革命·历史——丸山升现代中国文学论集》,王俊文译,北京:北京大学出版社,2005年,第37页。
[2]【日】丸山升:《"革命文学论战"中的鲁迅》,《鲁迅·革命·历史——丸山升现代中国文学论集》,王俊文译,北京:北京大学出版社,2005年,第49页。
[3]【日】丸山升:《辛亥革命及其挫折》,《鲁迅·革命·历史——丸山升现代中国文学论集》,王俊文译,北京:北京大学出版社,2005年,第37页。
[4]《从心所欲》收入刘大任70岁所写的小说集《枯山水》。如作者2012年的自述:"我生性比较喜欢阳光,可能因此肤浅,但,无论如何,我的'枯山水',是不可能没有阳光的。"参见刘大任:《枯山水·后记》,深圳:深圳报业集团出版社,2017,第206页。

小说《从心所欲》以"仿鲁迅《在酒楼上》，错其意行之"为副标题，用颇具讽刺意味的笔法，讲述了叙述者"我"与旧时朋友"老许"在北京重逢的故事。令人错愕的是，昔日鲁迅笔下潦倒落魄的革命知识分子吕纬甫，在21世纪的当下摇身一变，成为"风生水起"的上市公司老板。这一幕吕纬甫的"变形记"，已然褪去了30年前《且林市果》中"老孙"为自己筑造虚幻的理想堡垒时的寂寥失意，却另有一番理想主义落空后的荒谬感。

黄子平在《撬动现代小说的固有概念》一文中谈到："大任先生写的小说，既是'现代'小说，又是'中国'小说。"[1]60年前以散文诗创作登上文坛的刘大任，在数十载人生旅程后依然于文字中保持着诗的密度与张力，不辍地抒写着海外华人乡愁之情和对当代中国社会各种现象的省悟。

《从心所欲》这一篇"袖珍小说"是刘大任进入古稀之年后的作品，题目取自"从心所欲不逾矩"，和《在酒楼上》《且林市果》同样是书写旧友重逢的题材。与刘大任很多作品类似，该文投射了作者作为海外华人从外部视角观看中国的经验，具有"半自传"色彩。小说一开篇就从"我"回国后的主观感受切入：

> 近些年，每次从北京回来，心里老是堵塞着什么，荒荒的，好像面对高墙，有点无从入手因而无法一窥堂奥的感觉。人都说，如今的北京，三日一小变，五月一大变，连当地人都跟不上形势，何况外人。[2]

带着这种困惑的心情，"我"想找个熟悉国内情况的老朋友聊聊，"帮

---

[1] 黄子平：《撬动现代小说的固有概念——在深圳刘大任小说艺术学术研讨会上的发言》，载《书城》2018年第1期，第36页。
[2] 刘大任：《从心所欲》，《枯山水》，深圳：深圳报业集团出版公司，2017年，第35页。下文引用未注明者同此版本。

我解除始终盘旋心头的莫名遗憾"，于是打电话约了"老许"一起吃饭。老许与"我""有过共同的历史"，都是20世纪60年代由台湾地区去美国的留学生，我们曾经"一道拥有过洛杉矶，一道流离过纽约"，如今相约在"拔地蓋天瞬间崛起"的北京。当年的我们都是文艺青年，沉迷电影、画画、诗歌、书法，老许还曾立下壮志豪言，要让"纪弦、瘂弦、余光中"都"从此乖乖地滚进历史的垃圾堆里"。如今的老许不仅名下有在沪港两地上市的公司，还成立了风险资本基金，游走在实业与金融之间，开讲坛、上电视、做采访、发展人脉。他还偶尔练字，但已经不是自娱自乐，而是有人找他求字，"不要说财源滚滚，连他的'字'，都洛阳纸贵了"。

  老许风生水起的身份变化，反映的是北京日新月异的改变。这座城市由水泥钢筋、玻璃、塑料和大理石精心堆叠起来，在我们相聚的这家台北风味茶餐厅，装潢和氛围模拟的是台北永康街的情调，所不同的是它"高高在上"，"没有白云，没有蓝天，绿树也只剩一抹，乖乖躺在地下，像一摞孩子们弃之而去的玩具"。这个"无蚊蝇，无污染，无风也无尘的高楼世界"和它所呈现出的水泥丛林的现代工业风景，"好像跟洛杉矶、纽约，也没太大不同"，连这三座城市在工业化进程中遭受过的"灰色的毒雾"都是相似的。

  小说显然寄寓了刘大任自己在2000年后多次重访中国大陆的经验。90年代后，中国大陆社会的同心圆结构产生变化，经济发展已经作为更有力的权杖"新神即位"[1]。作为《从心所欲》故事发生背景的2010年的中国，已经全然走出了某个年代"历史教训"式的创伤，也不再有80年代启蒙话语的挣扎，迈过90年代市场经济崭新开篇的热闹纷呈，携带着21世纪初融入全球经贸体系和文化洪流的跃跃欲试，开始进入一个自信蓬勃的、欲望的全盛期。中国已然不是1986年意大利导演贝纳尔多·贝托

---

[1] 戴锦华：《隐形书写——90年代中国文化研究》，北京：北京大学出版社，2018年，第75页。

鲁奇在拍摄《末代皇帝》时看到的"一个尚未被可口可乐、麦当劳占领的国家",它不仅已被经济浪潮的"巨兽"深深地影响,而且将要用自己庞大的人口和旺盛的产能所积聚的力量去辐射世界。而经历了2008年奥运会的北京,显然成为这个时代各种欲望符码的汇集场所与"应许之地",在这里,有大量的成功者被视为尤金·奥尼尔所谓的"唯物主义半神"。

小说中的"老许"正是这样一位成功者,作者从不同角度呈现出对他的评价。20世纪90年代由美国来到大陆发展的老许,在一些当年的留学生伙伴看来无疑是值得艳羡的"有眼光,有魄力"的归国侨胞成功人士代表。老许自己显然也是非常满意当下的生活状态,脱口而出的就是"钱买得到的,他们都有",或者"不能蹒跚学步,要只争朝夕",相信人生有着"无限可能"。在叙述者"我"眼中,老许是一位既熟悉又陌生的老朋友,虽然已经功成名就,但是人还是热情爽朗的,只是言谈之间总透出几分令人难以琢磨的感觉。我们二人聊起练字和品茶,好像仍有当年的乐趣,就在叙述渐渐滑向平淡之时,老许突然一个"泼面而来的问话":"我问你,你跟你老婆,还敦伦吗?"面对这种问题,"我"有些招架不住,只得支支吾吾地勉强应答,没想到老许泰然自若地讲起他是如何用金钱解决生理烦恼和家庭纠纷,并且做到"大家都满足,大家都自由,日子过起来,既干净又漂亮"。

在小说结尾处,"我"暗暗下了决心,"回家后,还是好好把欧阳询练一练"。这种心声反映了叙述者"我"作为传统知识分子对"书法"所象征的文化资本的看重,但是,当本该作为文化资本的"字"反而成为金钱与权力地位的陪衬,"我"又该如何处理自我与外界、精神与物质之间的关系?

海外"保钓"运动的参与者中有一部分在运动退潮后像"老许"一样,早早下海经商,乘着国内改革开放经贸通商的浪潮,在两岸之间开拓

第二章　文学传统的承续：鲁迅作为"原点"

市场，成为海内外知名的企业家[1]。早在80年代的小说《草原狼》中，刘大任就曾写到凭借商业资本在北京与台北两地都受到欢迎的企业家"麻花"，经营着颇有声色的餐馆与房地产事业的"二马和土豆"。刘大任一直将中国社会经济的现代化和中国人自立于世界民族之林作为自己的理想。但是，面对大陆90年代后从"以阶级斗争为纲"到"改革开放"的转轨，他也表达了对这种在市场经济浪潮席卷下中国革命与社会主义建设的历史思想资源将何去何从的思考。在写于1981年的《知识分子的窄门》一文中，刘大任就已说过："对于深刻影响众人生活的政治现象与中国前途这个大问题，甚至关于人类的良知与未来，我想所有'老保钓'从来就没有放松过自己的关怀，也没有放弃观察和分析。"[2]在刘大任对中国社会问题的长期观察中，他认为当下所缺失的是一种对待历史的正确态度——从历史中发现可被转化承续的能量积淀，不要忽略物质转轨中所蕴含的巨大思想危机，也不要采用简化的二分法思考问题，要真正创设有利于人的普遍发展的新体制，从历史中打捞思想资源，寻找社会主义革命理念自我延续和更新的方向。

《从心所欲》一文与《且林市果》的叙述基调有明显的差异，它没有承续鲁迅《在酒楼上》的批判中带着温厚情感的语调，而是一种当代性的讽刺"反写"。历史拾荒者"老孙"与风生水起、从心所欲的"老许"构成了两种"吕纬甫"的当代形象，所反映的是社会思潮的震荡对人的主体精神的冲击。或许，如今的"老许"正是30年前的"老孙"，他经历了一种转向的失落。在这份失落的空洞的核心里，作者一直未明确说出的是一

---

[1] 以"老保钓"中较有名气的企业家程明怡为例，他在美国攻读化学博士学位期间参与了保钓运动，自1971年开始从事中美之间的贸易往来。在接受李怡的访谈时，程明怡曾表示："（当时）许多知识分子都改行（或兼职）搞旅游或者贸易"，他认为自己选择从商，在个人奋斗的追求之外还怀有民族主义的情感，"在美国发展商业、企业，越大越赚钱就越好，就越有帮助中国的机会"。参见李怡：《昨日之路：七位留美左翼知识分子的人生历程》，《春雷声声——保钓运动三十周年文献选辑》，台北：人间出版社，2001年，第760—768页。

[2] 刘大任：《知识分子的窄门》，载《新土》1981年11月12日第34期。

种左派理想的丧失，一种"希望的沦落和许诺的丧失"[1]。

从《且林市果》到《从心所欲》，两次选择对鲁迅小说中最暧昧难解的《在酒楼上》进行仿写，正体现出刘大任思想中如鲁迅般时时自我辩难的复杂性。刘大任在80年代初就已经认识到他思想中的矛盾来自文学观与政治观的"不兼容"。他的政治理想是面向并且要求实现一个黑白分明的世界，但是他的文学却只能存活于"黑白不那么分明"的世界中[2]。因此，与其说刘大任在70年代末期思想"转向"，不如说这种难解的矛盾一直潜存于他的内心，只是在"钓运"的全盛阶段是其中一个面向将另一个面向暂时掩盖了。时过境迁，观察的视角与讲述的语境都发生了变化，但这种杂缠的矛盾性并没有找到化解的途径，最终隐藏于小说批判语气的背后，呈现为一种鲁迅式的"虚妄"。

---

[1]【美】温迪·布朗:《抵制左派忧郁》，庞红蕊译，《生产》（第八辑），南京：江苏人民出版社，2012年。

[2] 刘大任:《残照》自序，《残照》，深圳：深圳报业集团出版社，2017年，第7页。

# 第三章

# 两岸之间：历史创伤叙事

　　本章以20世纪90年代以来的创伤研究理论为基础，讨论刘大任、郭松棻、李渝左翼现代主义书写中的历史创伤叙事。广义的"创伤写作"在中国文学史中早已有之。从司马迁的"发愤著书"，到韩愈的"不平则鸣"，创作这一行为的深层动力常常来自"郁结疏通"的创伤机制——"此人意有所郁结，不得通其道，故述往事，思来者，乃如左丘无目，孙子断足，终不可用，退而论书策，以舒其愤，思垂空文以自见"[1]。

　　但"创伤"概念正式进入现代学科视野其实是相当晚近的事。19世纪末20世纪初，创伤成为心理学研究领域内的一个"被发明"的关键命题[2]。西格蒙德·弗洛伊德（台湾地区译为佛洛依德）与皮埃尔·让内在研究女性的"歇斯底里症"时发现了童年创伤经验的潜伏性、延迟性、破碎化，但最后却落脚至创伤记忆与"力比多"的纠缠及其"梦魇般"的不可靠本质。"一战""二战"后大量出现的"弹震症"也曾引发心理学研究

---

　　[1] 班固：《司马迁传第三十二》，《汉书》，北京：中华书局，1999年，第2068页。
　　[2] 社会学家艾伦·杨在《和谐的假象》中分析了PTSD的产生过程，认为创伤这一概念不是原本就有，而是在19世纪晚期起被"发明"出来的，经过20世纪的种种阐释进而生成了创伤理论。因此创伤并不是一个"无时间性"的概念，也不具有本质性的统一实体，而是实践、技术、叙述等"黏合"（glued together）在一起而生产出来的。参考 Allan Young: *The Harmony of Illusions: Inventing of PTSD*. Princeton: Princeton University Press. 1995.

的兴趣。越南战争之后，退伍军人心理疾病频仍的境况受到瞩目，于是在1980年美国精神医学学会协会首次对"创伤后应激障碍"（PTSD, Post-traumatic Stress Disorder）做出官方解释，其病征包括恐怖场景的图像式侵入、疏离与陌生、幸存者内疚、记忆减损等。随后，欧美学界的创伤理论研究蔓延至社会学、历史学、人类学、文学与文化研究等领域。现代意义上的"创伤"（trauma），不仅指称个体的心理现象，还包括更广泛的文化现象。自20世纪90年代起，由于耶鲁派文学理论家杰弗里·哈特曼、凯西·卡鲁斯等人对于创伤理论的开掘和"大屠杀幸存者证词档案库"的调查著录，"创伤书写"正式进入文学研究的视野。大屠杀文学是欧美创伤文学研究的起点与中心，由此衍生出了战争书写、非裔女性族群书写、性暴力与性少数群体书写等不同方向。

在此基础上，有研究者指出，界定创伤书写的核心并不在于题材或主题是否包含创伤元素，而是在于文本能否"象征地再现创伤"[1]，即是否能构建"叙事化"而非"情节化"的创伤。单纯凭借题材来定义何为创伤书写，易陷入类型文学的程式化、庸俗化怪圈而忽略其本质。创伤书写的本质特征在于紧扣创伤与历史、记忆、叙事等环节的联系，在叙述中展演一种作为无意识症状的危机经验，呈现受创者因内部断裂所承载的不可能的历史，描绘一段无法被整合、被体系化的叙事记忆。

需要阐明的是，创伤书写的光谱是如何反映出郭松棻、李渝、刘大任写作中的左翼现代主义特质的？作为与60年代台湾现代派作家有着创作"时差"的一个小群体，他们的小说创作重启于1980年左右。正如本文第一章所论述的，在经历过70年代的"保钓"时期之后，对于作家来说，实际上是进入了一个向内转的过程。在个人命运、社会形态、时代动向的转捩点上，作家精神世界内在的紧张通过现代主义式的书写方式得到

---

[1] 加拿大学者格兰诺夫斯基认为，"唯其通过文学象征主义发掘个体在集体创伤中的际遇，或是过去的真实事件，或是现在的危险趋势，或是对未来假象的恐惧，方能彰显创伤小说的独特之处——笔者译"。见 Granofsky, Ronald. *The Trauma Novel: Contemporary Symbolic Depictions of Collective Disaster*. New York: Peter Lang Inc., International American Publishers. 1995. P5.

了转移与呈现。从本质上来说,"创伤"蕴含了民族性与个人性的双重体验。在无家可返的、"流亡"式的海外羁旅生活中,他们选择了书写民族创伤经验与个人化的历史记忆。此处"创伤"具有多重指涉,包括但不限于:与战争相关的记忆;集体性的历史暴力事件所构成的创伤,譬如"二二八"事件;时代变换中的漂泊与离散;民族主体情感的受挫与救赎;家族历史链条中的创伤记忆;失去所爱之人或所依恋的理想等等。以上若干种经验在文本中常有交叉重叠,往往表征为情感或记忆的断裂,在艰难的叙事化过程中指向了一种持续性的焦虑与紧张。

可以说,刘大任、郭松棻、李渝的书写不仅与60年代传统的台湾现代派作家有"时差",而且还有"视差"之别。从现代派风格的角度来看,他们的小说既有基于弗洛伊德精神分析理论的、凸显自我与外部世界之关系的内在化描述,又有随着人物思想情绪任意漂流、跳跃于时空的意识流写作特质。这些特征是与典型的现代主义文学相吻合的。但是,台湾文化场域在70年代中后期经历了乡土文学运动,郭松棻、李渝、刘大任虽然身处美国,但"乡土派"所强调的历史意识、在地书写、现实视角等因素,与三人早期形成的左翼视角与社会历史意识是不谋而合的。因此可以说,在他们的诗化意象和文字锤炼背后隐含着左翼立场、历史思辨和社会眼光。

本章旨在通过文本分析廓清创伤与记忆、历史、语言、叙事等要素之间的有机联系,以贯通"两岸之间"的历史及现实经验为观照,从反伤痕式的"二二八"历史叙述、作为"记忆"的战争、左翼现代主义者的忧郁、家族叙事中的代际创伤这四个层面对刘大任、郭松棻、李渝的创伤写作展开分析。一方面,将以创伤研究理论为分析框架,厘清创伤与记忆、创伤与历史、语言与叙事的复杂联结,探明创伤写作的语言机制、思考装置和文本实践,打开新的理论空间;另一方面,将从海外"保钓"左翼作家作品的现实语境出发,重新进入历史场景,重返重要历史现场,找到"创伤记忆"的符码和对其进行再解读与再阐释的路径,将"以创伤为方法,以历史为目的"落地于当下现实。

## 第一节　反伤痕式的历史叙事

小说唯一的存在理由是说出唯有小说才能说出的东西。

——米兰·昆德拉

在李渝、郭松棻、刘大任的小说中，没有出现单独叙写"二二八"事件的作品，但是，其多篇小说对该事件有着或明或暗的指涉。值得关注的是，在《月印》《夜琴》《今夜星光灿烂》等文中，他们将事件置于从二战/抗日战争至"白色恐怖"时期的历史叙述脉络之中，作为持续性的民族创伤的一个环节加以呈现，而没有单一书写本省人或外省人在此事件中的遭遇。可以说，三位作家的叙事，表现出与80年代以来台湾主流的"二二八"伤痕式小说不同的视角，体现出对既往伤痕式书写套路的反思与重构。

发生于1947年2月28日至3月末的"二二八"事件是台湾地区现代历史中的一个关键事件。从文学的历史书写角度来看，对"二二八"事件的表述经历了40年代末短暂的纪实性记录、50—70年代的缄默、80年代初的复燃，到90年代后的挖掘史料、清理"真相"的潮流，可以被视为社会文化运动历程的一个缩影[1]。但是，随着90年代后"本土化"思潮的兴起，与"二二八"相关的叙述常被简化并极化为外省人与本省人的族群对立，强调省籍差异与本省人所受到的压迫与不公，甚至将光复经验与殖民经验并置，在内外对立的想象中构建起一种以创伤记忆为基础的身份认

---

〔1〕发表于1947年4月的《创伤》（作者署名梦周）、《台湾之春——孤岛一月记》（作者董明德）和发表于1947年5月的《台湾岛上血和恨》（作者署名伯子）是"二二八"发生后最早以纪实的笔法记录事件起因、过程和各方面力量冲突的作品。1950年后，在严密的舆论管制下，"二二八"事件成为不能被公开讨论的禁忌，相关文学作品如邱永汉《偷渡者手记》（1954）、《浊水溪》（1954）、陈映真《乡村的教师》（1960）或是在台湾以外的地区出版，或是仅仅以隐晦曲笔指涉。直到80年代文化氛围逐渐宽松后，这一"历史黑洞"才被逐渐打开。

同框架，有意地忽略了包括左翼知识分子的地下抗争、本省人对外省人的友善帮助等光复后历史的真实多重面向。这种明显"缺角"的表述倾向，与日据时期的被殖民经验未得到思想层面的有效反思与清理是有关联的，也揭示出50年代后台湾地区历史复杂的地层结构被掩埋起来所造成的社会历史意识的不足。

有研究者提出，80年代台湾地区的"二二八书写"与"伤痕文学"有着对照之义，其一是书写者有明确的追溯、反思的历史对象，有自觉的"伤痕"意识；其二是有相当数量的作品和一定的影响，与其时社会政治、文化环境有着密切关系，足以构成一个值得注意的潮流[1]。在"伤痕"意识的统摄下，一部分"二二八书写"显现出受害者文化的特征，以受害者身份作为群体认同的基础，通过对过去所受不公、迫害、冤屈的展示与讲述来塑成群体共同的情感结构与心理联结。此类伤痕式书写与大陆的伤痕文学类似，在文本外部，包含了清理集体记忆、挖掘历史"真相"的重塑性诉求，实际上是对当下现实要求的直接回应。在文本内部，则表现为道德化的控诉、浓烈直白的情绪流露，以及对受害者与加害者进行彻底切割的二元式思维。受害者因为"创伤"的发生而获得了苦难的"加冕"，从而赢取了足量的道德资本并且有机会在未来将其兑现为其他社会资本。

刘大任1948年移居台湾，在少年时代经历了事件的余波。在《晚风细雨》所记录的童年回忆中，台湾省内的省籍差别与族群意识分化渐显，常在一起玩耍的小伙伴发生口角时，外省人被本省的街坊同伴蔑称为"猪仔"，本省人家的敏雄会凶狠地对其他人说："你们给我小心！下一次二二八，给你死！"[2]李渝在50年代初年纪尚幼，对于"二二八"历史的书写更多是承续了家族与父辈们的集体记忆，她在《温州街的故事》中多次写到外省人在事件中遭遇的冲击，以及很多善良的本省人是如何帮助

---

[1] 李娜：《在记忆的寂灭与复燃之间——关于台湾的"二二八"文学》，载《文学评论》2005年第5期。
[2] 刘大任：《晚风细雨》，深圳：深圳报业集团出版社，2017年，第47页。

外省人避难的。在"人人都会去不见"的悲剧性讲述基调中,李渝强调的是在风声鹤唳的白色恐怖年代,暴力机制对个体命运的碾压,通过这一视角,她将相关叙述纳入了20世纪中国历史创伤书写的整体脉络之中。郭松棻是本省人,在处理事变时有着更为复杂的情感混合,他的中篇小说《惊婚》写到主人公父亲的朋友都死于"那场事件",以至于"家里的一本照片簿都是死人的照片",当年幼的女儿问他为什么没有死时,他被痛苦负疚的情绪"啮啃"着——"既然好朋友都死了,自己也理应死的"[1]。在《今夜星光灿烂》中,郭松棻创新性地重写了台湾行政长官陈仪的故事,他从陈仪生命的最后时刻入手,叙写其一生戎马倥偬、履职各地的故事。陈仪因为未能妥善处理冲突而颇受争议、背负恶名。郭松棻是第一位全面书写陈仪经历的小说家[2],其精神分析式的立体解剖和文学想象塑造出主人公在历史材料之外的"内面"形象,为"二二八"书写开辟了不同于一般受害者叙事的新视角。

本节重点探讨的作品是郭松棻的中篇小说《月印》。《月印》1984年7月连载于《中国时报·人间副刊》,所写的主题是"革命"与"牺牲"的辩证。故事从日本殖民时代结束写到1947年二二八事件之后的"清乡"时期。作者在小说中将家庭伦理情感、理想同现实的缠斗与左翼青年在戒严统治下的悲剧命运融汇为一体,是一篇美学价值与思想力度并举的佳作。小说的情节如下:日据末期,温柔坚强的少女文惠与饱受肺病折磨的知识青年铁敏相恋结婚,婚后文惠兼顾着"妻子"与"护士"的双重身份,一人承担了家庭生活的重担,二人艰难地度过了"二战"时台北的轰炸与其后的阴翳。在她日复一日地悉心照料下,铁敏身体逐渐好转,并通过思想进步的蔡医生结识了从祖国大陆来的杨大姐。铁敏经由朋友的引介参加左派读书会,逐渐了解发生在祖国的社会主义革命,瞒着妻子投身于

---

[1] 郭松棻:《惊婚》,台北:INK印刻文学生活杂志出版有限公司,2012年,第128页。
[2] 郭松棻曾说,自己写《今夜星光灿烂》时参考了大陆出版的《陈仪的生平与被害内幕》,既没有考虑到他是负面人物,也没有考虑阅读者是谁或者读者想要看什么。参考舞鹤:《不为何为谁而写——在纽约访谈郭松棻》,载《INK印刻文学生活志》2005年7月第1卷第11期,第51页。

战后台湾回归祖国的地下重建工作。但是，文惠却因为嫉妒猜疑而举报了铁敏私藏的禁书，导致地下小组被当局一网打尽。

《月印》以文惠与铁敏的婚姻家庭生活为明线，以铁敏的左翼思想萌发与地下活动为暗线，凸显的是家庭现实生活与知识分子纯真热烈的革命理想主义之间的矛盾冲突，以及时代历史境遇对个体存在价值的湮灭。原本病重的铁敏，在文惠的自我牺牲式地全力照顾下病情渐趋稳定，认识了蔡医生与杨大姐之后，他更加振奋了精神，本已初露锋芒的左倾思想开始落实于行动之上。而终于看到家庭生活的幸福曙光的文惠与忙于地下活动的铁敏之间逐渐产生了距离，文惠无法接受"丈夫的内心居然还有自己不能参与的空间"，不断揣测铁敏那个"深锁不宣"的秘密究竟为何，在失落寂寞之外，还"稍稍感到被欺负了似的"。因为铁敏"好像是由她孵养出来的一只小鸟"，毕竟"卧病时，连他耳后的污泥，她都是熟稔的"：

> 想起他褥疮发痒时，外面是二二八，里面是挣扎在生死线上的丈夫，少女的梦想转眼成空……他的每根筋骨，每块肌肤，她都认得。现在闭起眼来，也摸得到那两颗朱砂痣。然而一提起那上锁的箱子，他那一头浓密不驯的长发就要一根根竖起来。那不能说出来的部分，随着日子不断扩大起来。文惠竟感到彼此转眼已成了陌路。[1]

沟通的缺失与亲密关系中的力量扭转使得文惠逐渐滑向了危险的选择。因为对杨大姐心生猜疑嫉妒，期盼丈夫能够回归家庭生活，文惠举报了铁敏藏于家中的一箱"红色"禁书，原意是希望解散读书组织，却不料导致铁敏和其同伴被捕、被枪决。为丈夫牺牲奉献了整个青春年华的文惠，却未想到自己的"大义灭亲"之举会导致整个家庭的覆灭，铁敏的地

---

[1] 郭松棻：《月印》，《奔跑的母亲》，台北：麦田出版社，2002年，第88页。以下引用未注明者同此版本。

下团体就像"绑好的一串毛蟹,一串七只,只要从绳头一拉,一只也逃不了"。

作者在小说中没有正面渲染事变的暴力冲突,而是聚焦于微观的家庭小环境内部裂痕的产生与最后的迸裂。但是,由冲突引发的紧张肃杀的社会气氛一直作为故事的暗部背景存在着,衬托着前景的叙述。事变作为一种既远又近的威胁,与主人公的疾病发作交叠在一起:

> 翻过年的三月,文惠在收音机里听到凄厉呕血般的广播……台北发生事变了,听说市街战已发生了。这段日子,自己关在房子里一心看顾着敏哥,跟外面完全隔绝。没想到战争又要来了。……收音机说,大稻埕夜里枪声不停。处理委员会在中山堂成立了,厉叫呼喊,要求处理这个事变,文惠跪在发着高烧的铁敏身边,心绞成一团。广播电台吵得最凶的时候,铁敏身上的褥疮发得通夜睡不着觉,人在夜里翻来覆去,全身都痒起来了。然而他还被蒙在鼓里,不知外面已经发生事情了。

《月印》所写故事背景的多半来源于郭松棻"自己的经验"。事件发生时他年仅9岁,读小学三年级,家住在延平北路附近,与林江迈的烟草摊相隔不远。他曾谈到这段"生活记忆"是"不用太去思索,那生活自然而然就在我脑里","二二八前后的枪声,中山堂全给王添丁等人的处理委员会占据了,我记忆深刻"[1]。小说中,文惠在事变后一边勉力应对飞涨的物价,一边迅速地把家中收藏的日本军刀和其他日式物件统统销毁,体现的是普通人在乱世中奋力维持家庭安稳的艰辛。在小说结尾处,历史自身的恶与残酷性跳至叙述中心,文惠的冲动之举酿成了夫妻相戮的惨剧,使得她成为举报制度下"无意识"的帮凶,彰显的是病态的社会环境对人性的

---

[1] 舞鹤:《不为何为谁而写——在纽约访谈郭松棻》,载《INK印刻文学生活志》2005年7月,第50页。

扭曲。正如研究者所述，在台湾解严后对"二二八"政治记忆的文学书写中，大抵是出于对施暴者的控诉，"还没有一篇作品像郭松棻如此忍痛地批评台湾人的政治无意识必须承担历史的共业"，能够从爱与牺牲的命题去描绘人的有限性[1]。《月印》一文处理的是复杂历史情境中的个体存在境遇与心灵动态，在交错跳跃的小说时空中，以人物的个体记忆为轴，铺展出时代集体创伤的沉重。

米兰·昆德拉曾说："小说家既非历史学家，又非预言家，他是存在的探究者。"[2]郭松棻尝试的正是这样一种建立在历史现场之上的、对人类存在境遇的"勘探"。舞鹤认为《月印》这篇作品是"以非常平淡的生活观点来写这么大的血腥事件"[3]。可以说，《月印》刻画的是家庭内部的误解冲突是如何在历史扭曲的棱镜下被放大为一个永恒的悲剧的，其中蕴含的历史创伤既是时代命运与人性幽暗彼此交织的产物，也是台湾左翼青年命运的一个缩影。在这样的文本中，人与世界的关系不再是主体与客体、演员与舞台的关系，而是连为一体的，世界成为人自身的一部分，就如同蜗牛与它的壳。这正是《月印》这样的作品与普通的政治控诉小说在处理历史题材时的最大不同——它虽然呈现为一个特定时空的历史语境，但审视的是更广阔的人类存在的历史范畴。

同样涉及此类题材的还有李渝的短篇《菩提树》。《菩提树》是"温州街的故事"系列中的一篇，小说从少女阿玉的视点展开去，大量的篇幅是在抒写阿玉清淡、单纯而有一点点哀愁的青春记忆。原本，阿玉每天的日子都普普通通地在课本、小说、夏日的蝉鸣和偶尔的一支香草冰激凌中流淌过去，直到她悄悄地喜欢上了父亲的学生陈森阳。陈森阳是医学生，成绩优异，个性沉静多思，因为家不在台北而常常被阿玉父亲邀请至家中作

---

[1]徐秀慧：《革命、牺牲与知识分子的实践哲学——郭松棻与鲁迅文本的互文性》，参见《从近现代到后冷战：亚洲的政治记忆与历史叙事国际研讨会会议论文》，2009年11月。
[2]【捷克】米兰·昆德拉：《小说的艺术》，董强译，上海：上海译文出版社，2004年，第56页。
[3]舞鹤：《不为何为谁而写——在纽约访谈郭松棻》，载《INK印刻文学生活志》2005年7月，第50页。

客谈天。突然有一天，他因为私藏了几本"禁书"而被逮捕，在父亲的多方奔走求情下仍被判了15年监禁，最终如同当时的很多青年一样"消失不见"于历史的阴影之中。

这样一个原本简单的故事在李渝的笔下显出特殊的质地——她将残酷的政治暴力糅合于纯净优美的少女思绪之中，从阿玉的视角铺开，陈森阳被捕事件不是一蹴而就地被讲述的，而是自父亲母亲口中一点一滴的片断汇集而成。整个事件既远又近，仿佛是个遥远的传说，又结结实实地发生在阿玉的心中。当她知道陈森阳"出事"后，青年在夜晚化为一株菩提树的形象，来到阿玉的窗前同她告别：

> 我要向你告别了，菩提树说。为什么呢，阿玉不明白。我这样的，原不属于世间的种类，有不乐意见我的人，要除去我了。阿玉心中一阵难过，不知怎么说才好。我虽不愿意去，生存的权力却无从由我决定。树低垂了头。是这样——没有希望么？不能回答阿玉的问题，修柔的枝叶无言地拂撩着窗椽。[1]

与《月印》洗练骨感的笔调相比，李渝的文字更为明净透彻，有着自己独特的风格。同样地，她在意的是具体而微的人与物，是人与人之间情感的联结，是陷落于历史缝隙中的个体记忆如何被捕捉、被打捞、被拾起。她的笔法有着沈从文的简淡和萧红的灵动，也具备这两位作家在书写人生巨大苦难时的举重若轻。在《菩提树》结尾处，现实中的菩提树虽被砍倒了，但那青年化身的"树"又来与阿玉对话，他讲到自己虽然被关在黑屋子里，却能听到大海的声音，衣袋里还留着心爱的口琴，阿玉听着他吹奏那支忧伤的调子，"月亮出来了，经过舒落的东方星次，上升到簧片的上面……听着听着，阿玉终于放心了"。象征性的手法为故事增添

---

[1] 李渝：《菩提树》，《夏日踟蹰》，台北：麦田出版社，2002年，第270页。

了童话色调，在忧伤中保留了几许上扬的希望，让人想起《边城》的结尾——"这个人也许永远不回来了，也许明天回来"。

如果说郭松棻书写的是人性的复杂多面和"受害者"身份的存疑，那么李渝刻画的便是时代悲剧覆盖下仍然留存的心灵的纯澈。无论选择哪种角度，他们都极力避免那种控诉剖白式的文体和将文学作为政治或者道德宣言的偏颇，是一种跳出台湾主流的"文化创伤化"的写作路径的尝试。

关于主流的"二二八"书写及其相关话语体系，我们可以借鉴杰弗里·亚历山大（Jeffery Alexander）所提出的"文化创伤"理论（cultural trauma theory）来分析这种叙事模式的生成。这一理论关注文化创伤的社会建构过程，即创伤事件发生后是如何被叙述为话语，被编织进社会知识结构、情感结构和集体无意识当中。亚历山大认为，当群体中的成员感知到自己经历了可怕的事件，在群体意识上留下了永久的印迹并且根本性地、无转圜余地地改变了他们的未来认同，文化创伤就发生了[1]。世俗的或是自然主义的创伤理论（lay trauma theory）认为是"事件"本身使人产生震惊和恐惧的感受，但文化创伤理论将创伤的经验生产视作"社会中介的产物"[2]——事件是一回事，而"再现事件"则是另一回事。某一事件在特定的文化网络和意义解释系统中才能被经验为创伤，如果甩开这一阐释结构所赋予的意义，则无法确定其伤害性与危机性，因此意义结构的松动是社会文化过程的效果，而非事件的直接结果。文化创伤与身份认同有着密切关联，当灾难经验沉积、凝缩为社会记忆，它就进入了集体认同的核心。亚历山大借用奥斯丁的言语行为理论（speech act）阐述了文化创伤的建构过程，其中需要言说者（或承载者群体）、受述的公众对象和言说行为发生的特定语境。言说者以有说服力的方式将涉及某种根本损害的创伤"宣称"投射到受众，受众再经由"个体—小群体—大群体—公众"的

---

[1] Jeffery C. Alexander: *Towards a Theory of Cultural Trauma. Cultural Trauma and Collective Identity*. Berkeley: University of California Press. 2004. P1.
[2] 同上，第8—10页。

传递链条将对象延伸、泛化进而跨代际传播。在这一过程中，承载者群体（carrier groups）会利用历史情境的特殊性、可触及的象征资源和制度性结构提供的机会，他们因为宣称/再现行为获得了文化场域内的有利位置，这一"诉说资格"又反过来加强了其论述的威信力，有助于建立群体身份认同。

80年代末以来，"二二八"事件的"真相"挖掘和文学再现正是文化创伤的社会建构过程的典型。在分析这一过程时，应聚焦于创伤机制的建构过程。哪一主体有权叙述创伤？哪一事件可被表述？个体的创伤叙事如何被合法化，从而纳入集体的情感结构？一代人的情感结构又是如何被保存下来成为共同体的共享记忆，甚至经过代际传承沉淀成为一种集体无意识？以上问题涉及创伤与记忆、叙事、共同体历史以及某种身份认同的关联。而如果我们想要历史地理解某物，就需要认识到它的复杂性。正如哈布瓦赫在《论集体记忆》中所述，集体记忆并不是过去在当下的复活，而是当下的关注决定了我们记忆过去的内容及其方式。事实上"集体记忆"从根本上说是非历史的，甚至是反历史的[1]。因此，当面对事件、历史与记忆的复杂命题时，小说的目的并不在于塑造新的集体记忆，而是需要说出唯有文学而非其他话语形式能够表达的东西。正如《月印》《夜琴》《菩提树》等作品所示，有关"二二八"事件的文学表达应该有超越过分偏颇的省籍分化或政治化书写的新的纪念方式，正面沉痛的历史并不意味着将苦难夸饰为另一种荣耀的标志。作家需要与他所写之物保持一定距离，并理解当事人的动机与行为可能充满歧义，包括道德的歧义。这种对事物歧义的敏感性是小说家的创作根基。

---

[1] 美国历史学家彼得·诺威克在讨论集体记忆时提出，集体记忆简化了历史，从单一的确定视角看待事件，无法容忍任何形式的歧义，从而将事件简化为神话原型。因此，集体记忆其实是一种精心的选择，这一选择则是环境所塑造并限定的体制化记忆的产物。参见【美】彼得·诺威克：《大屠杀与集体记忆》，王志华译，南京：译林出版社，2019年，第4—6页。

## 第二节 作为"记忆"的战争

战争是历史的断裂面。作为 20 世纪人类历史最深刻的创伤经验，战争题材在不同国别与语种的文学中被反复书写着。对真实发生过的战争事件的文学性再现，会涉及记忆、历史叙事与文学讲述之间的复杂关系。本节将要讨论的是李渝、郭松棻、刘大任三位作家的战争叙事，作为抗日战争爆发后出生的作家，他们没有成人后的切身战争"经验"，但保留了童年时期或家族传承的战争"记忆"，下面将要考察的是战争及其引发的创伤经验作为一种亲历或传承的"记忆"是如何在小说文本中被记录、变形、整合、再现的。

德国文化记忆研究学者阿斯特利特·埃尔（Astrid Erll）将文学作品中的"战争记忆的再现及修辞策略"分为四种模式。一是经验的模式（the experiential mode），文本将发生于过去的战争呈现为一种当下的、正在进行的生命体验，常使用第一人称视角，一些现代主义小说家会采取意识流技巧以表达战争经验的特殊内在性及创伤；二是神话的模式（the mythicizing mode），该模式将关于特定群体的过去的记忆与重要事件神化为一种原初的、起始性的存在和神话原型，类似于扬·阿斯曼（Jan Assmann）所言的"文化记忆"[1]；三是对抗的模式（the antagonistic mode），这也是传统战争小说常见的叙事策略，它以建构敌我双方对立的方式来确认某类记忆并排除他者记忆，叙事结构具有偏向性，在以"我们"为叙述者的讲述结构中将部分群体的记忆确立为真实，与之冲突的群体记忆则被解构为虚假；最后一种是自反性或反身性的再现模式（the reflexive mode），文本在建构战争记忆的同时，持续关注着记忆是如何被书写的，并且考察

---

[1]"文化记忆"是扬·阿斯曼提出的概念。阿斯曼将集体记忆分为交往记忆和文化记忆两个范畴，前者指的是刚刚过去的代际记忆，伴随着记忆承载者的逝去而更迭；后者指的是一种指向群体起源的巩固根基式的记忆，经由文字或非文字的形式被固定下来，由客观外化物承载，是可供回忆的象征物的凝结。参见【德】扬·阿斯曼：《文化记忆：早期高级文化中的文字、回忆和政治身份》，金寿福、黄晓晨译，北京：北京大学出版社，2015 年。

文学作为一种媒介在呈现"回忆"过程时所透露的问题[1]。

对于20世纪西方现代派文学来说，战争是一个萦绕始终的母题。伍尔夫在《达洛维夫人》中清晰地描绘了参加第一次世界大战的军人所遭受的弹震症折磨，艾略特的《荒原》中"四月是最残忍的一月，荒地上长着丁香"影射的是一战西线战场，庞德诗歌中的"迷惘的一代"指涉的则是战时一代的普遍精神危机。现代主义文学作为观察与反思人类历史行为的媒介，在战争经验进入集体记忆的过程中不断进行着批判性反思。

在郭松棻、李渝与刘大任的小说创作中，战争特别是20世纪中国近现代史上的战争也是其重要的经验来源。由于特殊的经历与文化背景，他们的战争书写同时包含了左翼与现代主义两种驱力。左翼的民族性视角、旅居美国的异乡体验，同"保钓"运动的切身记忆一起，不断冲击原有的文化心理认同，也使得他们较之同时代其他作家而言，对战争的观察体认有着更为广阔的社会历史视野。而内在于作家精神世界中的对人类存在境遇的探寻意图则驱使他们不断反思战争，反思战争时期的人性沉沦或超越。可以说，他们的战争记忆叙事更贴近于埃尔所言的"经验的"和"自反性的"讲述模式，并不尝试构筑一种史诗性、神话起源式的群体记忆，而且刻意回避那种敌我对立的二元结构。

借用埃尔关于一战记忆的"两面性"的阐释，可以说，战争对于同时代的人来说既是一个受限制的社会群体的生活经历，也是更大范畴内的历史事件。它既属于我们生活的世界的一个"临近的"视野，也属于一个纪念碑似的、被描述为民族传奇或史诗的"遥远的"视野[2]。因此，战争在文学文本中的呈现形态是多样的，作家一方面需要把握住个体在历史现场的直观体验，另一方面书写存在于集体记忆中的历史断裂感。从文化记忆

---

[1] Astrid Erll: *Literature, Film, and the Mediality of Cultural Memory*. Astrid Erll and Ansgar Nunnig, eds. *A Companion to Cultural Memory Studies*. Berlin: Walter De Gruyter, 2010.
[2]【德】阿斯特利特·埃尔：《20世纪20年代文学作品和记忆文化中的第一次世界大战》，《文化记忆理论读本》，阿斯特利特·埃尔、冯亚琳编，余传玲等译，北京：北京大学出版社，2012年，第258—260页。

理论的角度来看，是在两种不同的记忆范畴（交际记忆与文化记忆）内对战争进行回忆与叙述。

海外的旅居经验会给予作家不一样的写作环境与视角，尤其有助于激发存储于"记忆"中过往经验和故事，与原乡保持适当的距离能够为创作提供反思和比较的空间。60年代起，留美的台湾作家创作日趋繁盛，到了80年代时"羁旅海外的中国人，遥继着白先勇、陈若曦，竟相当蓬勃的从事起创作来了"[1]。李渝在谈到异乡空间对其创作的影响时曾说："对写作的人，孤独和安静是很好的写作条件，可以冷静地思索过去，与题材保持适当的距离。所以，只要曾经很认真、敏感地生活过，过去的经验都会再出现，成为很好的题材。"[2]

此处，"过去的经验"应属于阿斯曼所称的"存储记忆"[3]。它指的是那些漂浮于官方的或者公开的历史叙事之外的，属于个体或者小群体内部具有强联系的成员之间的非功能记忆，可能是被压抑的创伤、家族历史和集体事件，也可能是尚未被刻写至文字或影像材料的独特的生命体验。在齐邦媛、王鼎钧、聂华苓等人的回忆录中[4]，我们能够看到关于战争记忆的个人化叙事与正统叙事之间构成参差错杂的形态，个体的观察视角、情感流向填补了正统叙事所不能言或不尽言的部分，而将"过去的经验"转化为文字的过程即是把存储记忆打捞至地表的过程。包括刘大任、李渝、郭松棻在内的战后第二代小说家则多采用虚构小说的形式来书写其承继而来的创伤经验。与非虚构的回忆性文字相比，小说显然更具有一种自由跳跃的叙述可能性。精神创伤一般被归入存储记忆的范畴，因为它是处于"闭锁状态"、不可及的、不可支配的，"这类回忆太令人痛苦或太令人羞愧

---

[1] 张文翔：《回到广阔的文学天地里——访李渝》，载《中国时报·人间副刊》1983年10月2日。

[2] 同上。

[3] 阿莱达·阿斯曼区分了回忆的两种形式——有人栖居的、建构历史的、通过文化仪式传承的功能记忆和无人栖居的、散落成团的、休眠的存储记忆。

[4] 参考齐邦媛《巨流河》、聂华苓《三生三世》、王鼎钧"回忆录四部曲"。

了，所以若没有外因的帮助，它们不能重新回到表层意识上来"[1]。但是在功能记忆与存储记忆之间有很高的渗透性，这为创伤记忆通过语言叙事、视觉呈现等方式被提升为有建构意义的功能记忆开辟了通道。

《温州街的故事》(1991)是李渝的第一本小说集，研究者常常把它与白先勇的《台北人》对读，因为二者都书写了20世纪中期由大陆迁移至台湾的外省人的生活状态，描绘动荡时代背景下普通人波折起伏的生命历程与悲欢离合。1949年，五岁的李渝随父母移居台北，居住在温州街一带的台大教职工宿舍，左邻右舍均是政教界、文艺界的知名人士。"谈笑有鸿儒"的家风让李渝自幼浸润在文学熏陶之中，近距离地了解了上一代知识分子在战争中的际遇与创伤。80年代初，身处美国纽约的李渝执笔书写自己的年少记忆，隔着时间与空间的距离，作家的文学视界铺展得更为舒展深刻。与《台北人》的华丽悲凉相比，李渝的叙述语调幽微深邃、清淡内敛，有着大量的断裂、缝隙、留白，在视点的转换中营造出"多重渡引"的美学机制，有评论认为其"丰富又内敛的文学技巧，实在已经超出白先勇的《台北人》许多"[2]。李渝曾说：

> 少年时把它（温州街）看作是失意官僚、过气文人、打败了的将军、半调子新女性的蜗居地，痛恨着，一心想离开它。许多年以后才了解到，这些失败了的生命却以它们巨大的身影照耀着导引着我往前走在生活的路上。希望有一天，温州街也能成为我的约克纳帕托法、我的马康多。[3]

温州街作为李渝的故乡母题，正如约克纳帕塔法县之于威廉·福克

---

[1]【德】阿莱达·阿斯曼：《回忆有多真实？》，《社会记忆：历史、回忆、传承》，【德】哈拉尔德·韦尔策编，季斌等译，北京：北京大学出版社，2007年，第57—58页。

[2] 郝誉翔：《给永恒的理想主义者——评李渝〈金丝猿的故事〉》，《夏日踟蹰》，台北：麦田出版社，2002年，第303页。

[3] 李渝：《台静农先生·父亲和温州街》，《温州街的故事》，台北：洪范书店，1991年，第232页。

纳、马孔多之于加西亚·马尔克斯，通过描写一地一乡几代人的生活，作家构筑起了属于自我的文学体系。战争记忆是温州街系列小说中反复出现的元素，一方面作为离散书写的暗潮汹涌的背景，另一方面也是推动叙事进程的逻辑链条上举足轻重的一环。例如，李渝描写抗日战争时期生活于日军空袭轰炸阴影下的民众的日常生活：

  人们黄着脸，挂着眼袋，在灯影里听见彼此的呼吸。空袭时的灯泡外边包着锡纸，那种从烟盒里省下来的巴掌大小的半硬的纸，怎么也贴不紧，接缝之间露出青冷的光线，倒也足够使人在灯旁围坐时，看见魅影般的彼此，鼻翼和眼袋反照着光，窃窃地谈着战争。[1]

《夜琴》中，战争摧毁了一家人的平静与团圆：
"战争轰然进行，她和他和父亲母亲妹妹若不是常在分离，就是从这一地转到另一地。低语，收拾，沉默的急走，奔跑，躲藏……远火在燃烧，军机低低飞过。壅塞的道路。壅塞的车厢。沉默的惊惧的人脸。"[2]

李渝以节制又富有穿透力的笔法叙写战争造成的流离失所，覆巢之下没有任何人可以躲过战火碾过的印迹。战争对于普通人而言不单是对抗性的叙事模式所描写的"多么的奋勇，多么的英雄"，而是在日复一日的恐惧中筑起脆弱的外壳：

  慢慢大家又习惯了战争，习惯了彼此在影中的面目，明白以后不过也就这么过下去，木然下去，不再期待，时间反而走得很快，一天战争突然结束了。起先大家很惊愕，从暗中撑站起酸麻的手脚，弄不清到底发生了什么事情，随之是无名的兴奋，兴奋

---

[1] 李渝：《她穿了一件水红色的衣服》，《温州街的故事》，台北：洪范书店，1991年，第44页。
[2] 李渝：《夜琴》，《温州街的故事》，台北：洪范书店，1991年，第122页。

之后突然地瘫软，失去了所有的记忆。[1]

　　关于创伤经验的定义，弗洛伊德在《超越快乐原则》中谈到，一种经验如果在很短的时间内给予心灵以一种强刺激，以致不能用正常的方式加以平复，而这必然导致精力运作方式的永久扰乱，这种经验我们就称之为"创伤经验"。李渝在小说描绘战争带给人的恐惧是如何在灯影幢幢中成为挥散不去的记忆。她敏锐地把握住了创伤作为"被压抑之物的回归"的特质。主体在创伤性事件中会启动自我保护机制，暂时地将其压抑下来，但是创伤记忆特有的破碎性、延迟性、滞后性会产生巨大的后坐力，被压抑之物具有重新进入意识的持续趋势，"兴奋之后突然地瘫软"并失去记忆是创伤经验的一种典型征兆。弗洛伊德曾以意大利诗人塔索的史诗《自由耶路撒冷》（Gerusalemme Liberata）中的故事来强调创伤的延迟性、强制性、压抑性、回复性和其中的"延宕重复机制"。创伤不断地重复和返回持续占有主体，如同一个时间突然闯入另一个时间，这种"宿命式"的"占据和缠绕"是时间断裂的体现，是过去在当下的浮现[2]。

　　战争与情感相互交织的创伤叙事是温州街系列中颇为突出的。《夜煦》中，评剧名伶与胡琴师的爱情故事隐没于白色恐怖年代的秘密背后，在跨越海峡两岸的身份跳动中，个人在时代洪流中乘舟泅渡，见证了历史的多重创伤。《她穿了一件水红色的衣服》则以蒋碧薇与张道藩的故事为原型，描绘了音乐家与政府官员穿梭于巴黎、南京、重庆、台北多地，绵延于十数年纷飞战火中的情爱纠葛。《夜琴》中，叙述者"她"的父亲与丈夫相继失踪于抗日战争与戒严时期，母亲、妹妹又远隔两岸，亲人与爱人在时代大事变的裹挟中纷纷不见，只留下"她"一人怀抱着过去的记忆在温州街的面店打工维生。

---

[1] 李渝：《夜琴》，《温州街的故事》，台北：洪范书店，1991年，第45页。
[2] Sigmund Freud: *Beyond the Pleasure Principle*. Trans. and ed. James Strachey. New York and London: W. W. Norton & Company. 1961. P16.

第三章　两岸之间：历史创伤叙事

　　在某些情境下，战争会给予主人公相遇的机会和分隔两地时延续思念的空间。在《她穿了一件水红色的衣服》的故事中，从法国巴黎的圣维尔区，到1937年战时的南京，再到重庆和台北，"战争能使她和他保持时有时无但是热情始终不易消减的距离；她是有些要感激战争了"[1]。故事的背景中，"一排米点似的飞机静悬在铅灰色的天边……半个钟头或四十五分钟，最多一个小时，所有的住屋、楼塔、亭阁、寺庙、桥梁、道路，以及爱情，都将席卷在一片火焰里"，而主人公"一年接续一年陷入不可思议的空恋竟有十年的时间"。《夜琴》的叙述者"她"在丈夫失踪后也想到"反倒是战争把他们两个人拉在一起，她倒怀念起战争来了"[2]。战争所引发的末世情绪与危机意识必然会影响人的重大选择，让本不可能发生的事得以发生。这种以战争为背景烘托主人公情感走向的手法与张爱玲的《倾城之恋》有着相似之处，但是对于李渝来说，这一桩桩战事远不止是都市爱情传奇的背景幕布，更是她着力反思的对象本身。在回溯性的视角下，战争作为"记忆"在文本中时隐时现。回顾性叙述的视角本身便蕴含着一种对于过去发生之事的历史性反视，它证明着战争作为一种突发事件可能会带来短暂的际遇，但必将引发长久的分离和不可追回的悲剧。

　　同样涉及战争与爱欲主题的还有刘大任的短篇《秋阳似酒》。小说中主人公的妻子在战争期间因难产而死，晚年时他移居异国，某一天突然回忆起年轻时与妻子在敌机轰炸时在防空洞"约会"的情景：

　　　　那一阵，敌机肆无忌惮，在没有任何空防的他的城市里，天井上面的天空，还不到蝙蝠穿刺翻飞的时刻，警报便响了。她总是拖到紧急警报，好占住防空洞的洞口，好亲眼看见装载死亡的敌机在他的天空中飞近飞低飞远。那是抗战第二年，双层翅翼的那一型飞机俯冲投弹时，不仅螺旋桨的转动，甚至飞行员衣袂的

---

[1] 李渝：《她穿了一件水红色的衣服》，《温州街的故事》，台北：洪范书店，1991年，第62页。
[2] 李渝：《夜琴》，《温州街的故事》，台北：洪范书店，1991年，第138页。

飘动，都历历在目。他自知面对死亡时不曾恐惧，因为他感知她的身体。阴丹士林旗袍下，她的肩膀柔弱无骨。他战栗着，不是因为恐惧。他手掌的敏感度让他透过衣服直接抚触到她皮肤上麻麻痒痒一圈鸡皮疙瘩。炸弹摩擦空气旋转降落，发出尖锐的呼啸。他感觉他的手掌里，有她的骨骼完整无缺地浮雕出来的形状。[1]

在这篇不长的作品中，约会的景象与妻子难产、躲避轰炸的场景反复交替出现。防空洞里爱情的甜美好像盖过了恐惧，拥抱时能感知到"她的骨骼完整无缺地浮雕出来的形状"。而当妻子生产时，他拼命努力地紧握住她的手掌想要传递生命的能量，却最终感觉到了她在临终前"水一样漏出他的指缝"，这情景在此后30年成为夜半频频惊扰的梦魇，"牢牢地把他笼罩把他封闭把他速冻在她临去前切断他掌中热力传达的一击中"。爱人离世的创伤记忆附着于讲述者身体表面的皮肤感官，每当那种暂时被压抑的经验再次浮现时，它都能够召唤出最为体感化的触觉记忆。

这种创伤经验的身体化正是主体试图驱逐记忆却最终将其固定下来的过程。郭松棻的中篇小说《落九花》写的是民国时期女刺客施剑翘为父报仇的故事。[2] 少女施剑翘在听到父亲施从滨被军阀孙传芳枭首于蚌埠车站的消息时，受到极大的打击，小说在此处采用了将创痛"身体化"甚至"皮肤化"的描写方式：

当父亲的消息传来时，首先是皮肤收到了讯息，全身像青蛙的皮一样地鼓胀了起来，又好像是有一百只脚的怪兽章鱼，每只脚的脚底都有吸盘，吸在全身的表皮上。于是让你想到历史上所

---

[1] 刘大任：《秋阳似酒》，《残照》，深圳：深圳报业集团出版社，2017年，第12页。
[2] 施剑翘，原名施谷兰。1925年，施剑翘的父亲施从滨被直系军阀孙传芳俘虏并杀害，她自此谋划复仇，准备了10年。1935年11月13日，在天津居士林发生"血溅佛堂"刺杀事件，施剑翘刺杀了孙传芳，引发全国轰动。

有的圣徒和烈士，还有被虐杀的无辜的匿名者，好像他们都在迎接你。她必须奔出家门，离开城市，离开所有的建筑物、街道、巷弄、人群。[1]

"身体"和"语言"是两类记忆存储器，它们以不同方式保存、巩固回忆：记忆在身体中留下的"痕迹"就像经过草地时暂时的风吹草动或脚印痕迹的一次性印象，而记忆在语言中则是以"轨迹"的形态存在，是通过在同一小段距离上反复运动形成的。二者的区分与普鲁斯特对"非意愿回忆"与"意愿回忆"的区隔相似，由身体铭记的感性回忆是由冲动力、痛苦压力和震惊强度塑造的，它们"像炽热的岩浆一样灌进你的身体并在里面凝结"，无论是否被重新召回都牢固地滞留在记忆中[2]。如果说创伤经验因为其延迟、破碎、压抑的特点而难以被完整地表述出来，那么这种"肉身化"的呈现方式可以说是提供了一种创伤叙事的可能。它最大限度地让主体的内部情感具象化，落实于字面而形成直观性的视觉冲击。

儿童视角的战争叙事是另一种直观式、身体化的叙述策略。刘大任在半自传小说《晚风习习》中描绘自己童年时期空袭警报已成为生活日常的一部分。某天父母带着他去绸缎店买布料，突然警报响了，他一开始没有听见警报，只觉得"周遭所有粗壮的大人腰杆突然间同时一跳，然后才听见那声凄厉的长啸"：

被夹在大人的躯干丛中，我不能呼吸。鞋子丢了，两脚踩不

---

[1] 郭松棻：《落九花》，载《INK 印刻文学生活志》2005 年 7 月第 1 卷第 11 期，第 70 页。
[2] 阿斯曼引用了历史学家科泽勒克的描述来阐释身体感性回忆与语言回忆的不同："有这样一些经历，它们像炽热的岩浆一样灌进你的身体并在里面凝结。自此，它们一动不动地呆在里面，随时而且毫无改变听候你的调遣。在这些经历当中，有许多都不能转化成真实可信的回忆；可是一旦转换了，那它们就是基于自己的感性存在的。气味、味道、声响、感觉和周围可见的环境，总之，不管快乐还是痛苦，所有感官都重新醒来了，它们不需要你做任何记忆工作就是真实的，而且永远都是真实的。"——Reinhart Koselleck，《炽热的岩浆凝成回忆——对战争的种种告别：无法交流的经历》。参见阿莱达·阿斯曼《回忆有多真实？》，《社会记忆：历史、回忆、传承》，哈拉尔德·韦尔策编，李斌等译，北京：北京大学出版社，2007 年，第 57—58 页。

到地面，身体歪了，我双手拼命抓住身边不知谁的衣襟，等我意识到自己坐在街心的时候，四面已空无一人……长街的一头有一轮落日，橘红滚圆。我听见有人呼唤我的乳名，然后，父亲的身形出现，仿佛从太阳里跑出来。他的影子拉长，几乎盖满一条长街。[1]

从孩童视角进入战争是一种典型的经验型叙述。在防空洞里"我"闻到霉味、汗臭与烟草焦味的混合气息，在这方黝黯的令人窒息的空间中母亲用微微发抖的手搂住"我"，洞外有奇异的白色光柱在扫动，远方传来沉闷的爆炸声，"我"却在父母的保护下感到微微的放松和安全。在这段描写中，作者尝试通过孩童的视觉、嗅觉、听觉、触觉去直观地处理战争经验和孩童视点下的片断式记忆。对于小孩子而言，他们在还未对外部世界建立起全面认知的年纪经历战争，所接收的讯息主要来自家人，父母可以为孩子建立起足够的心理安全边界，将紧张、慌乱、恐惧的情绪隔绝于一定距离之外，而当叙述者成年后再次切回记忆现场，便会发现以不同的年龄身份经历同一历史事件所带来的观感差异。

郭松棻在小说中也多选取从女性或孩童的视角来讲述战争，通过弱势角色的反思性角度去观照传统大历史叙事中由男性所主导的暴力，呈现这种历史暴力对日常生活和亲密关系的摧毁。例如，《奔跑的母亲》描写了叙述者"我"在战争暴力的童年阴影下成长起来，父亲的缺席使得母与子形成了彼此角力又难以分隔的关系。"我"一直活在母亲有一天会"奔跑不见"的恐惧中，却又一次次选择逃离母亲的束缚。《今夜星光灿烂》在讲述陈仪的一生时穿插着他故乡妻子的身影。当陈仪最后一次离开大陆，收到妻子的信，她为他讲述故园风景、亲人近况，慨叹在连年的战火中两人无法见面，将来若是离散更不知要以什么信物来寻彼此的踪迹。她质问

---

[1] 刘大任：《晚风细雨》，深圳：深圳报业集团出版社，2017年，第41页。

着战争对生命无意义的消耗:"如今兵炎红了整片天,我与女儿迁避无处,拟原居不动,以不变应万变。即便皓月留空,江山一时已难有思。战争,都是你们男人家玩出来的把戏,不知你现在疯到哪里去了。倘你着火,我纵想泼水相救,亦不知泼到何处。"[1] 这封信显然出自作者虚构,它借人物之口说出作者自身的追问——"大乱难定,为天下所有人家的好男儿惋惜"。当人的主体性在战争的裹挟下被压缩至最低限度,主人公无法由外界获得答案时,他只能反躬自身,向屋内的一方镜子寻求另一个自己给出的解答。

有研究者提出,战争意象几乎笼罩了台湾地区现代主义世代作家成长阶段所共同的感觉结构,迫使他们在现实与体制剥离的荒谬感及不安感中维持一种精神分裂症下的自我认同[2]。作为外省第二代,刘大任、李渝从父母长辈处获知了大量的战争逃难故事,刘大任常用"转蓬"形容那一代人的漂泊遭际。郭松棻仍保留着幼时台北大稻埕被轰炸的记忆,并记得陈仪被枪毙时普通民众所感受到的震慑。除上述三位之外,"战后第二代"作家群体在人格形成关键期都有着普遍性的战争或"后"战争的经验记忆——王文兴有着抗日战争时期厦门轰炸的记忆,白先勇了解父亲的戎马生涯,陈映真、王祯和、黄春明、施叔青等人都在青少年时期体验过戒严体制的森严与威力。

值得注意的是,在20世纪中后期,两岸文学的战争记忆再现方式与讲述语调上存在着鲜明的区别。获胜的一方能够顺利地将战争经验纳入合法性叙事的历史脉络之中,因此构筑了圆融自洽的讲述模式。在现实主义的逻辑指导下,战争的宏大场面和暴力美学被直接地再现出来,以相关事件为题材的文学虚构作品采用一种乐观英雄主义的叙述语气并且清晰地指向一个必将胜利的光明未来,因此契合了读者的阅读期待;而另一方则不

---

[1] 郭松棻:《今夜星光灿烂》,《奔跑的母亲》,台北:麦田出版社,2002年,第268—269页。
[2] 黄启峰:《战争·存在·世代精神:台湾现代主义小说的境遇书写研究》,台湾中央大学博士学位论文,2014年。

得不面临实际情势与宣传话语彼此割裂的精神分裂危机,战争失败的真相无法被具象化地表达或反思,因此只能在文本中呈现为一种隐喻性质的、弥漫的、浮动的悲怆气氛。这种无法自洽的叙事危机也成为台湾文化场域自然而然地接受了战后西方兴起的存在主义与现代主义风潮的原因之一。在这一阶段的文艺作品中,父辈的失意与子辈的虚无被反复展演,战争及其衍生的历史创伤成为两个世代挥之不去的阴影与符咒。

当时间滚动到80年代,与其他现代派作家存在创作"时差"的郭、刘、李三人开始重新书写20世纪中国历史,他们选取的是一种既非胜利者也非失败者的叙事策略,通过厚重的反思意识来呈现历史现场中的人性冲突与人伦问题。但是,他们的战争书写确实是作为一种"记忆"被呈现、被再生产出来的。因此,这些战争叙事甚少直接涉及暴力血腥场面或是亲历者所遭受的癔症般的情感侵扰,而是更多地展现战争或"后战争"作为一种挥之不去的共同体想象或危机迫近的社会氛围带给青年一代的成长的阴霾。

## 第三节　故乡／梦土:左翼现代主义者的忧郁

人民和土地通过共享的地形与统一的经济生态基础联结起来。这种联结是对欢乐与痛苦共同体验和记忆的历史结果。欢乐与痛苦联结着所发生的事件与特定地点——战场、签订条约的情景、王子的住处、圣人的避难所、哲人的学院等等。正是在这些河流的沿岸、丘陵和山坡、谷地上,"我们的人民"诞生了,得到了养育和繁衍;民族的地形限定了人们的认同内涵,决定认同的特征。[1]

——安东尼·史密斯

---

[1]【英】安东尼·D.史密斯:《全球化时代的民族与民族主义》,龚维斌、良警宇译,北京:中央编译出版社,2002年,第20页。

> 所有认知过程都是忧郁的。[1]
>
> ——李渝

对祖国大陆的复杂情感是刘大任、郭松棻、李渝创伤书写中的另一突出面向。这一情感结构具有"故乡"与"梦土"的双重意蕴，并载负着双重的忧虑。在外省第二代李渝、刘大任的笔下是父祖辈对故乡的人、事、物的怀念和离乡背井的辛酸，而在自幼长于台湾的郭松棻眼中则呈现为一种左翼理想与民族主义情感的混合，一方面有着对祖国壮丽山河和灿烂文明的向往之情，另一方面又负荷着对中国近现代史百年来所受屈辱的叹息。因此可以说，这种民族情感建立在共同的创伤记忆的联结之上。而70年代中期后保钓运动的消退，和随后的打击与沉寂，使得"理想的未完成"成为作家心中的隐痛，最终在文学书写的现代主义表层结构下凝结为挥之不去的左派忧郁。

## 一、创伤、乡土、左翼忧郁

创伤叙述的意义在于它根植于"痛"的恐惧，与人类的心灵深层结构形成联结。在我们被生产为人的过程中，在现代国家权力体系的维持和再生产过程中，"记忆"与"创伤"都通过影响民族主体的历史叙事而发挥着重要作用。如同杜赞奇在《从民族国家拯救历史》中所述，现代历史是为民族国家所支配的，历史是民族的根基，民族是历史的主体[2]。现代民族主义在中国的产生与扎根，正是源于晚清至民初启蒙历史观的叙述结构以及一整套与之相关的词汇——封建、自觉意识、迷信与革命等，这些

---

[1] 李渝引用普鲁斯特之语。参见李渝：《金丝猿的故事》，北京：九州出版社，2021年，第145页。

[2] 【美】杜赞奇：《从民族国家拯救历史——民族主义话语与中国现代史研究》，王宪明、高继美等译，北京：社会科学文献出版社，2003年，第27页。

经由日语翻译重新进入中文的语言资源，把民族建构为历史的主体[1]。这一进步的、启蒙的民族主体在列强环伺的局面下面临着前所未有的痛苦与危机，于是，创伤经验的内化生产出了锻造民族灵魂、塑造民族性格的要求。

创伤之所以能成为某一群体反复叙述的母题，就是因其内在的深度延展性和强大的情感爆破力。在分享痛苦记忆的过程中，人类发现了彼此在物理层面之外的连接方式，并从集体中汲取了力量反馈于自身，确立起了自我的主体性和生命价值。这也是民族主义情感在我们当前这一全球化、同质化时代仍不衰竭，反而愈演愈烈的一个关键动因。但是，当创伤记忆在大众文化语境中愈来愈成为一种消费对象和庸俗精神符号，其内里所包含的本雅明式的"震惊"体验已被淡化为难以触摸的伤痕。因此，将创伤记忆与消费文化剥离，重新阐释成为历史"经验"是当今文学生产中的一个迫切需求。

以赛亚·伯林提出，民族主义常常是创伤的产物。落脚于中国的历史与社会现实，"创伤记忆"或"创伤叙事"与民族主义有着天然、强烈、复杂的相关性。这于郁达夫的《沉沦》中就已初现端倪，并在20世纪中国文学中激起一波波感时忧国的浪潮。对于曾经的"保钓"健将郭松棻、刘大任和李渝来说，在启蒙历史观线性进步叙述结构的影响之下，民族意识与知识分子的社会责任是他们卸不掉的重担，即使经历了"钓运"的退潮、理想的忽明忽暗，他们依然面对着那扇"知识分子的窄门"[2]。

郭松棻1970年发表的散文《秋雨》记录了回台湾看望老师殷海光时的感悟，文章开篇描述了从美国返回台湾途中的所见所闻带给他对国民性与民族历史的反思：

---

[1]【美】杜赞奇：《从民族国家拯救历史——民族主义话语与中国现代史研究》，王宪明、高继美等译，北京：社会科学文献出版社，2003年，第3页。

[2] 刘大任在《知识分子的窄门》一文中谈到自己的公共身份定位，一是"一个关怀国是就事论事的知识分子"，二是"一个流放作家兼社会批评者"。郭松棻和李渝也一直对大陆和台湾的社会问题保持关注。参见刘大任：《神话的破灭》，台北：洪范书店，1992年，第160页。

## 第三章 两岸之间：历史创伤叙事

待要领取机票的时候，这又看到真实的中国人了。排队也仍是争先恐后，半生逃难的苦楚又重新浮现在每个人的脸上……在美国人的机场里浮现了中国近代的苦难，毋宁叫人感到嘴里又是一阵苦涩……到达台北的时候，从舱窗望出去，望台上又麇集着另一批蠢动的中国人。[1]

这篇文章透露出鲁迅式的"哀其不幸，怒其不争"，而这种隐隐的愤怒指向的是当时的台湾社会现状。郭松棻屡次提及的"半生逃难的苦楚""中国近代的苦难"和"一阵苦涩"，是将中国近现代史的创伤性记忆投射到当下、浮出至表层后构想出的画面。如安东尼·史密斯所言，一种"无始无终的全球化"适应不了现实的要求，唤不起任何记忆，用"世界主义的肤浅"取代"现存的深厚文化"的"集体遗忘症"只是知识分子的一个梦想，它难以触动绝大多数民族成员的心弦[2]。对于留美"第一代移民"来说，虽然在美国的居住时间已经超过在出生或成长地的时间，但美国始终是作为异乡存在的[3]，他们的关注重点仍然是中国的发展和中国人的命运。

具体而言，这种关切在虚构小说中表征为对故土风物的乡愁、漂泊离散的放逐感，以及难以隔断的血浓于水的同胞情谊。

在《温州街的故事》中，作者李渝常常通过线索人物少女阿玉的眼光看世界，目睹了父辈们怀乡的殷切之情。在《伤愈的手，飞起来》一文中，阿玉的父亲母亲对着当年在大陆拍摄的发黄模糊的老照片，争辩里面的湖景究竟是玄武湖、莫愁湖还是西湖。父亲说"大陆哪个湖没柳岸"，

---

[1] 郭松棻：《秋雨》，《郭松棻集》，台北：前卫出版社，1993年，第222页。
[2]【英】安东尼·D.史密斯：《全球化时代的民族与民族主义》，龚维斌、良警宇译，北京：中央编译出版社，2002年，第21页。
[3] 郭松棻、刘大任在采访中都曾谈到自己的写作与美国的关系，认为身为第一代移民重点关注的还是原乡，而第二代移民（自己的孩子那一代人）才是对美国文化更有发言权和切身体会的。

母亲则说"西湖的柳岸密一点"[1]。食物是最容易引发乡愁的，阿玉隔壁人家做的点心，口味已经近似五芳斋了，但是在家做饭的时候，母亲还是说金门黄鱼有着土腥味，比不上大陆产的。大陆不仅留下了家乡的味道，还铭刻着父辈们青春时的理想与激情，在浪漫主义的热情和理想主义的虔诚中记录了中华民族"求强的要求，民族的自尊"。阿玉家旁边的夏教授，曾经交给她一本鲁迅的《故乡》：

> 没有封面，四边起黄的书页；阿玉拿在手里，翻开第一页……中国人，是不能不看的。夏教授在身旁说。阿玉把没有封面的书带回来房间。当黄昏温暖地爬上自己的双肩，她再翻开书，看到了一段句子：然而我又不愿意他们因为要一气，都如我们辛苦辗转而生活，也不愿意他们都如闰土的辛苦麻木而生活，也不愿意都如别人的辛苦恣睢而生活。他们应该有新的生活，为我们所未经生活过的。[2]

少女阿玉初读鲁迅时的欣喜与共鸣，投射了李渝自身的阅读经历，而她在此处所引用的《故乡》原文，在2002年作者踏访贵州黔东南的方祥乡时，仍不断引起她的思考：

> 辛苦辗转的生活，辛苦麻木的生活，辛苦恣睢的生活，在二十一世纪的今天，是否都有了改变的机遇了？低空飞行，蓝天无尽，凡云层底下的，皆是辽旷的土地，温馨的家园，勤劳的人民。爱大陆也爱台湾的人，想必是为数不少的。[3]

---

[1] 李渝：《伤愈的手，飞起来》，《温州街的故事》，台北：洪范书店，1991年，第92页。
[2] 李渝：《朵云》，《温州街的故事》，台北：洪范书店，1991年，第186页。
[3] 2002年6月，李渝跟随海外华侨资助山区贫困女童的滋根基金会踏访贵州黔东南自治州的方祥乡，记录了自己的见闻。参见李渝：《被遗忘的族类》，《那朵迷路的云——李渝文集》，梅家玲等编，台北：台湾大学出版中心，2016年，第408—409页。

如李渝所说："三〇年代的鲁迅看见了中国持久的辛苦，写出了闰土、孔乙己、祥林嫂、长妈妈、阿Q等人物，说出了'无声的中国'。"[1]在对鲁迅的阅读与重写、对中国历史的沉重感叹、对战争记忆的追寻、对人民与乡土的关怀中，作家的创伤书写呈现出重层的样貌。

70年代的保钓运动是郭松棻、李渝、刘大任在海外了解新中国的契机，也是他们左翼理想的燃烧时刻。1981年，在"保钓"运动10周年之际，李渝发表了《关河萧索——给柏克莱保钓运动一二·九示威十周年》一文，追忆1971年1月底美东中国留学生保卫钓鱼台运动在纽约发起大游行、抗议日本侵占钓鱼岛的情景。那天，"一列中国知识分子的行伍走在异乡一条长街上，汹涌澎湃浩瀚遥长，如同大江之水"，百尺的队伍中黑压压的人潮翻腾着，像起伏的海浪和狂卷的树林，"同一外形、同一语言、同一乡土的人，在各种彩色各型标语的旗帜下，为了同一想法，同一目的，沉沉厚厚地拥集在一起"[2]。"我"看到"中国人的脸也可以这样光辉彩耀"，那是一张张和"麻将桌上的脸"完全不同的面庞。那段日子对于叙述者而言是不能轻易忘却的，每每想起浩荡的队伍、激昂的演说、口号声、歌声、缤纷的旗帜和旗下的人们，"我的心便又像那日一样的沸腾起来"[3]。

小说还写到了"我"从柏克莱只身一人到纽约所投奔的长辈芳叔。他是我父亲的旧相识，一位与周遭浮躁环境格格不入的学者型人物，早年从台湾来到纽约在异乡独自生活。他独居的屋内有六扇窗，清冷的居室内每个角落都散发出落寞的乡愁——铺着装饰有梅菊图案的天津地毯，书架上挂着一幅溪山清远图，用的餐盘是白瓷青花盘，还临摹有一幅柳永的词："渐霜风凄紧，关河冷落，残照当楼。不忍登高临远，望故乡渺邈。"从窗前望出去，眼前流淌的河"朦胧却又清丽得如同元朝上好的青瓷器

---

[1] 李渝：《〈江行初雪〉附录》，《应答的乡岸》，台北：洪范书店，1999年，第154页。

[2] 李渝：《关河萧索》，《应答的乡岸》，台北：洪范书店，1999年，第166页。原载《中报杂志》第十四期，1981年3月。

[3] 同上，第168页。

色",仿佛不再是纽约的哈德逊河,而"是淡水河,是黄河,是家乡城外的河……在星月的夜,唱着彼乡的歌,安慰着流浪的心"[1]。对于研究艺术史的李渝而言,以画入文是她擅长的笔法,用清丽朦胧的古典艺术元素来烘托主人公怀乡的寂寞心境,成为《关河萧索》中除了回忆"保钓"运动激昂过往之外的另一股情绪纽带。

对祖国大陆的浓厚感情在郭松棻的著作中也是引人瞩目的,小说每每提及与大陆有关的人、事、物,常有着明亮开阔、昂扬奋发的色彩。譬如,《月印》中从大陆来的杨大姐"总带着大陆性的体面,堂堂亮亮行走在大众群中",她说话时"眉宇间开朗爽目,好像整卷的锦绣河山正徐徐卷开"。大陆友人送来的梅花,枝条卷曲苍劲,有着与南国花朵不一样的美。从未到过大陆的铁敏,也滔滔不绝谈论起祖国的地理:

> 金沙江、西北、塔里木河,还谈起柴达木盆地、塔克拉玛干沙漠……青海、拉萨、吐鲁番……奇奇怪怪的一堆名字,挂在他的口上,生硬、奇妙、可爱。一听眼前就唤起了一幅遥远而美丽的图画。[2]

祖国大陆是郭松棻的梦土,而一代代中国人在近代史中所受到的屈辱、压迫和苦难是他心灵承担的重量。《秋雨》中,机场里零零散散的中国人,有着一张张疲惫的、承受历史负累的脸。在主题复杂的中篇小说《落九花》中,郭松棻也多次借主人公施剑翘的视角写到他对刻在国人心灵深处的不安感、匮乏感的忧怀。1925年,正值军阀混战,施剑翘看到城里的居民在逃难,"街上的人脸上各个都带着与生俱来的惶恐,一霎时她暗地里已经为整个的中国人画出了一幅逃亡者的画像——即便在太平时

---

[1] 李渝:《关河萧索》,《应答的乡岸》,台北:洪范书店,1999年,第164页。
[2] 郭松棻:《月印》,《奔跑的母亲》,台北:麦田出版社,2002年,第72页。

代，也有敌人的影子在背后追赶过来"[1]，"历史的种种苦痛早已塑出了同胞们的难以抽动的石脸"[2]。《雪盲》的主人公幸銮是60年代留学美国的知识分子，当他在拉斯维加斯的一家旅馆打工时，因为中国人的吃苦耐劳的形象很容易找到工作，让他不禁记起百年前赴美华工的悲惨遭遇，反讽地想到中国工人"有着一个多世纪的良好记录，从运来筑铁路的猪仔工人开始"[3]。幸銮在台湾读书时从小学校长那里收到一本《鲁迅小说选》，当他在美国中西部腹地沙漠的大学中教授中国文学时，选择了鲁迅作为讲课的材料。每次教完《孔乙己》，他都好像"患了机能障碍症似的，脚突然失去了作用……读着你的鲁迅，让自己在站客不断摇晃的腿与腿之间沉落"[4]。中文基础薄弱、选课只为拿学分的美国大学生，和在异乡捧读着鲁迅踽踽独行的文学教授之间隔着文化与心灵的鸿沟，使得幸銮只得如孔乙己一般自我放逐。

弗洛伊德在《哀悼与忧郁症》（1917）一文中区分了"哀悼"（mourning）和"忧郁"（melancholia）这两种面对丧失之物的心理症状。"丧失"通常是因为失去所爱之人或者是失去某种抽象物而产生的一种反应，这种抽象物所占据的位置可以是一个人的国家、自由或者理想等等[5]。弗洛伊德提出，"哀悼"是将丧失安置、转化进象征秩序当中，经由语言、回忆、书写等方式使之化为对象物，进而淡忘其痛苦；"忧郁"则是让丧失之物内化成为自我的一部分，在自我的内在里保留丧失之物的"幽灵"，它成为日常象征秩序之外的一个鬼影。从其本质来看，忧郁/抑郁的实质是"对象丧失"变成了"自我丧失"。在郭松棻的文字中，呈现出"主体自我的忧郁"与"历史忧郁"二者的辩证，前者指向的是身为"异乡人"的孤独与家国乡土的离散，后者的对象物则是一种抽象化的左翼理想。《雪盲》

---

[1] 郭松棻：《落九花》，载《INK 印刻文学生活志》2005年7月第1卷第11期，第71页。
[2] 同上，第97页。
[3] 郭松棻：《雪盲》，《奔跑的母亲》，台北：麦田出版社，2002年，第188页。
[4] 郭松棻：《月印》，《奔跑的母亲》，台北：麦田出版社，2002年，第212页。
[5]【奥】西格蒙德·弗洛伊德：《哀悼和忧郁症》，马元龙译，《生产·第8辑》，汪民安、郭晓彦等编，南京：江苏人民出版社，2002年，第7—13页。

中的幸銮、《草》中的留学生"他"、《惊婚》中的"亚树",都蕴含着作者自己的投影——一个在20岁出头的年纪到美国读书的中国留学生,专业是哲学或文学,外表看起来沉默寡言,内心却积压着许多愤怒的情绪无处释放,这种愤怒指向的是台湾社会的种种弊端和对当局的不满。

在1971年6月发表于《战报》的长文《打倒博士买办集团!》当中,郭松棻从第三世界反殖民的视角出发,批判安于现状的台湾留学生与无所作为的国民党政府。他将近代中国知识分子的问题脉络化,溯源到百年前的列强入侵,又指出台湾当局利用冷战结构的矛盾性,向美国政府倾斜,美日帝国主义在台买通了"买办集团",实行经济、军事、文化控制的"新殖民政策",而台湾人深受西方中心主义的欺骗,尚未有觉醒意识[1]。郭松棻将台湾视为"第三世界革命战线上的一个重要的据点","保钓"运动从政治性向民族性的发展,是彻底解决中国近现代以来反帝反殖民问题的契机[2]。

可以说,郭松棻的民族主义信念是建立在左翼社会主义理想之上的,是生长于他对中国历史与现实问题的深刻思考当中的。值得注意的是,郭松棻"保钓"期间的这类清晰、简练、现实化的论述文章在1975年后经历了两次转变——当"钓运"退潮,他对左翼理想的追寻先是转化为哲学研究,而后又隐伏于文学书写之中,成为作家主体无法摆脱却也无法将其顺利转化、安置于"象征秩序"的一个"幽灵"。于是,在《草》《雪盲》《惊婚》等小说文本中,我们会发现这些主人公在精神上构成了"异乡感时忧国症候群"[3]。"隐含作者"一直在文本中游荡,借由人物的声音或是旁白式的叙述发出自己的声音,他是一位"感时忧国的现代主义者",同

---

[1] 郭松棻:《打倒博士买办集团!》,《郭松棻文集——保钓卷》,台北:INK印刻出版有限公司,2015年,第123—146页。

[2] 郭松棻:《保钓运动是政治性的,也是民族性的,而归根结底是民族性的》,《郭松棻文集——保钓卷》,台北:INK印刻出版有限公司,2015年,第218—227页。原载于《东风》第一期,1972年4月。

[3] 王德威:《冷酷异境里的火种:郭松棻的创作美学》,《台湾现当代作家研究资料汇编·郭松棻》,张恒豪编选,台湾文学馆2013年版,第171页。

时拥有求仁得仁的意志和自暴自弃的决心，既狂热、激情、执拗，又绝望、颓废、忧郁，始终处于不断的自我否定、自我更新。显然，当左翼理想失落为乌托邦式的幻梦，作家并未将这种丧失转化为"哀悼"，而是停留于"忧郁"的状态。当现实表明所眷恋的对象已经不存在了，就要求所有的力比多从对象的依恋中"回撤"，但主体可能会因内心的强烈反对而逃避现实，因为主体与对象的每一次记忆与期待都得到了高强度的贯注，使得他无法执行"力比多的分离"[1]。当主体无法处理"丧失"的问题时，所失去的"对象"的影子终于倒伏于主体自我之上，被内化为自我的一部分。

"忧郁"似乎成为知识分子的病症代表。如博伊姆所说："忧郁者常常被误解为只是厌世者，但是事实上却是对人类抱有更高希望的空想梦幻者。从这个方面看，忧郁是知识分子的一种感受和病症，一种哈姆雷特式的犹疑，一种批判理性的副产品；在忧郁之中，思想与感觉、精神与物质、灵魂与肉体，都永远处在冲突之中。"[2]

以郭松棻为代表的左翼现代主义者具备平等主义的视野、解放的憧憬与对社会现状的深刻批判，但是未能提供一个令人信服的方案来替代现行秩序，因此，那种运动初期的激进批判在后期的文学创作之中转变为苏珊·桑塔格所言的忧郁的"土星气质"[3]——对自我有自觉的本能与毫不宽容，将自我作为一个有待译解的文本，是"艺术家与殉道者"特有的气质。完成于2005年的《落九花》虽然写的是民国时期女刺客施剑翘的故事，却似乎暗喻了郭松棻的毕生经验。小说共分四节，每节的小标题为："开裂的肉身""不熄的焰苗""困厄之旅""不断更新的解放"——这些极富象征意义的标题正是一位左翼现代主义者的生命注脚。

---

[1]【奥】西格蒙德·弗洛伊德：《哀悼和忧郁症》，马元龙译，《生产·第8辑》，汪民安、郭晓彦等编，南京：江苏人民出版社，2002年，第7—13页。

[2]【美】斯维特兰娜·博伊姆：《怀旧的未来》，杨德友译，南京：译林出版社，2010年，第5页。

[3]【美】苏珊·桑塔格：《在土星的标志下》，姚君伟译，上海：上海译文出版社，2006年。

## 二、民族创伤与复兴想象

有研究者认为,"创伤记忆与复兴想象"这两种叙事共同建构了当代中国民族主义的气质形态——雪耻型民族主义。"复兴想象"以汉唐盛世的辉煌传统为远古回声,构成了与创伤记忆平行的另一种民族主义勃兴源头,而"骄傲与创伤的双重性反差会产生一种激增性的循环反馈,使得雪耻型民族主义具有一种持续的紧张,宛如一个允诺已久却迟迟未临的狂欢高潮,令人焦虑不安"[1]。当这种民族认同难以达成时,焦虑将是不可避免的。这不仅大量显露于当代公共话语场域中,而且在当代文学的国族叙事中表征为种种创伤化的符码与影像。

在"极短篇"小说《冬日即景》中,刘大任便塑造了这样一个符号式的、承受民族创伤的知识分子形象。这是一位热爱园艺的、在美国大学任教的华人教授,他在观察自己种植的花草时,露出仓皇的神色,像是在躲避或害怕着什么,不断喃喃自语,对从土壤里拖出的被压弯的叶片说"别紧张……压不住的……压不住的",又一直重复着"站起来了……站起来了……",这句指涉模糊的话在重复了三遍之后终于点明了主旨——"站起来了,中国人民站起来了,中国人民从此站起来了……"。教授的声音一会儿出奇高昂,一会儿又极其温柔,"像纹路错乱的唱片一样,重复着同一句话,永无休止地盘旋起来"[2]。冬末春初刚刚发芽的枝叶被残雪掩埋了,就如同挣扎图存的中华民族主体被外界力量压制住了一般,令教授感到难以承受的创痛,以至于他频频做出如同精神病患的癫狂举动,而当枝叶被抢救出来,再次显出勃勃生机后,他便完全沉浸在"中国人民站起来了"的狂喜之中。在这篇仅有数千字的短文中,作者描述的场景人物构成一幅夸张、怪诞、充满抽象意识线条的图景,小说本身几乎不具有情节性,读者也并不知道主人公的身份背景,我们只是目睹着主人公深陷于一

---

[1] 刘擎:《创伤记忆与雪耻型民族主义》,载《书城》2004年第12期,第46—48页。
[2] 刘大任:《冬日即景》,《残照》,深圳:深圳报业出版集团,2017年,第190—191页。

种强烈的、渴求民族崛起的紧张情绪之中。

本尼迪克特·安德森在其著名的《想象的共同体》中曾提出，共通的创伤经验是塑造共同体情感结构的关键一环。该观点也与阿莱达·阿斯曼对于"诅咒—重获"的救赎记忆模式与民族觉醒神话之间的关联性论证不谋而合[1]。对于民族主体来说，无论其是天然的还是后天构造的，创伤记忆都是其得以存续的重要因素。当不幸的经历嵌入了主体的意识或无意识，会造成意义中心的瓦解，而"意义中心"是主体立义活动的生存论参照。因此创伤作为一个外部条件切入了民族主体意识，会激发内部的变化与生长。在中国近现代史的百年文学记忆中，因列强蚕食鲸吞而备受伤残的一直是"国体"，人们"救亡图存"所要拯救的是"国殇"，这种意识事实上生产出一种分裂——加诸个体的烧杀抢掠，所伤害的是个人的"国家感""民族感"，所以"人的创伤记忆其实是'国家观念'的创伤记忆，与人始终隔着道德之性……实实在在受伤残的身心反倒像是旁观者，直观着满目疮痍的'国体'"[2]。在此基础之上，"国体"所受的伤害也完完整整地加诸每一个被询唤了的共同体成员身上，使得共同体与成员之间构成了荣辱与共、喜忧同存的情感结构。

《冬日即景》中"教授"的形象即是民族国殇与个人精神创伤之间紧密联动的典型。塑造这样一个具有高度浓缩象征意义的符号形象，对于作者刘大任来说，既是他民族情感的天然流露，又是对这种难以抑制的"自我创伤化"的一种审视和反思。这种在民族主义情绪中反复的沉浸、思考、抽离，可以说是刘大任与郭松棻、李渝共同面临的问题。

在李渝的小说《菩提树》中，阿玉父亲与学生陈森阳讨论了民族主义

---

[1] 在《回忆空间》一书中，阿斯曼以莎士比亚历史剧和德意志民族历史为例，论述了共同体的创伤和"诅咒遗忘—重获圆满"的救赎记忆模式是如何激发了民族觉醒的神话和民族国家的崛起。民族政治的神话被分为三个阶段，一是"理念和寓言"的远古的伟大光辉，二是"诅咒和遗忘"的分裂夺权时期，三是"重获和圆满"的再统一和驱逐外国占领者阶段。于是，"消极的当下成为伟大的过去和同样伟大的将来之间的一个过渡期"。参考【德】阿莱达·阿斯曼：《回忆空间：文化记忆的形式与变迁》，潘璐译，北京：北京大学出版社，2016年。

[2] 张志扬：《创伤记忆：中国现代哲学的门槛》，上海：三联书店，1992年，第40页。

与知识分子之间的关系。老师认为"中国民族性里最伟大的,莫非就是这民族主义了",学生则反驳"国民性里的骄妄愚昧无理,也正来自这民族主义"。不过,学生也认可"中国知识分子继承着的,无论是实证主义还是浪漫主义,的确都是一种民族意识和对民族命运的关怀,是不可分的"[1]。人物对话中的冲突反映的是作家内心的矛盾。民族主义概念本身就是一个庞杂的复合体,可以在各个方向上生产出自己的内涵与外延。小说对话中提到的"民族主义""民族性"或"民族意识"是一体两面的,既可以代表一种集体性的自立、自决、自强的要求,也可以带来盲目的自大、排外、狭隘。在"二战"后,"民族主义"在全球范围内成为一个颇具争议的话题。虽然本尼迪克特·安德森屡次表达他对殖民地民族主义解放运动的同情,乔治·威尔认为"民族国家正是自由得以诞生的实验室"[2],但是对民族主义泛化危害性的批判从未停止过。如果说民族主义被认作是人类根基情感和一种"天然"的存在,那么想要获得超越民族国家界限的观察视角和价值判断则需要后天的塑造与培养,并认知到苦难与创伤不仅仅是属于某一族群的疮疤,而是具有普世意义的人类共同体的历史经验。将创伤经验简单地缩写为某种结构,或是标准化为一种集体记忆模式,并以文化创伤的叙事来形塑某一代人的感觉结构,都是对创伤的庸俗化使用,无法恢复其真正丰富的内涵。

刘大任在散文中曾引用过贾樟柯《小武》的导演手记中的一段话,其中有着对自我诗化乃至自我神话的"苦难崇拜"的反省:

> 我们的文化中有这样一种对"苦难"的崇拜,而且似乎是获得话语权的一种资本,因而有人便习惯性地要去占有"苦难",

---

[1] 李渝:《菩提树》,《夏日踟蹰》,台北:麦田出版社,2002年,第266—267页。
[2] 罗新:《走出民族主义史学》,《有所不为的反叛者》,上海:三联书店,2019年,第62页。罗新在文章中指出,如果说近代人类社会走出中世纪和挣脱殖民地枷锁的历程是某种程度的"解放(获得自由)",那么必须承认民族主义在其间发挥了杠杆作用。但是,作为一个庞杂复合体的民族主义,内含的某些本质因素在不同环境和不同时期的极端发展,暴露出危险甚至疯狂的面目。

将自己经历过的自认为风暴，而别人，下一代经历过的又算什么？至多只是一点坎坷。苦难成了一种霸权，并因此衍生出一种价值判断。[1]

这段话中蕴藏着"作为个人的中国人挣扎着要求诞生的确实讯息"，体现了对传统观念中将苦难财富化、资源化的反思。就文学创作而言，民族主体的创伤记忆为历史叙事的重启提供了可能的通道，但若想真正翻掘土壤，进行更深层的反刍思考，仍需要更加"历史化"地重返现场和更多基于个体的伦理反思。

## 第四节　家族叙事中的代际创伤

> 每一代人各自的历史都存在于他们的骨头里，他们将它析出，他们与它纠缠斗争，他们一生都在对它做出回应并且是以各种不同的方式。[2]
>
> ——阿莱达·阿斯曼

代际问题的历史化研究起始于威廉·狄尔泰（Wilhelm Dilthey）与卡尔·曼海姆（Karl Mannheim）。狄尔泰区分了时间的"质"的概念与"量"的概念，首次提出如果将"代"作为精神进化历史的一个阶段性单位，则能够以再现的直觉过程来评价知性运动[3]。曼海姆认为，社会学研究中的"代"与"阶级"的概念类似，并不是社群意义上的实存群体，而是一定

---

[1] 刘大任：《喜见贾樟柯》，《冬之物语》，台北：INK印刻出版有限公司，2004年，第225页。
[2]【德】阿莱达·阿斯曼：《记忆中的历史：从个人经历到公共演示》，袁斯桥译，南京：南京大学出版社，2017年，第5页。
[3] 关于狄尔泰的观点，可参考曼海姆《代问题》；Julián Marías, *Generations: A Historical Method*, trans. by Harold C. Raley, the University of Alabama Press, 1970, p50—57.

数量的个体在社会结构中具有相似的"位置"[1]。"代"有着超越生物学意义的特征,如果不存在人与人之间的互动,不存在可确定的社会结构,不存在基于特定连续性的历史,那么代也就不是一个社会位置的现象,而只有出生、成长和死亡。因此,生物学因素只是为代实体存在提供了可能性,代位置是否实现需要取决于社会与文化结构层面的动力机制[2]。代际关系建立在具有决定性的共同历史经验、含有社会性模式的同质性和共有价值体系上。在上述研究的基础上,阿莱达·阿斯曼提出代与代之间的界限产生于影响深刻的历史体验和社会创新,即人们在生命"关键时期"所经历的历史转折[3]。

对代际关系和不同代人经验差异的关注是许多以家族历史为题材的文学作品所共有的。在郭松棻、李渝、刘大任的创作中有几部颇具分量的家族叙事小说,体现了三位作家作为同时代人所内在具有的相似历史处境和观察眼光。如狄尔泰所言:"那些在他们的人格形成期中接受同样的烙印的人构成一个世代。在此意义上,一个世代是由一个紧密的人群所组成的,他们透过在人格形成期所经验的共同的历史事件和变化而构成一个浑然一体的单位——尽管他们之间有着其他的歧异。"[4]

从家族叙事的层面来看,家族内部不同代人之间的记忆传承是创伤记忆的一个重要的时空传播机制。这不仅包括文化创伤理论中横向的言说行动模式,更重要的是纵向的、时间维度的代际传递模式。过去的精神创伤如何浮现到人们的精神表层?该问题涉及代际经验和代际话语在家庭、社

---

[1]【德】卡尔·曼海姆:《代问题》,《卡尔·曼海姆精粹》,徐彬译,南京:南京大学出版社,2002年,第78—79页。

[2]同上,第100—108页。

[3]阿斯曼认为人的成长塑成的"关键时期"(formative years)是12到25周岁之间,这是个人进入成年人承负责任的生活之前个性发展的敏感阶段,该阶段的发展和印迹对于人的一生具有持续性的影响。所以说,一个人是以儿童、青少年、成年人还是老年人的身份经历某一重大历史事件,是有着非常大的区别的。参考【德】阿莱达·阿斯曼:《记忆中的历史:从个人经历到公共演示》,袁斯桥译,南京:南京大学出版社,2017年,第19—20页。

[4]参见Hans Jaeger, "Generations in History: Reflections on a Controversial Concept", in History and Theory Vol.24, No.3 (October 1985) P276。引文为笔者译。

会、民族国家历史空间中的生成。阿斯曼提出，家庭记忆中的历史是"世界历史的私人通道"，父辈、子辈和孙辈的回忆和梦境就像伸缩望远镜的镜筒一样套叠在一起，没有谁的最内在的生活方式只是为了自己而存在。代际话语作为一种操演性话语，在交流过程中得以不断强化，这缓解了时代内部的紧张，将"时代的同一性"变得清晰可见并且构成了几代人"非共时的共时性"[1]。在种种话语和非话语的交流中，父母的过去能够被转移到子女的幻想和感情生活中，并在几代人之间产生无意识的"自居"作用（identification）。"有秘密"的父母使得孩子在无意识中接收到一种"裂缝"、一种不能识别的知识，被隐匿的话语成为一道无生命的间隙，让"本不是当代人的经历"却被这一代人集中体验为自己的，使得跨代际的创伤成为可能[2]。譬如，《雪盲》中的小学校长终生都受到早年自尽的哥哥精神崩溃的场景的影响；《夜琴》与《奔跑的母亲》中的"父亲"在战争年代陡然失踪，给子辈留下了长久的阴影，甚至内化为其情感结构的一部分；在《伤愈的手，飞起来》中，少女阿玉从父母的言谈举止中感到了某种历史的断裂，使得创伤记忆在家族中延续。

在该意义上，代际记忆有着"历史的令人不安的陌生感"[3]，它编码了一种不同于一般历史编纂学的程序，使得一个个体亲历的时间得以嵌入广阔的宇宙学时间之内，从而打开了非同代人的交流。

---

[1]【德】阿莱达·阿斯曼：《记忆中的历史：从个人经历到公共展示》，袁斯乔译，南京：南京大学出版社，2017年，第31页。

[2] 创伤研究学者多力·劳布（Dori Laub）以德国、俄国、以色列大屠杀幸存者子女即第二代幸存者的临床心理研究材料为例，证明了确实存在精神创伤的代代相传。错乱分裂、疏离孤独感、内疚与负罪感的"链条"在家庭史中并不是戛然而止的。劳布使用"转移"和"远望"的概念形容几代人之间产生的无意识的"自居"作用（identification）。"自居"与一般见证者可能产生的"移情"作用的不同之处在于，移情中存在认知与批评性判断，自居中批评意识和情感距离都消失了。参考【美】多力·劳布：《多产的过去：历史精神创伤的延续》，《社会记忆：历史、回忆、传承》，【德】哈拉尔德·韦尔策编，季斌等译，北京：北京大学出版社，2007年，第254—258页。

[3]【法】保罗·利科：《记忆，历史，遗忘》，李彦岑、陈颖译，上海：华东师范大学出版社，2017年，第534页。

## 一、《惊婚》：记忆的代际投影

《惊婚》写于 2005 年，是郭松棻去世前的最后一篇小说，也是一部书写家族内部记忆"链条"和两代人精神创伤谱系的作品。与郭松棻的前作类似，《惊婚》是一篇阅读难度较大的作品，这源于它奇特的叙述结构、复杂的人物关系及个性特质。小说中没有简单平面的人物形象，不同世代、性别、年龄的形象都具有其完整的故事线、矛盾点与立体度，故事的时间线索贯穿几个世代，人物之间关系错综，每一个讲述视点背后都源源不断地牵连出更多讯息。小说使用了拼图式的叙述手法，关于某一人物、某一事件的片断描绘散落于文本的各个区间，需要将不同的碎片拼接起来才能得到故事的整体样貌。小说文本内的时间、空间任意腾挪，人称、视点频繁跳转，并且作者习惯于省略提示情节和对话的连接词，常常直接进入对话本身，或是自由地于不同人物的内心活动之间来回穿梭。这一写法令人想起福克纳的《喧哗与骚动》，郭松棻正是这部作品的忠实爱好者。

《惊婚》由题目来看似乎是一篇以家庭婚姻为主旨的小说，但其实作品最突出的特点是贯穿两个世代的"忧郁性"。作者有意地凸显了世代之间的接续与断裂，着重描绘了男女主人公与父亲之间的关系。如果依时序整理小说的主线情节发展，亚树与倚虹大学时是一对恋人，倚虹毕业后赴美留学，亚树留在台湾服兵役，亚树曾与倚虹的父亲有过几天推心置腹的长谈，后来二人的父亲相继过世，他们也因为种种矛盾而分手，10 余年后他们在波士顿的雪夜中重逢，即将走进婚姻。婚礼前夕，倚虹与室友咏月谈心[1]，追溯记忆中的恋爱和家族往事。小说就是在这种倒叙、正叙、插叙的不同叙述顺序中来回穿梭，形成了网状的时间结构。"亚树"这一角色有着作者自身的影子——在台北长大的哲学青年，美国留学，参加"保钓"运动，与倚虹重逢时他正在"为了地图上的小岛屿在奔走运动"。亚

---

[1] 咏月这一角色曾出现在郭松棻另一篇小说《雪盲》中，与主人公幸銮在亚利桑那沙漠的夏天短暂地相爱。咏月在《惊婚》中也屡次提到这段经历，构成了作家不同文本之间的互文性。

树总是充满疑虑、质问和追索，是向往远方的某种缥缈理想的青年梦想家，又因为理念无法达成而寂寞痛苦，因此常常落落寡欢，眼睛里有"逼人的忧郁的寒气"，好像全部生命集中于此，令倚虹常感觉到"爱着她的仿佛就是一股忧郁"。

不同于一般写父子、父女关系的作品，《惊婚》重点刻画的是亚树与倚虹父亲之间的忘年交，并从这一特殊的视角展现出两代人各自蕴藏的秘密和其对自我、对家人、对世界的诘问。亚树与自己的父亲关系紧张，少有沟通，却在同女友父亲的交谈中体验到了代际创伤记忆交流传导的惊颤。

倚虹父亲年轻时在师范学校读书，因为打伤了辱骂台湾学生的日本学监赤岗阳之助而被退学，光复后因为说不好国语而放弃教历史，成为一名中学数学教员。他的朋友苏医生死于"二二八"冲突，在照顾朋友遗孀时他着魔般地迷恋上她，因此与妻子关系疏远冷淡，和女儿也无法交心。后来妻子忧郁而死，他迷恋的友人遗孀因为爱上儿子的家教老师而殉情自尽。父亲的一生始终笼罩着失败者的阴翳，与自我的缠斗令他忽视了身为丈夫和父亲的责任，在倚虹回忆中，父亲对待母亲"冷淡得像一块屋角的砖头"；他面对妻子"在天井里在心胸抽紧之后突然溃洪似的号哭"依旧"冷静地穿上了外出的衣服"去隔壁苏家照顾朋友的未亡人，每一日都在"用笑容照亮了别人的家"，彻彻底底地忽视自己的妻子而成为另一个家庭的一分子。后来他甚至中魔似的暗中期盼妻子的死亡，这种可怖的意念仿佛逐渐"种植到她的身心里去了"，最终倚虹母亲以死亡完成了她最大的抗议。不幸福的家庭环境让倚虹面对亲密关系时处于一种矛盾犹疑的状态，她受到亚树痛苦忧郁的灵魂的吸引，"对他的冷漠她几乎怀着无法了解的狂热"，却又因此感到难以负荷的沉重。

倚虹父亲去世前曾经连续几天与亚树谈心回忆自己年轻时的经历，包括殴打日本学监的故事、友人去世的故事、自己多年来难以摆脱的郁不得志以及晚年时终于体会到的对家庭的负罪。父亲对他有说不完的话，"好像一辈子藏在心里的东西就是专为了等到亚树才掏给他的"。这番倾诉漫长又剧烈，以至于后来父亲完完全全"包裹在自己的记忆里面"，甚至还没有"从他的记忆里踏出来"就死了[1]。

倚虹日后回忆起当时的情境，对亚树与父亲的投缘怀抱一种感激之情，因为自己年轻时对家庭往事"不但没有好奇，反而是厌倦着的"，上一辈的记忆对她来说时只有在父母吵架时才能听到一些"纠缠不清的污浊"。亚树与父亲的沟通不仅让父亲倾倒出埋藏多年的秘密，而且填补了倚虹记忆中的家族历史链条的缺环。

郭松棻在变动的时空语境中抓取到代际经验的非历时性——一种可被分享的、贯通性的创伤，通过来自背景的"辐射"被父辈传递给子辈。父亲对亚树倾诉的过程即是记忆代际传递的过程，而父辈生命体验的强度和烈度生产出接受者所不能承受的"记忆之重"，使得亚树在与倚虹父亲长谈之后难以抑制地"呕吐"了，正是精神症结的身体化反应。正如小说中所描写的：

>年轻人突然觉得自己的身体在膨胀，一阵阵热流穿梭在他的周身，焦灼的嘴唇颤抖着，好像从一场梦中惊醒了一般。"这孩子……"老人感动了。他很愿意把自己的心剖给这年轻人看，但此刻他却一动也不动，也不说一句话。其实他知道正在自剖的是这孩子，虽然谈的是他自己的往事。[2]

亚树与倚虹父亲的相像之处在于他们都"为原乡而苦"。对于青年时代的父亲来说，沦为殖民地的岛屿"已被玷污"，年轻时他曾经想要去往大陆但没有实现，留在原乡的他对此地的情感是既爱又恨的纠缠；对于亚

---

[1] 郭松棻：《惊婚》，台北：INK印刻文学出版有限公司，2012年，第100页。以下引用未注明者同此版本。

[2] 同上，第104页。

树而言，他"恨这块郁闷的小岛"，总是想要离开这座城市去遥远的地方看一看。二人的另一个共同点是怀有对物质欲望的轻蔑，贴近他人的痛苦而以一种自苦的心情刻意远离自己可能的幸福。亚树在台北时关系最近的朋友是学校校工欧吉桑，父亲则认为"不流汗不劳动的生活是最可耻的寄生虫的生活"。他们二人都是生活的理想主义者，"一生追求内心无愧的生活，却是一生为过去的噩梦纠缠着"。亚树自己的父亲是一位律师，在他眼中父亲是"一个出出进进什么事也没有的人"，挂着律师事务所的牌子，私下经营着输往越南的石灰生意，"想发点那边的战争乱财"。可以说，是在女友的家庭中，他结识了一颗可以真正交流的、辛辣苦痛的心灵。在与倚虹父亲彻夜不眠的对话与回忆中，两代人之间滋长出奇异的亲密，他们都有着比他人更为广阔、且更为偏僻的"思想的原野"可以"奔驰"，这种思想情感的深度联结"与其说在未来的女婿和未来的岳父之间，毋宁是在两个被同样的感受所陶养的心灵之间"。

除了亚树，倚虹也感受过这种记忆传递中隐含的悲剧命运的折射力度。作为"二二八事变时还是小孩子的那一代"，她在很小的时候就感知到邻居伯母的丰美姿容是一团燃烧着的"不详的祸兆"。丈夫去世后，伯母居住于那座"受诅而又峻然峙立的老砖房"，而小孩子们伴随着"屋里那女人身上不断产生的新的故事一起长大"。当倚虹多年后回忆伯母的沉潭自尽时，她觉察到冥冥之中的记忆传递链条：

> 自己对爱情的绝望日后往往是从记起了伯母着镜前的侧脸而了解，不，其实是由于这张脸而事先就预知了自己也将是走上同样的道路。或许伯母的后半生其实是为自己日后的情事先给了痛苦的药方，而她的沉潭好像就沉在自己的心里。从小伯母就活在她的心里，也就是她的记忆中。伯母从没有那样鲜明的生活过。[1]

---

[1] 郭松棻：《惊婚》，台北：INK 印刻文学出版有限公司，2012年，第32页。

小说中屡次提到的"黑影"的意象象征着创伤记忆的印迹如影随形，笼罩于两代人的头顶。倚虹父亲看到的"墙上的黑影子"，是自己17岁时在水田中殴打学监的情景，那个事件成为他庸碌平淡一生中的"救赎"和"唯一的出气口"；父亲对家庭的冷漠与背弃则凝聚为倚虹的童年阴影。在小时候看到父亲离开家的脚步在花朵丛中撒下了"点点的黑影子"，使得她"从小就厌恶着花朵的无声的垂放"。她发现父亲的笑容中原来"挖得出这么多的卑贱的东西"，而自己终于在"愚蠢、猜疑、嫉恨"之中看着成人世界长大，成为"吝啬和胆怯的人"。而两位父亲的相继死亡，是横亘于倚虹与亚树生命中的黑影，当父辈已经埋骨深土，他们仍旧在人间另一边陲的美国新英格兰小镇的深冬雪夜彻夜不眠地追溯着父亲的死因。

值得注意的是，小说所采取的多时空并置、多视点切换的书写方式使得代际结构中的"同时代人的非同时性"被叙事化地表征出来。重要的不仅是代际的依次更替，而是不同代际的并存。根据人格形成"关键时期"的理论，《惊婚》中的父亲是成长于日据时期、青壮年时经历光复的一代，倚虹与亚树则是成长于60年代戒严时期、青壮年时赴美读书或参与反抗运动的一代。这20年代际时差的"非共时性"排列于同一时代的现实空间中，构成复调音乐的形态[1]。显然，在个人的际遇中隐藏着社会历史环境的讯息与集体性的情感结构。在理想主义这个两代人共享的精神旗帜召唤之下，上一代是从爆发走向沉默的"被政治化"的一代，下一代则是从压抑走向新生与显性对抗的"愤怒"的一代。嵌入时间的日常生活和与社会话语的联系共同组成了某一个人的代际身份，并且渗入至个体的生命体验和存在方式之中，从根本上决定了个人的自我认知。小说有意识地强调"这一代人""下一代人""刚刚成长的第二代"之间的异质特征，每一代

---

[1] 关于"同时代的非共时性"，阿斯曼使用了"水砖"的譬喻形容社会群体中一代人的存在。因为人类出生于一个连续的时空而不是独立分隔的时间簇里，所以同年出生的人类似于保持砖块成型的黏土，而砖块的形状是某种想象。参见【德】阿莱达·阿斯曼：《记忆中的历史》，袁斯桥译，南京：南京大学出版社，2017年，第17—19页。

人都在努力建立同代主体对社会整体的阐释权力，代与代的交替正是一个阐释模型到另一种阐释模型的过渡。

## 二、《晚风细雨》："中间一代"的家庭史观察

如果说《惊婚》是从子女的角度去观照父辈的人生并审视代际记忆投注于自己生命的阴影，那么《晚风细雨》则是从已为人父母的"中间代"位置出发，去探寻那连接着家族中几代人的历史记忆的锁链。

《晚风细雨》是刘大任两部中篇的合集，上篇《晚风习习》作于1989年，是在父亲去世后追叙其生平经历并回忆父子关系的冲突与羁绊；下篇《细雨霏霏》的写作时间是2008年，是于母亲逝世10年后重新审视她作为女人、妻子、母亲的一生。虽然两篇作品有着近20年的时间跨度，但编者将其视为"联作"，作者本人也认可两者之间的同质关系[1]。写作的出发点是悼亡父亲与母亲，但提起笔后，作者便发现面对的不止是个人的追思悼亡，更是"整整一代人，整整一个时代……随他们的往生，排山倒海而来"[2]。为了留存下这份即将消失的集体记忆，他选择书写"抗战一代人"，记录他们年轻时的壮志满怀和中年后的节节溃退，同时也书写他们的"接班人"一代面对父母衰老与死亡时的心路历程。因此，作者选择了小说而非回忆录体裁，文本中固然有大量真实细节与人物信息的对应，但是通过情节演绎、材料编排呈现出了虚实结合的特质。

回忆会赋予逝去的人、事、物以当下的意义，在作者回忆童年至青少年的家庭生活细节时，读者能够发现除了"孩童的我""青年的我"这两种叙述声音之外，"中年作者"一直作为一种隐含的回溯型叙述声音浮动于文本中。前者代表了与父亲的对抗、斗争和决裂，后者则能够以理解、同情、共感的心态将自我熔铸于更大范围内的家庭历史脉络当中。

---

[1] 刘大任：《晚风细雨·抗战一代人》，深圳：深圳报业集团出版社，2017年，第15页。
[2] 刘大任：《晚风细雨》，深圳：深圳报业集团出版社，2017年，第20页。以下引用未注明者同此版本。

作为回忆悼亡性质的作品,小说必然会处理衰老与死亡的议题。"我"在父亲晚年时曾有过一次噩梦,梦到一棵树由里到外被全部蛀空,树身松散为粉末而"父亲的脸在粉末中浮现"。父亲去世后,"我"陷入持续性的睡眠困难当中,身体与精神都处于一种高度紧绷的状态,"不但累,而且绷得死紧,像张在架子上风干的兽皮,完全失去了梦的能力,只为周遭往来不息的风所充满"。整理父亲的遗物时"我"感到一种力不从心的感觉"像胃病一样膨胀着",摊在面前的正是"解体了的父亲的一生",等待着子辈将其归档并纳入一种他们原本陌生的秩序。如果说个人历史可被视为一种被物体化的过去,那么回忆行为则要求着"实在物品的可触及性"。父亲的遗物成为打开两代人沟通闸门的钥匙,可以说是从这一刻开始,小说的叙述者由一个现代主义式的、具有"自我开端的应激反应"的家族叛逆者转变为探查家庭记忆空间的回忆寻访者。

需要注意的是,"家庭小说"的一个重要结构特征是对交互存在的个人、家庭历史和民族/国家历史的承认[1]。在《晚风细雨》中,通过对家庭记忆的重访,主人公不仅重塑了个体身份,挖掘了家族的隐秘历史,而且通过代际话语的集体指涉开启了通往民族历史的通道。小说本身的"半虚构/半写实"特征也使其打破了虚构作品与非虚构纪实文学之间的界限,文本中的"我"既是亲身参与历史动态过程的成长主体,又具有拉开时空间隔的反视性的审视眼光,从而生产出一种新的历史深度和复杂性。

父亲所代表的"抗战一代人"常以"8年"为单位计算时代变迁,而在"六个8年前",他们一起"躲过空袭、逃过难、救亡过、图存过","发誓要把中国建设成铁道、公路、水库、电站密布如蛛网的现代国家"。但是作为战后第二代,叙述者"我"已经与那些重大事件隔开一段历史距离,"我"所目睹的父亲在台湾的后半生是不得志的、爱抱怨的、捉襟见肘的,"毕生的精力,全用于应付时代的苦难"。这种持续的失意状态一直

---

[1]【德】阿莱达·阿斯曼:《记忆中的历史》,袁斯桥译,南京:南京大学出版社,2017年,第54页。

延续至他的晚年，直到 1985 年的返乡之旅成为父亲人生后半程难得的高光时刻——他凭借"侨胞"的身份得到了亲戚朋友热切关注和当地政府部门的高度重视。但是，旅程结束回到台湾两个月后父亲就去世了，那"退隐田园，儿孙绕膝"幸福目标成为一个无法实现的愿景。父亲的一生是外省来台知识分子群体的一个缩影，个体奋力挣扎着试图逃脱失败的历史投影，面对志向未酬的一生无可奈何地达成了某种妥协式的自我和解，其身心均是被抛掷于某种虚空状态的。

作为一部深入探析家庭伦理情感的作品，《晚风细雨》还屡屡涉及父亲与母亲的欲望问题以及这种欲望对子女造成的困惑与挑战。在中国传统儒家文化心理结构中，家庭宗族内部的伦理角色与人性需求之间往往是割裂的。因此，如果想要与父母建立超越亲情绑缚的、独立的人与人之间的关系，需要子女跳出亲属伦理结构的心理传统，从人的主体意识情感的维度重新进入父母的世界。对于叙述者来说这恰恰是一个难解的命题——小学六年级同父亲一道洗温泉时，"父亲以最原始的方式创造了我这个意念便化为本能的羞耻"，从此固结为"我"叛逆的源头。这次叛逆就如同是"精神弑父"的力比多唤醒，自此之后这一弗洛伊德式的困境一直伴随叙述者，直到父亲晚年时，"我"因一次偶然机会了解到他仍然面临着欲望的困扰并因此遭人戏谑，但是人到中年的"我"还是无法正面与父亲讨论身体欲望的问题。

叙述者在小说中（特别是《细雨霏霏》一篇中）反复强调父母婚姻的不睦及其给子女造成的心理阴影。出身书香世家的母亲当年下嫁给穷苦的"山里人"父亲，又随他漂泊至小岛，在貌合神离的婚姻生活中操持家务、养儿育女，一辈子过着没有自我的生活。在儿女看来，他们一直是"南辕北辙的两个人"，唯一的相同点可能就是他们的"不快乐"。"我"小时候无意间发现了父亲与邻居林阿姨的婚外恋情，从那以后，"父亲除了母亲之外，还跟别的女人有过某种暧昧关系的阴影，再也洗不掉了"。这次发现打破了父子关系的平衡，从此"父亲的偶像倒坍在黑暗里"，而童年

185

如同捕捉到的那只完美的彩蝶"被钉在那张粗糙的马粪纸上"。母亲的出轨则是从一种家族秘密历史的视角被揭开的。《细雨霏霏》中,母亲坚决拒绝同我们一起回到大陆老家去看望失散数十年的"大妹",她的举动令"我"困惑不已,直到见到大妹后,父亲才私下告知"我",原来大妹不是他的亲生女儿,而是母亲与"范表哥"所生。几十年来,母亲一直对留在大陆的大妹闭口不提,"我"原本以为她因为没有将大妹带在身边而愧疚,直到此时才发现事情的真相。为何父亲对此可以坦然地接受,母亲却终其一生都试图以逃避的方式隔断亲情的血脉?为什么母亲对父亲的出轨默不作声,后来却和那位邻居林阿姨成为至交好友?通过对父母人生中这些"暧昧难言"之处的讲述,作者剥开了家庭历史看似光滑平整的表皮,将其内里的复杂骨架经络和隐秘心脏一一暴露出来。当已为人父的"我"通过文字梳理母亲的一生,才终于能够观照到她陷落于夹缝中的挣扎。对于母亲来说,她所眷恋的一切都是早已失去或者无法掌握的,像她幸福的童年、曾经有过一次的出轨爱情和晚年信奉的主,而真实拥有的一切则是她无法享受的负担——如同她"那双半解放的脚",变成了象征,注定了她不快乐的一生。

在两篇小说中,作者都着重处理了"我"于80年代中后期与家人一齐"返乡大陆"的经验,两次返乡的叙述结构相似,既是小说前后铺垫已久、波折起伏的核心事件,又是文本中父子/母子关系的转捩点,但是两次旅行的原因、时间和具体经历有着明显区别。《晚风习习》中的返乡发生于1985年,那时台湾尚未解严,两岸也未实现三通,返乡是为了实现年迈父亲回乡祭祖心愿。当我们绕道美国几经波折终于回到老家后,眼前的景象确实令人震撼:

老一辈的宗亲代表在祠堂门口迎接父亲,他们拉手拥抱洒泪的时刻,我突然领会了那传说的动人处。这块石碑,不仅是所有活在这里的人所需要的历史,更是这穷乡僻壤难民似的活着的后生子弟向外闯天下求生存的一个最坚实可靠的鼓励。我看见人群里上百个光头泥腿的小同宗，前呼后拥、奔跑跳跃，一种莫名兴奋、一种奇异感觉，强烈袭击着我，因为他们的四肢、头型、五官，虽然陌生，却又那么熟悉。[1]

在这幅热闹奔腾的场景中，父亲仿佛成为乡亲们的"石碑"，他的脸庞放射出异样的光彩，好似"全身的细胞此刻全部到达生命巅峰状态"。这个熠熠生辉的实现返乡宿愿的父亲，与在战火中守护"我"的父亲、严肃刻板难以亲近的父亲、中年失意婚姻失和的平庸的父亲、饱受欲望困扰的难堪的父亲，一齐汇聚为一组较为完整的有关"父亲"的符码，为回忆的链条补上了缺环。在此之前，叙述者与父亲的关系一直"拘囿在理性的锁链范围内"，而当上千村民拥着70多岁的父亲找到了祖父的坟墓后，看着如小孩子一般号哭的父亲，"我"仿佛也被莫名的力量驱使着屈膝跪下——"在我们生命重叠的一段岁月里，也只有那一刻，仿佛是在现世以外超理性的非空白里会过一次面"。在父亲去世后，叙述者正是经由"在理性的穷途末路与超理性的雷殛电闪之间的暧昧领域"而窥探了父亲的一生。

《细雨霏霏》中的"返乡"则发生于1987年台湾解严之后，主要缘由是为了寻找失散近40年的大妹。"我"与父亲、小妹一同回到大陆老家，当从未谋面的小妹与大妹紧紧拥抱在一起，"我"看着这哭成一团的一对姐妹，一个保养得当，一个满脸风霜，竟然"连母女都不像"，只感到"眼睛看见的是无法理解的现实，内心却止不住发抖"。父亲的反应更是令人惊异：

父亲一向是个跟我们保持某种距离的父亲，除了打手心、揪

---

[1] 刘大任：《晚风细雨》，深圳：深圳报业集团出版社，2017年，第87页。

耳朵，头顶凿栗子，除了照片上摆出的姿态，我一辈子都没留下任何身体接触的记忆。这时却见他一步向前，两条手臂把两个女儿，像永远放开不了似的抱起来。父亲的哭声，也是平生第一次听到。嘎哑苍老，夹杂着喘气干咳，重复不停，就一句话：对不起你呀，对不起你呀……[1]

当年父亲与母亲将 2 岁多的大妹托付给舅舅、舅妈，以为等到台湾安顿好之后很快便可以将大妹接过来，未曾想一离别竟是 40 年。大妹的身世牵连出母亲隐瞒半生的秘密，直到父亲去世 5 年后，病重卧床的母亲才同意将大妹接到美国来看她。显然，这两次返乡描写不是简单的"重写"。第一次返乡代表了人伦宗法传统关系的"回归"与溯源，是对父系家族历史缺憾的结构性补偿；第二次则是寻找失散亲人的家族团圆之旅，而母亲在这次回乡之旅中的缺位和后续家族秘密的揭开则指向了更深一层的历史离散创伤。从某种程度上来看，家庭世代的锁链既是诱惑也是恐惧，它既给人们划清界限的幻象，却又通过对隐藏着的联系进行繁复处理要求一种偿债[2]。回忆性文本即是通过对代际记忆中隐秘联系的谱系式探索，期望使得每一代人的生命能量能够畅通无阻地从过去通往未来。

---

[1] 刘大任：《晚风细雨》，深圳：深圳报业集团出版社，2017 年，第 170 页。
[2]【德】阿莱达·阿斯曼：《记忆中的历史》，袁斯桥译，南京：南京大学出版社，2017 年，第 70 页。

第四章

# 现代主义与古典中国

在刘大任、郭松棻、李渝的文学书写中,如果说"左翼"与"现代主义"构成了两类既殊异又有共通性的"思想资源",那么前现代的"古典中国"则与西方现代主义美学汇集为作家创作视野里两种重要的"审美资源"。从20世纪60年代至21世纪初期,三位作家的创作风格经历了由中向西,再由西返中的变化过程,后期作品中多体现出一种现代与古典彼此圆融的风貌。

此处的"现代主义"指的是卡林内斯库的"审美现代性",或是马歇尔·伯曼提出的一种对"现代性"历史冲击的文化领域反应。与现实主义相比,现代主义无疑是一种迂回的艺术创作方式,艺术家与他的创作对象之间保持着一种批判的距离,作品不再出自读者熟悉的、相对稳定的知识框架,呈现的不再是一个特定时空聚合体下可被认知的历史,文本中的叙述者也不再是全知全能的、清晰易懂的"说故事的人"。应该说,现代性本身是一种"一切坚固的东西都烟消云散了"的断裂体验,现代主义美学是一种在与前现代知识型、时空观迥异的思维结构下建立起来的描述世界的方式,那么为何在作家的某些文本中却同时存在现代与古典(前现代)两种元素呢?

从其根本来讲，自从柄谷行人意义上的"现代文学"诞生后，现代东亚文学场域内便同时存在着两种结构性元素——一是一个持续对西方影响开放和吸收的视野，二是作为自己实践现代主义美学精神的本土传统资源。后者看似是前者的对立面，但实际上更是西方外部话语进入后亟待被再次阐发的"前现代潜能"[1]。对于台湾现代派作家来说，在经过西方现代主义洗礼后，他们往往因为各式各样的缘由，又回到中国古典文学中汲取养分，在意象、主题、文字风格等方面受其影响[2]。

如果说现代主义文学和先锋派艺术代表了一种倾向于"创造性的破坏"[3]的"激进的现代性"，那么在现代性语境中被重新打开的中国古典美学传统则可视为一种"古典的现代性"[4]，二者均可视为某种对启蒙现代性与资本主义工业文明的反拨。现代主义通过叛逆与革新，拆解了现代性；古典美学中的稳固、恒久、和谐的特质让其与自然万物圆融为一，使得现代性的时间密度被有序地铺展于古典意义上的空间维度之中，经由"时间的空间化"为现代人保留了心灵的余裕。

从李渝、郭松棻、刘大任的经历来看，他们对于"古典中国"的兴趣其实是始于赴美留学之后，原因有二：一方面是出国留学导致的时空视点转换，反而在异域重燃了作家对属于自己身份群体的独特文化传统的兴趣；另一方面，应是保钓运动触发了左翼与民族主义的接合，使得作为一种本

---

[1] 参见张诵圣：《试探几个研究"东亚现代主义文学"的新框架——以台湾为例》，《当代台湾文学场域》，镇江：江苏大学出版社，2015年，第280页。

[2] 例如白先勇、李永平、王文兴的小说、余光中的诗歌等等，或是借鉴了中国古典小说的传统母题，或是有着章回体白话小说的笔法结构，或是体现了某些古典意象。李渝、郭松棻、刘大任三位与上述作家的经验既有相似又有差异，下文将具体论述。

[3] "创造性的破坏"原本是经济学家熊彼特（Joseph Alois Schumpeter）提出的术语，形容资本主义创造并破坏经济结构的过程。戴维·哈维借用这一概念，说明现代主义思想家实施种种现代规划时的困境。参见【美】戴维·哈维：《后现代的状况：对文化变迁之缘起的探究》，阎嘉译，北京：商务印书馆，2013年，第24—28页。

[4] "古典的现代性"（classical modernity）是英国学者肯尼斯·克拉克（Kenneth Clark）提出的借由西方人文主义传统的现代转化来克服现代性危机的思路。克拉克强调社会生活的有机整体性，人类历史的连续性、人的完整性以及艺术经验的完整性，力图以艺术经验来克服启蒙现代性所造成的种种分化、断裂和冲突。受其启发，本文尝试辨明以中国古典文化中的美学精神克服现代性危机的可能性。

民族文化传统的"古典中国"重新进入作家的视野[1]。在1950—60年代的台湾，国民党大力推行中华民族主义教育，但是"华夏传统文化"在由国家机器推动的话语体制内僵固为"乏味、权威、主流"，自然会引起青年人的逆反。即便如此，青少年时期的教育毕竟留下了当时未曾察觉的印痕，在对中华文明的承续上为年轻人提供了基本的文化训练，"其实后效深巨"[2]。如李渝所说，当他们离开台湾到美国念书后，时空的改变带来了新的视角，于是"到底是看见了这影子，在某种程度上才明白了这影子的巨大"，如同"普鲁斯特说失去了才获得，或者像赵无极离开了中国才中国"[3]。

本章基于上述观点，从"疾病与文学的互喻""古典美学的引渡""古典与现代之间"三个问题角度入手，考察李渝、郭松棻、刘大任三位作家文学书写的现代主义视角、古典艺术传统，以及现代性与古典性彼此接合的生长点。

## 第一节 疾病与文学的互喻

文学与病理学的互渗关系是早已有之的，作家群体常常是受到疾病困扰的，而疾病叙事本身也构成了现代文学的一个重要脉络。虽然苏珊·桑塔格在其著名的《疾病的隐喻》一书中力图还原疾病的客观真相，以揭

---

[1] "保钓"运动在北美发酵之际，对台湾当局，还有美日帝国资本主义的不满情绪使得运动迅速染上了一种民族主义的色彩，并启动了重新认知本民族文化的身份意识再生产历程。这种认知，不仅涵盖了五四以来的精神文化遗产，而且可以回溯至更为久远的古典世界。

[2] 宋雅姿：《乡在文字中：专访李渝》，《台湾现当代作家研究资料汇编·118》，梅家玲、钟秩维等编选，台北：台湾文学馆，2019年，第112页。

[3] 李渝：《乡的方向——李渝和编辑部对谈》，载《INK印刻文学生活志》2010年7月，第75、79页。作家在访谈中提到，如果一直住在台湾，恐怕仍旧只浸淫于翻译文学中，阅读的航道不会传承回溯，"发展出这样的汇合"。李渝此处提到的赵无极（1921—2013）是一位华裔法国画家，生于北京，1948年赴法国留学并定居。赵无极自小喜爱西方油画，传统国画造诣亦佳，出国前在画坛已小有名气，自称该阶段主要受到塞尚、毕加索、马蒂斯的作品影响，赴法后他的作品以西方油画的抽象绘画方法，糅合中国写意画法的空灵意蕴，自成一派，颇负盛名。

示、清理、祛魅人类社会长久以来将疾病隐喻化、神秘化的种种偏见[1]，但是从某种程度上来讲，现代文学书写中的疾病叙事正是因为溢出了纯粹的客观性而具有了阐释人类存在境遇的张力。

从疾病类型来看，与疾病相关的现代文学书写一般分为生理/身体疾病与心理/精神疾病两种。前者除了讲述病症之外，也常隐喻着某种国族历史创伤的"肉身化"，后者则以焦虑、抑郁、恐慌、分裂等症状投射了现代个人的主体性困境。郭松棻《月印》《草》《雪盲》三篇小说的男性主人公分别患有肺结核病、哮喘和神经官能症等"能见度"较高的生理疾病；刘大任《杜鹃啼血》《风景旧曾谙》《冬日即景》等文中的人物有着典型的创伤后应激障碍（PTSD）症状[2]；李渝在《夜煦》《无岸之河》《待鹤》等文本中则详细刻画了忧郁症、焦虑症等精神疾病的状态。并且，这三位作家曾在不同时期、不同程度上经历过情绪危机的考验，文本与病症二者之间跳跃着隐秘的符码，疾病本身成为个体生命的隐喻性创作。关于病与文学的关系，有作家说："一副病体，简直就是一部现代主义小说，可以从中做出分歧多义的解读，而且好像都各有道理。"[3] 由此看来，现代小说与病体这组吊诡的"互喻"关系有着亟待打开的讨论空间。

## 一、"现代的"精神危机与"古典的"回忆疗救法

李渝的小说《夜煦》（1989）是一篇典型的将疾病病症"叙事化"的现代主义文本。《夜煦》的主人公/叙述者是一位患有严重失眠焦虑症的都市白领，为了缓解症状，医生建议他需要避开傍晚五点下班的人潮，所以每到这时他就会到公园小坐一会儿，以延缓那种被迫投身于空洞的同质化

---

[1] 桑塔格通过谱系学方法考察疾病是如何被一步步隐喻化、象征化，从"仅仅是身体的一种病"转换成一种道德评判或者政治态度。她的策略是将"反对阐释"运用到真实世界和身体之上，试图平息而不是激发想象，但是，文学层面的疾病叙事的意图在很大程度上是与这种观点相对立的。

[2] 关于这部分内容，在本论文第三章已有详细论述，本节将重点分析忧郁、焦虑等精神疾病的叙事生产和文学病理学的互渗关系。

[3] 董启章：《续病》，见董启章、骆以军：《肥瘦对写》，桂林：广西师范大学出版社，2018年，第153页。

现代时间进程的紧张情绪。有一天叙述者在公园偶遇了来这座城市听一位昔日名伶复出演唱会的老同学，故事就在二人各自的回忆中展开了。小说分为两条线程，一是老同学所讲的那位名伶歌手多年来起伏多舛的命运，二是叙述者"我/你"不断铺叙自己的情绪危机症状。现在与过往、此地与彼地、记忆与历史交织在一起，让文本形式与讲述内容具有了同步的紧张。

小说大篇幅地使用不加标点的长句或段落，通过带有排比性质甚至同义重复的叙事方式来凸显讲述者情绪的连贯性，呈现出比一般的意识流写法更强烈的情绪倾泻强度。例如，叙述者在失眠的夜晚思考自己作为一名被时代巨轮席卷，在新自由主义资本体系内奋力向上爬升的"优秀个人"所承受的压力时，说道：

> 你知道你一旦成为社会的一分子众人的一部分便得巩固企业接受体制发挥团体精神掌握主动创造不可三心二意自成个体或感觉；无关的事必须被抛弃或遗忘。你加入时代的巨轮培养知与爱和大家一同进入健康快乐写实正面肯定人性热爱生活的风格，不得荒谬失落孤寂虚无和现代（因为，据一位著名的中国当代作家说，这些都是外国人的东西，中国社会不具备产生这些情绪的条件）才能成为主流的一部分。你理直气壮意气风发力斥异端咄咄迫人以正确而坚定的意识设下最高发展指标成为计划中心的主持公司的总裁业务的总代理预算的总策划诺贝尔文学奖的候选人直到有一天，在电子表闪过午夜三点，你发现自己还在思考前述种种论题，与自己还是某个设想的对象不停地纠缠讨论，中了魔一般时，才明白自己是已经患上了失眠症。
>
> 暗里你睁着眼。长方形会议桌排坐着一张张脸；一张张嘴开合。问题还没有谈完方案还没有拟好明天那件事还没有决定最后人选。嘴愈动愈快脸愈转愈多声音愈来愈重复重叠没有抑扬平仄

顿挫听不出来源以高成长率为基础设计制造百分比试验倾销拓殖开创高领域新境界。没有声音的声音的音量愈来愈提高；知识分子的职责社会的进展文化的传递中国的前途人类的希望世界的未来直到你的头像陀螺抽转，愈转愈快愈紧你回想念学位找工作结婚成家定期检查身体开车小心单行道的方向早晚各跑步一次各吞多种维他命一粒及各刷牙一次（务必记得用防龋剂）不喝生水不吃加工肉类漂白鱼丸污染贝壳类及油炸速食品的原因无非是希望每天都能活得好好的。要是明天或者就在这样说着的时刻地层因地下水抽用过伤而遽然下陷；核能厂失误失控核气核水外泄人体骤然变形腐烂；高速公路无穷延伸林木倾倒旱涝侵扰水土涵养失调灌溉系统破坏；大量使用肥料及杀虫剂使青菜生果都成为含毒品；化学药剂浸染造成生态不平衡出现怪病……这一切行动不就是白费吗？[1]

如上文所示，无标点、无断句的叙述方式打破了读者熟悉的阅读节奏，恰到好处地烘托出了主人公情绪的焦灼感。这些段落的重点不在于详细地描绘失眠的具体症状，而是力图呈示现代性精神危机的内在面貌。在无法入睡的夜晚，伴随着纷至沓来的思绪，主人公静静观察着天空颜色不断变幻的"夜的进行"，而紧张的、颇有滞涩感的长句式宣告着叙述者的焦虑状态和濒临失控边缘的错乱心志：

于是对话重新开始，继续昨天晚上（现在已是凌晨）的话题。嘴围拢过来，钢牙不断地切磋黑洞不断地开合。但是而且实非并非而是仍是所以因为无论反正既然从这样的观点那样的角度事实上换句话说假设主张提出呈现坚持努力争取，直到你完全冗

---

[1] 李渝：《夜煦》，《温州街的故事》，洪范书店1991年版，第18—20页。

奋从床上翻身起来对你自己你对谈的对手还是对面的墙壁大声说停止停止快停止！[1]

暗地里你睁着眼，一个问题出现导引出下一个问题；一个句子引出一连串句子。你没有声音地筋疲力尽地在跟自己还是一个假想对手在进行讨论，愈缠愈深两眼间的肌肉愈抽紧。救护车的警号由远而近，鸣放出二次大战纪录片中的盖世太保的警车的声音，向这个方向驶来，邻近的一条巷子转弯，进入你的巷子，在门口停下来，肃静（鸣声更列了）——但是你怕什么呢真实的，战争不早已过去了么？这也又不是捉人的警车；这是救护车呐，何况又由近载送一个急救病人而远了。[2]

在难以入睡的深夜，叙述者的思绪穿梭于现实与记忆的交错之中，"你"不断回想起白色恐怖时期失踪不见的那些亲朋师长——"你小时候觉得比较和气的师长和对你比较亲切比较好的人，后来都不见了失踪了再也没有回来从这个世界消失了"。由此，文本所聚焦的现代个人时间接续到了集体历史时间的脉络之中。在个人历史记忆的召唤下，小说中所引述的官方新闻历史材料的段落，则显出一种"字块"堆叠但"意义"与之不成正比的讽喻感。

除此之外，李渝还频繁地使用了视点及人称转移的手法。《夜煦》的叙述视角不断地在"我"（有时也以"你"的人称出现）与偶遇的朋友"你"之间浮动，使得文本时间自由地跳跃于当下与过往，引发出现实与回忆彼此呼应、流动交错的怀旧意境。叙事人称在"我""你""他""她"之间来回变换，在侧重客观的情节铺叙时使用第三人称，在描写人物的主观心理时采用第一、二人称，让读者随着叙述者的视点穿梭在多重渡引的叙事机制之中，使得历史记忆场景具有更丰富的层次展开，并突出了叙事

---

[1] 李渝：《夜煦》，《温州街的故事》，洪范书店1991年版，第20页。
[2] 同上，第21页。

主体的心理状态。

《夜煦》中的主人公是典型的城市精英白领，所经历的是新自由主义—资本主义语境下的焦虑。资本主义高速运转系统内的异化劳动塑造了面目模糊的"单向度的人"，小说中提到的工业噪音的泛滥、环境污染与全球生态危机、潜在的核战风险、食品卫生安全、为了维持机体健康运转（即劳动力的再生产）而进行机械（而非自然的）锻炼，最重要的是已经被意识形态化乃至道德化的经济理性无孔不入地占据了当代生活的方方面面，以上种种有形或无形的精神暴力最终造成主体存在意义的失位。

在另一篇小说《无岸之河》（1993）中，李渝描写了一位患有"黄昏恐慌症"的中年精英男性，每到日光变暗时，身处水泥丛林办公楼中的他都会被恐惧的感觉噬咬着，身体各个部位出现不适症状，在瘫痪般的状态里甚至"身体里没有一处可以把持住，可以与它对抗，核心像核炉一样地熔蚀了"[1]。显然，他与《夜煦》中的叙述者一样遭受了现代性情境中的心灵危机，在手脚的瘫软中分不清每天行走的是自己还是他人的幽魂。

焦虑的产生往往是因为现代生活"非真实危机"的真实性比"真实危机"还要强烈，而且非真实危机所产生的焦虑是"非过境性的"。在现代性包裹之下，主体之所以会面临碎裂的危机，是因为它是原子化的个体，如果想要融入这个世界，需要把自我拆解后建立起与外部事物的紧密联系，但是当这些表面的联系"触手"愈来愈多，主体反而渴望回到它原初的自足状态，而"无法返回"的现实让其走向更进一步的解体；如果放弃融入环境，那么主体将永远作为孤独的原子被抛掷于空洞的时间序列之中，难以逃离同质化的现代时间的抓捕。如小说所述：

> 你不断加入行动，每个行动在行动时就已成为过去，多么令人恐惧；你不加入行动，一回头，什么也没做，一片空白，空白

---

[1] 李渝：《无岸之河》，《应答的乡岸》，洪范书店1999年版，第25—26页。

接续着空白，也一样叫人恐惧。[1]

"行动"给定的秩序往往是难以令人满意的，而行动缺失则会造成"意义框架"的空白，最终都指向意义的匮乏感。那么由此产生的焦虑是否有被治愈的可能呢？《夜煦》的主人公尝试了许多方法，首先是试图不依赖药物，而是用"启蒙理性"的意志力量去主宰自己的心灵：

> 你向来不主张使用药物的。你认为一个人尤其是知识分子应该由理性的意志和力量达到掌握及决定自我存在的能力。一个知识分子应该是自己的心灵的主宰经由面对、投入、研究、并置、比较、分析、诠释、结构及解构等步骤来了解并且解决问题。[2]

当依赖理性无法解决问题时，他又尝试了药物、心理咨询等现代医学体系内的种种治疗方案，但遍访名医后依然收效甚微。最后，小说为我们提供了一个在现代自我的"系统之外"的解决路径——治疗焦虑，需要借助"古典的现代性"情境下的回忆力量，通过记忆恢复一个完整自足的田园心灵视界。帮助主人公复原的正是"回忆的疗救法"：他尝试着打开过去，"一节一节"地退回童年、退回昏黄的记忆，重新计数快乐和悲伤。提供治愈能量的地点是一处乡间的小屋，其中住着一位"据说极有智慧的妇人"。在回忆的疗救法中，主人公发现了被唤醒的过去：记忆中铭刻的人与人之间友善美好的情感联结；记忆中那些凝固了的、不再随着现代生

---

[1] 李渝：《夜煦》，《温州街的故事》，洪范书店1991年版，第26页。
[2] 同上，第22页。此处叙述者对自身"知识分子理性"的自信可以参考查尔斯·泰勒提出的"缓冲自我"概念。泰勒认为现代性情境下，"缓冲自我"在自身的内部也建立其对身体和欲望的缓冲，相信理性的"无懈可击"的绝对力量，认为拥有超脱理性的自我不仅可以支配世界，还可以支配自己的身体，"这种锚定保证了我们的无懈可击感，但它同时也是一种局限，甚至是牢笼，使我们对超出工具理性范畴的一切事物失去敏感度"。参见 Charles Taylor: *A Secular Age*. The Belknap Press of Harvard University Press, 2007. P302.

活节奏而变化的风景；记忆中剥离了意义、价值和种种形而上束缚的，没有任何象征与隐喻的，纯粹的"生活物质"。从文本形式来看，当叙事进入回忆后，便从前文那种无标点的、排比与重复堆砌的、节奏急促的长段落恢复到了有停顿、有节奏舒缓的自然语流：

> 过去生活再度被召唤前来，从不辜负盛意；是个夏日吧，是坐在屋的脊顶吧，树荫里念到的谁的诗行，是联考过后吧。闷热寂静的午后，一只蝉在某个枝头呲鸣，树荫覆盖下的瓦却很凉。从坐着的角度你可以看见蜿曲的温州街，花色的晒衣，栉比在阳光下的屋脊，木棉的梢头，和青绵绵的观音山。联考还没有放榜，未来是未知的令人遐思的世界。[1]

记忆中的"未来"还是一个未被规训的遥远的名词，一个可以提供主体动能的力量源泉，保留着可以被自由遐想的姿态。此处被唤醒的记忆又是与"自然"环境息息相关的，最后在天明前的卯时——"万物滋长的时间"——变得最为清明。

叙述者正是在将自我充分溶解于自然万物的过程中摆脱了一直禁锢他的精神绑缚，获得了一种超越和解脱。如小说所示，这种怀旧型的疗救方法以"失去意义"的方式再次赋予时间"永恒的"而非"进步的"价值："你不急着做这做那进入外界投入人群的时间，时间就会停止，行动年龄及时间在这样的时间都会失去意义。你可以把它从不断往前走的时间里剪出来，像一张图片，放在口袋里，随时拿出来看一看。"如查尔斯·泰勒所述，人正是在自身与自然的"位置相对性"中发掘了内在自我的深度，"在日常、自然和周遭万物中找到共鸣"[2]。中国式的"古典的现代性"关注内心情绪的流动，寻求天人合一、道法自然的境界，循环往复

---

[1] 李渝：《夜煦》，《温州街的故事》，洪范书店1991年版，第41页。
[2] Charles Taylor: *A Secular Age*. The Belknap Press of Harvard University Press, 2007. P310.

的时间观念保存着它特有的复原与暂停时间的"魔力",能够将人从现代性的时间洪流中拯救出来,重新获得生命意义的超越性维度。

## 二、文学病理学

如果说疾病叙事是从外部视角观察疾病与主体之间的联结关系,并且通过文本形式上的同构性实现文本自身的"疾病化"隐喻,那么,若是从文学内部的视角出发,文学作为"本体"或者创作作为"主体行为"是否具有某种病理学上的特质呢?

在郭松棻的小说中,最多见的身体装置是"男性的病体"。小说的男主人公通常有某种疾病:《月印》里的铁敏患有严重的肺结核,受到时常咯血的困扰,几次在死亡的关头徘徊;《草》中的留学生"他"身患哮喘,"年纪轻轻的,咳起来却那么深沉,每次都好像要把整张肺叶咳出来似的"[1];《雪盲》的主人公幸銮中年后出现了类似于躯体形式障碍的神经官能症症状,时常幻觉自己如被打折了腿的孔乙己一般无法直立行走。这几种疾病都是"能见度"较高的,患者的病症情状是暴露的、可见的,虽然表征于身体,但通常隐喻着人物精神层面的某种危机境遇。

作者为人物设置的疾病,隐喻了其生存的艰难环境和主人公与权力话语的不相容,可视为精神创伤的"肉身化",而疾病的消退则象征着人物精神世界的强盛与反叛。例如,铁敏的故事发生在日据殖民末期和光复初期,动荡不安的时代背景、饱受压迫的殖民地人民,以及"二二八"与白色恐怖的专制阴影,共同构成了文本中的"病体"。富有意味的是,当铁敏受到左翼思想的启蒙后,疾病便逐渐消退了,作者似乎在暗示人物经历了从身体到心灵的新生。

除了上述几篇,与"文学病理学"最为相关的文本是郭松棻的中篇小说《论写作》。从"论写作"这个颇为特殊的题目来看,小说触及写作本

---

[1] 郭松棻:《草》,《奔跑的母亲》,麦田出版社,2002年版,第147页。

体论的问题，主人公（和作者）在叙述中一同探究"写作是什么""写作的真实在何处""如何才能书写真实"等难题，而小说主人公林之雄所患疾病又表明了他的一生是文学/创作与疾病互喻关系的缩影。

《论写作》分为上、下两部。上篇写的是一位患有肺病的年轻裱画师林之雄，从台北流浪到纽约，由绘画转向写作，反复书写着台北贫民区街头那位"出现在窗口的神秘女人"，但他的写作始终未能臻至其满意的状态，尽全力追寻艺术表达的极致真谛却不可得。下篇描述的是林之雄因为在异国的写作之路屡受挫折，神志恍惚住进精神病院，最终患上不明原因的失语症。更加吊诡的是，他的医生为了治疗病人的精神障碍，投入全部的意志与气力，几乎也走向了极端境地。一生致力于自我表达的阿雄却患上失语症[1]，不仅预示着现实与理想之间的错位，更渗透着一种表意真实性的虚妄。

林之雄将自己的一生归结为三点：一是父亲在"二战"中死于南洋，二是母亲一辈子都是勤勉的洗衣妇，三是自己"为了剔除生命的白脂，寻找着一种文体"[2]。父辈的生命记忆在阿雄的自我书写中占据了重要的位置，隐喻着他所背负的"历史之累"。而从在台北画画时期的"肺病"到纽约写作期间的"失语症"，更加明显地揭示了"艺术之累"始终困扰着主人公的身心[3]。正如小说中所述，艺术家的本色与"职志"应是"甘冒不韪"，为此必须要付出"鬼迷心智，灵魂出窍"的高昂代价。小说中，反复出现的"窗口的女人"意象成为林之雄的心魔：

---

〔1〕失语症（aphasia）是一种与语言功能有关的脑组织病变，伴随着语言习得脑区的损伤，或在短时间内有显著的语言衰退现象。失语症患者对语音、词汇、语法、语言结构的内容意义出现理解和表达障碍，但是智力并不会受到影响。

〔2〕郭松棻：《论写作》，《郭松棻集》，前卫出版社1993年版，第426页。

〔3〕林之雄所患的肺病和精神性失语症都是作者审慎挑选的，他曾说："文学不能不说是酿造精神病患和躁郁症的一大现场。稍早时期，更是肺病的酿造场所。卡夫卡、卡缪都是一生的肺病患者。波特莱尔、尼采也都是精神崩溃而亡。里尔克、韩波也都是一生病魔缠身。"参见舞鹤：《不为何为谁而写——在纽约访谈郭松棻》，载《INK印刻文学生活志》2005年7月，第45页。

那是1961年5月20日的清晨，一个叫林之雄的裱画店画工匆匆离开家，沿着中华路，往北门的方向直奔。事情从此不再一样了。（第404页）

在火车交道口停留的那一刻于他有了永恒的意义："火车的轮声越来越大，平交道前的人和车都静立不动，空气凝止，就在这悬疑的刹那，违章建筑的某家阁楼，有一片窗口会唰地打开，让他及时觑见了那女人"[1]。

他盯住她的脸紧紧不放。这不可理喻的依恋。他自信窥见了她身上的细部和在窗口乍现的全部秘密。（第403页）

林之雄从此放弃绘画，试图用文字的形式将这一幕有如神谕的场景的全部意涵表达出来。为此，他秉持着一种近乎道德崇拜的创作原则去逼近真实——"剔除白腻的脂肪，让文章的筋骨峋立起来"，"一个标点符号放对了位置，就会令人不寒而栗"。他不断削砍着字词句段，"任何事物，应该只有一个名词来称呼，一个动词来叙述"，形容词是多余的，因为它们遮蔽了真相，副词和惊叹号则应该"库封起来"。以上这些苛刻的信念加倍折磨着他，写作进度因此非常缓慢。林之雄最后患上失语症的原因，虽然从病理上难以得到确切答案，但文中已给出线索——"当艺术家想先去占领想象，可是一不小心就会被想象所占领"。他的头脑是被"想象"这一庞然巨物所占据和攫取了，以至于失去了将内心的想象图谱呈示于外在的语言能力。"表达"的极致却意味着"失语"/"表意的不可能"，文学与疾病，至此构成了一组互为隐喻的关键词。

---

[1] 郭松棻：《论写作》，《郭松棻集》，台北：前卫出版社1993年，第404页。小说人物林之雄和作者郭松棻对"写作"的态度让人想起福楼拜在创作时的痛苦。福楼拜一辈子企图抛开主旨，用文笔自己维持自己，形成自己的美丽。他写下若干主旨不同的小说，其实只是应用同一原理，从事一本他要写而写不出（或者写出）的理想的书。参见李健吾：《福楼拜评传》，桂林：广西师范大学出版社，2007年，第290页。

小说主人公的这种"病症"很大程度上投射了作者自身的创作理念。在谈到"写作"这一行为时,郭松棻认为:

> 我认为写作是个只能往"真实"一路逼近的活动(如果有所谓"真实"的话)。能逼近几分,不晓得。《论写作》纠缠的就是这个问题,论这个不可能的事业;你一直想追求,追求一个不可能的东西,所以就只能是近似这样一种可能而已。写作存在着不确定性,是相当危险的一种事业。写作本身总是纠缠着灾难性的本质。[1]

作者在小说开篇引用了尼采《查拉图斯特拉如是说》中的"谁怀有别样的心思,谁就心甘情愿走进疯人院",以及芥川龙之介《西方的人》其中一句"不知是幸还是不幸,却发现圣灵行走在精神病患的脑髓上"。可以看出,对于"疯人院""精神病患"的强调,无疑不反映出写作的"灾难性本质",但是为了能够更加靠近文学的"圣灵"与真实,作家心甘情愿地将自己投注其中。这一点,正是"人优于神之处"——"神只能指使,人则以身介入"[2]。

关于写作的意义,有一种传统观点是将其视为一种救赎,但是,从许多作家特别是现代主义作家的个人经验来看,文学写作与其说是救赎,不如说是牺牲和奉献,是身心的损耗。李渝认为,写作不可能是治疗性的,亦不具备任何"业余、消闲或功能性的倾向",只有身心处于均衡状态时才能"启动这一部精密的仪器",而非是用书写来均衡身心[3]。刘大任也表达过类似观点,即只有把文学看作生命的一部分而非全部时,作家主体才能够不被其吞噬[4]。为写作几度患上胃病、情绪病的郭松棻则提出,"文学

---

[1] 舞鹤:《不为何为谁而写——在纽约访谈郭松棻》,第51页。
[2] 郭松棻:《论写作》,第429页。
[3] 李渝:《乡的方向——李渝和编辑部对谈》,第84页。
[4] 廖玉蕙:《往小里看,往淡里看——小说家刘大任先生访问记》,《联合报·副刊》2002年1月9日。

要求精血的奉献，而又绝不保证其成功，文学是这样的嗜血，一定要求你的献身"[1]。从这点来看，写作似乎成为注定会带来职业伤害的"极限运动"。如作家骆以军所述：

> 因为现代小说是这样一件违反古典"人""自然""时空间感"的事，像在几万英里外的外层空间检修宇宙飞船的线路，或穿着厚重防护衣进入核爆后的非人之境，或深海下的潜水员，或进入地心熔炉内的探勘者……这件活儿高辐射高爆高速高强度，长期在一变态的扯裂解离或"人格分裂的操练"，在心理层面是必然、自找、难逃那你我同业们的职业伤害的，只是那些极限运动员撕裂的是膝盖、脚踝、肘、腕，或肩关节；我们伤的，是渺小个体想吃下这世界的噩梦，那个终被光爆电击过后，焦黑的脑中线路吧？[2]

由此看来，现代主义作为一种以小搏大的精神极限探险，在持续性的"人格分裂的操练"中带给作家主体不间断的职业伤害，这在某种程度上揭示了文学创作的病理学本质。

## 第二节　古典美学的引渡

中国古典美学对作家的影响主要体现为两个方面，一是以绘画为代表的古代视觉艺术，二是古典小说。前者深刻地附着于李渝的美学视界，后者则沉淀于刘大任、郭松棻、李渝三位共同的阅读创作经验之中。

绘画、建筑等实体艺术经常被当作记忆的容器与符号，承载了作者与人物的某种情结，既作为串联起小说情节的线索，又彰显了文本独特的审

---

[1] 舞鹤：《不为何为谁而写——在纽约访谈郭松棻》，第45页。
[2] 骆以军：《肥瘦对写》，桂林：广西师范大学出版社，2018年，第158页。

美趣味。对于研究中国艺术史的李渝来说，绘画、雕塑、建筑是她的学术关注，也是其小说中频繁出现的"题眼"。譬如，《关河萧索》一文的题目取自清末民初画家任伯年的"关河一望萧索"系列画作。《待鹤》中，作者以宋徽宗赵佶的《瑞鹤图》开启全篇叙事，在神话和现实同时出现而无法分辨时，艺术家绘述了"这一绮丽的黄昏，刹那的一个时空"，来自艺术的"不朽的祝福"是作者在孤独世界中的美的邂逅。《江行初雪》描写了叙述者"我"到浔县玄江寺寻找公元6世纪的观世音菩萨塑像，却发现此地不久前发生的一桩骇人听闻的案件。玄江菩萨的神情纯净慈悲，有着"早期南北朝的肃穆"与"盛唐的丰腴"，"庄严里糅合着人情"[1]，寓意着悲悯众生、分担苦难，但现实的暴虐与之形成了强烈反差，艺术与历史之间既是对话又是对照。《无岸之河》《寻找新娘》等篇目中也出现了或真实、或虚构的绘画作品。

师从高居翰在加州伯克利大学学习美术史的李渝[2]，称自己青少年时"本是在西洋绘画中游荡的"，生长在五六十年代的台北，却不知道怎样看中国画，"偶尔翻到一些有关的书籍，不过加深了成见，愈发把它看成是鸦片、麻将、裹小脚、玩戏子等的世界的一部分"[3]。直到有一天，她在台北故宫博物院看到范宽的《溪山行旅》和赵幹的《江行初雪》，这两幅画"像电炬一样照来"，使她成为"回家的浪子"。

这令人想起了李渝喜爱的当代华裔画家赵无极。他在1948年离开祖国赴法留学定居，却因为将油画技法与中国画意境巧妙相融而在现代西方抽象画中开辟出一片新天地，重新在简净的水墨画里寻得心中的原乡，"离开了中国，却获得中国"。在赵无极的代表作《纪念美琴》中，画家

---

[1] 李渝：《江行初雪》，《应答的乡岸》，台北：洪范书店，1999年，第126页。
[2] 李渝的美术研究专著有《任伯年——清末的市民画家》（1978）、《族群意识和卓越风格》（2001）、《行动中的艺术家》（2009），译著有《现代画是什么》（1981）和《中国绘画史》（1984）两部作品，另有大量文艺评论文章散见于《中国时报·人间副刊》《联合报·副刊》《雄狮美术》等。
[3] 李渝：《就画论画——译者序》，【美】高居翰：《图说中国绘画史》，李渝译，北京：生活·读书·新知三联书店，2014年，第13页。

第四章　现代主义与古典中国

使用黑色和橘红色两种对比强烈的色彩，却以皴染和泼墨的笔法将油画绘出了水墨画的效果，油彩像墨彩一般"透明起来"，画面氤氲缥缈如北宋的"米家山水"，情绪却更加浓烈饱满，"就像忧郁在北宋山水里弥漫成辉光"[1]。与其相似，"由西返中"的李渝在80年代后的文学创作中也融合了古典意象和现代技法，形成独特的美学风貌。

对绘画和艺术史的研究使得李渝作品的"空间性"格外突出。根据李渝的看法，绘画活动是寻找、遇见和调度操纵空间的艺术。空间既是画框框住的面积，也是画框框不住的看不见的内在，前者是外部视觉，后者是内在心性。绘画的过程就是与空间周旋、争执、协商的过程，于外在和内在之间建立共存的关系。画家与空间的关系是"存在主义性的"，经营视觉的广度深度，其实是在和生命的虚无搏斗着。这一对空间维度的思考也深刻地贯穿于李渝的文学书写之中。她的小说中最常见的意象就是"河流"，也是其美学体系中的关键象征物。"河流"的特殊之处在于它是同时具有"时间性"和"空间性"的自然景物，不仅占据着实体的空间位置，又以流动不息的河水象征着时间的绵延。通过对"河流"进行或实或虚的描绘，李渝有意识地进行了绘画中的"有岸之河"与小说中的"无岸之河"的相互转化。

以《江行初雪》为例，这篇写于1983年的小说是李渝在接受过美术史训练后的第一篇重要作品，于当年获得了台湾时报文学奖小说首奖。与60年代抒写少女心事的空灵纯澈相比，这篇作品渗透了时间的厚度与历史的分量，同时，也凸现出10余年来的美术史研究对作者的影响[2]。

《江行初雪》的题目来源于南唐画家赵幹《江行初雪图》。赵幹此画使用了"平远"的构局法，即在平旷的陆地或河水上展现无际的视野，在各个空间小单元之间建立起关联。这幅纵25.9厘米，横376.5厘米的绢本

---

[1] 李渝：《时光忧郁——赵无极1960—1970年代作品》，《行动中的艺术家》，台北：艺术家出版社，2009年，第124—140页。
[2] 从1976年至1983年，李渝在《雄狮美术》《艺术家》等期刊上发表了10余篇艺术评论文章，著有《任伯年——清末的市民画家》(1978)，翻译了2部专著，并于1981年获得加州大学伯克利分校东亚系博士学位。

设色长卷，描绘了江南渔民初雪时节捕鱼的景象。在缓静的江水之上，芦苇、树林、舟艇、茅舍、渔人等元素由明净的线条落于画面，覆盖上白粉绘就的雪景，以和谐的比例经营出疏密错落的空间感，又以细腻的笔触呈现出动人的人性关怀，达到了"虽在朝市风埃间，一见便如江上，令人塞裳欲涉而问舟浦淑间也"[1]的境界。

小说《江行初雪》的叙事同样营造出了一种递进有序的空间感和萧瑟孤寂的抒情氛围。叙述者"我"在一个雾气迷蒙的清晨抵达江南浔县郊区的机场，随后，读者跟随"我"的视点来到下榻的立群饭店，一边强调想要去看玄江菩萨的意愿，一边仔细观察着周遭的人与环境。叙述者的观察始终是透过某一种"窗"的介质进行的——机舱的舷窗、旅馆庭园的雕花木窗、汽车的后窗、白色钩花的窗帘、轮船舱内的窗。"窗"构成了画框式的空间结构，提示着主人公身为外来者的观看视角，同时塑造了一种类似于纵深透视法的行文风格，可以与北宋画家郭熙在《林泉高致》中所说的"自山前而窥山后"的深远意境相互对应。小说描写的虚实、结构的疏密、文字句法的层次，都蕴含着古典绘画空间技法的"文字化"倾向。从艺术表达的层面来看，文本与绘画一样，对空间感的经营是一种"视的旅程"和"往里去的航行"[2]，讲求叙事节奏的疏落有致、描写铺陈的形状肌理。除此之外，文本中的结构、颜色、形式不止是写作（或绘画）的要件，更是一种情感的场域和情感的指标。

在《江行初雪》的小说结尾，叙述者"我"乘船离开了"浔县"，回头望去，只见眼前的景象竟与千年前的同名画作有几分神似：

> 马达开动了，船身缓缓掉过头，掠过萧瑟的芦秆，向苍茫的前路开去。我站在船尾，一直等到表姨矮胖的身影隐失在飞雪

---

[1] 此处为北宋《宣和画谱》对赵幹河景的品评，转引自【美】高居翰：《图说中国绘画史》，李渝译，北京：生活·读书·新知三联书店，2014年，第61页。

[2] 李渝：《时光忧郁——赵无极1960—1970年代作品》，《行动中的艺术家》，台北：艺术家出版社，2009年，第132页。

里。船身江中一片肃静，哒哒的机器声单调地击在水面，雪无声无息地下着，我从舷窗回望，却已看不见浔县，只见一片温柔的白雪下，覆盖着三千年的辛苦和孤寂。

此时的叙述者俨然成为《江行初雪》画中之人，飞雪掩映下的江水由空间意象转化为时间意象，引渡出"无声的中国"[1]所承受的"三千年的辛苦和孤寂"。小说中的浔江（应是南京附近的长江支流）与画中的河流遥相呼应，代表着横亘于历史空间中的、剔除了杂质的、永恒的时间——"《江行初雪图》里的，《富春山居图》里的那条河仍旧流着；在世上所有的琐碎，所有的纷扰，所有的成败中，有比它更永恒的么？"[2]

作为"最伟大的渔人画"[3]，赵幹的《江行初雪图》展现出了同情渔人艰辛现实生活的真挚情感——寒冷的冬季，一片萧瑟暗淡的河水上，芦花被风吹得弯折起来，两位渔人蜷缩于高跷支撑着的捕鱼台上，只得一片草席遮挡风雪。远处有一叶扁舟，两名船夫撑着篙载着衣着华美的乘客缓缓驶过。可以说，小说《江行初雪》与其同名画作在内容主旨上颇为相似，都体现出对承受生活艰辛的人民的深切同情、对乡土的关怀和一种历史主义的观照眼光[4]。此外，小说营造出了与画作相仿的疏离孤寂之感，那始终漂浮于文本间的"雾气"与结尾处被白雪覆盖的河流江岸，令人想起韩

---

[1]《江》文的致敬对象是鲁迅，"无非也想放在另一个闰土或长妈妈身上"，说出"无声的中国"。李渝：《〈江行初雪〉附录》，《应答的乡岸》，台北：洪范书店，1999年，第154页。

[2] 李渝：《江河流远》，《族群意识与卓越风格》，台北：雄狮图书股份有限公司，2001年，第157页。原载《雄狮美术》1983年4月第146期。

[3] 高居翰认为这种同情渔人艰辛的情感在明代之后的渔人画中消失了，取而代之的是洋溢着世俗幽默感的渔乐图。【美】高居翰：《图说中国绘画史》，李渝译，三联书店2014年版，第61、140页。

[4] 李渝特别肯定了50年代中国大陆艺术史学者的"历史意识"。60年代在伯克利读书的李渝，对当时"唯画面是问"的形式主义研究路径十分不满，希望能在艺术批评中表现出社会、历史、个人的挣扎。作为"本就向往艺术上的现实精神的人"，在钓运期间她更进一步相信了社会主义现实主义的美学观。虽然这种倾向遭到冲击，但是50年代大陆写实主义的历史意识和人本主义精神已成为她美学思想的底色。参考李渝：《江河流远》，《族群意识与卓越风格》，台北：雄狮图书股份有限公司，2001年，第152页。

拙《山水纯全集》所提到的"景物至绝而微茫飘渺者",显然已具备山水画的意韵精髓。

另一幅对于李渝有着重要意义的绘画作品是宋徽宗赵佶的《瑞鹤图》[1]。在《无岸之河》(1993)和《待鹤》(2010)两篇作品中,此画都作为情节关键线索和象征出现。如论文第三章第六节所述,《瑞鹤图》中的群鹤绕殿之景代表了作者在艰难的境遇中与"下坠""深渊"等意念相抗诘的"上升的意志"以及一种虚实交织、虚实难分的极致艺术之美。"鹤"是李渝最喜爱的动物,也是她自中国古典艺术中提炼出的、最能映照自我的美学精魂。无论是《瑞鹤图》中仿佛追随某种奇妙韵律的鹤群,还是苏轼《后赤壁赋》中的"适有孤鹤,横江东来",抑或是黛玉月下联句时湖面飞起的鹤、宝玉怡红院前庭养着的鹤[2],这种在帛画、砖画和诗词歌赋中常常出现的"神秘之鸟"以其华美的姿态、高洁的意志铭刻了李渝的内心诉求。

《待鹤》是一个介于虚实之间的文本,虚构与现实、梦境与生活一同进入了叙事的旋涡。李渝谈到自己写作时受到苏轼《破琴诗(并引)》的影响,不是制造"奇梦",而是将梦与现实如房间拼接一样自然地连续为一体,在叙述过程中不安排衔接的语句来为读者铺垫心理过渡,也没有刻意搬弄技巧,使回忆纪实与传奇想象构成了一种平行互动的关系。这种"梦的平庸化"[3]或"梦的日常性"是李渝受到苏轼启发之后在《待鹤》中试图表达的。

---

[1]《瑞鹤图》作于北宋政和二年(1112)上元节次夕,记录了宋徽宗所目睹的群鹤绕殿祥瑞之景。《瑞鹤图》为绢本设色画,纵51厘米,横138.2厘米,有徽宗自题瘦金体。画面以淡石青色渲染天空,18只鹤翱翔于天空,另有两只立于殿脊的螭吻之上,群鹤翻飞,姿态百变,无有同者,祥云布满天际,瑞鹤与祥云萦绕飞舞,显出构图与技法之精妙。

[2] 参见李渝:《无岸之河》,《应答的乡岸》,台北:洪范书店,1999年,第46—48页。在《无岸之河》最后一节中,李渝以"鹤的意志"为题,由《瑞鹤图》引出了一位小女孩与鹤结缘的故事。

[3] 李渝使用了"banality of dream"(借用汉娜·阿伦特"恶的平庸性"的概念)来形容苏东坡处理梦境与现实的方式,这种描述使得现实与梦境沟通自如,如同吃饭喝水一样平常,对于已经熟悉了"奇梦"书写路径的读者来说无疑是另一种新奇。参见李渝:《乡的方向——李渝和编辑部对谈》,载《INK印刻文学生活志》2010年7月,第85页。

关于古典小说，李渝、郭松棻、刘大任都不止一次地提及过，他们对中国古典文学的认识是"很后知后觉的"。如前文所述，台湾旅美保钓左翼作家的阅读与创作经历了自中向西、由西返中的过程。"返中"的经验里不仅包括五四以来的现代中国文学，还涵盖了"古典的启蒙"。具体而言，三位作家的各自经验也有差异化的一面。郭松棻曾谈到，自己是要等到出国读书后才接受中国古典文学的启蒙。大学时他在外文系接触西方诗歌小说较多，又因为当时"一直很虚无"，比较可以与西方作品中的虚无主义、存在主义相应合，对中国文学还不甚了解，直到去美国后跟随陈世骧老师念比较文学，才开始系统地读唐诗、唐传奇、四大名著等等[1]。于刘大任而言，其21世纪以来的创作风格倾向于苍茫、沉郁、峻拔，作品多集中于园林书写、散文和"极短篇"小说（大陆也称"小小说"），这两种题材（或体裁）明显受到传统文人抒情小品散文、古典小说的影响[2]，融汇了绘画与书法艺术中的笔触、线条、留白、韵律等美学特点[3]，在有限的篇幅中道出言有尽而意无尽的韵味。

李渝的文体更是呈现出鲜明雅致的古典性与现代性的奇妙接合。她曾说：

> 现代主义是我成长时所遇到的主要风格，自然深受它影响，至于是不是"现代主义小说家"，是另一回事。如果从文体来说，

---

[1] 舞鹤：《不为何为谁而写——在纽约访谈郭松棻》，载《INK印刻文学生活志》2005年7月，第39—54页。

[2] 刘大任认为自己的极短篇小说旨在"抓住生命流程中稀有可贵的'顿悟片刻'"，不仅借鉴了中国传统小说草蛇灰线、伏脉千里的技巧，而且是以小说形式表达类似于唐诗宋词高度的"灵魂震荡"。参见刘大任：《羊齿·自序》，深圳报业集团出版社2017年版，第5页；廖玉蕙：《往小里看，往淡里看——小说家刘大任先生访问记》，《联合报·副刊》2002年1月9日—11日。

[3] 刘大任曾经谈到王羲之书法的三点特质：一是变化统一，笔致与结构不仅有着灵活跌宕的变化，而且有着凝聚饱和的统一；二是"留白"空间的创造，即指在黑墨制造的"实"与墨染不及的"虚"之间，创造出第二度甚至第三度的深远空间；三是理性与感性的配合，"势如斜而反正"，看似随意感性，但是这些"出轨"却又为作者所控制，呼应避就，自然浑成。参见刘大任：《冬之物语·自序》，INK印刻出版有限公司2004年版，第10—11页。

有意不同于传统常识性的叙述法,追求异样述写,也许可算是现代主义吧,可是,文学史上,哪一个时代的作者又不是在做这样的事呢?你方才说,很难想象一个现代主义作家竟能对古典中国这么感兴趣,其实就已经帮我回答问题了。[1]

古典小说里的中文的准确性和速度是非常惊人的。例如《左传》和唐传奇小说,就其文字的叙述力度和速度来说,可以在很短的句子中凝聚时间和空间,"在有限中载负无限"[2]。中文的字声字形也是一大特点,有四声,有头韵尾韵,"要铿锵要柔软绵延都可以",音韵节奏感强,而且字形也可以构成视觉的绵密。

李渝在《和平时光》《贤明时代》等篇中采取了类似的向古典小说致敬的描写手法。例如,《和平时光》一篇描写聂政刺韩王的场景,有时显出类似于《史记·刺客列传》笔法的简洁凝练与唐传奇的明快绮丽[3]:

> 女子前进,提手,伸向的却是盘底某位置,韩王骤然惊觉,立刻转向榻边,索剑;霎时匕刃从盘底抽现,横来眼前,王才看出,女子发色跟那日刺者是一样的丰黑!(《贤明时代》,第140页)
>
> 韩王起身——一道强光扫进……再接一记雷霆,简直就像扔打在窗口,窗扉碰碰撞击,强风夹急雨拉扯锁扣,哗然冲刮进来。乘这风驰电掣之中,蒙面女子从地上站起,用出弓之箭的速度奔向窗口,一个飞身跃出开窗,雷光乍闪,打亮一头黑发,不

---

[1] 李渝:《乡的方向——李渝和编辑部对谈》,第79页。
[2] 同上。
[3] 李渝以唐传奇小说《红线》为例,论证中文的准确性和速度,红线深夜从婢女换装为侠客,夜潜田承嗣寝帐,偷盗枕下金盒,短短百余字的描写明确、快捷、绮丽,一种推进速度把时间和空间压缩到了极限,充满了叙述的劲力,仿佛"再进一步每行句子就要像钢丝一样啪的一声断了",这样的写法"充分开发了中文的能量"。李渝:《乡的方向——李渝和编辑部对谈》,第79页。

见了。(《贤明时代》，第138页）

在古典小说中，李渝认为《红楼梦》是特殊的一部。特殊之处首先在于其运用、拿捏文字的方法：

> 中国古典小说叙述风格以白描为主流，注意情景、行动的再现，例如《三国演义》《水浒传》、唐传奇小说等，追求行文的简洁利落明确。《红楼》走向繁复缜密，同时运作声与色的多媒体，常常搓揉踌躇在一个点或面上，着意铺陈绵延扩充不已，仔细挑引感官和感觉，进入暧昧的情绪和幽微的心理，进入了现代小说的领域。[1]

《红楼梦》另一个不同于一般古典小说之处在于它呈现的不是"剪纸、传奇式人物"，而是贴近日常生活的写实人物。作者不在意道德成见，不轻易施加道德评判，从而走入非黑非白的灰色暧昧地带，关注人性隐晦面和生命的荒诞虚无。从这层意义上讲，"十八世纪曹雪芹已经把中文小说领入了现代的场域"[2]。可以说，李渝的《贤明时代》《和平时光》、郭松棻的《落九花》承袭的正是曹雪芹的"古典与现代交融"的道路——"揉捏词汇，翻转句子，使书面文字发出色彩和声音，现出纹路和质地，把读者带到感官和思维迴鸣，现实和非现实更迭交融的地步，拓宽了中文小说的道路"[3]。

《贤明时代》《和平时光》《落九花》等篇均是重写、挪用了原有的历史素材，将现代主体自我投注于另一个时间维度的他者身上，并且融入

---

[1] 李渝：《拾花入梦记：李渝读红楼梦》，台北：INK印刻文学生活杂志出版有限公司，2011年，第28页。
[2] 同上，第42页。
[3] 同上，第8页。

现代主义隐喻象征技巧和诗化的语言风格，使其焕发出新的文学价值。与鲁迅《故事新编》语式杂糅、戏谑讽刺的笔法不同，他们笔下的人物大都怀揣着庄重严肃的情感和不可告人的秘密抱负，时常处于自我与他者相互角力的矛盾关系当中。小说采取的叙事语言婉转多变、意蕴丰富，在字与字、词与词、句与句的张力之中烘托出文本的紧张氛围。

譬如，小说《落九花》的开篇，郭松棻描写了少女施剑翘到德国牙医家中拔智齿之后的思绪：

奇怪，血遍布身体各个角落，却从来闻不到血的味道。当血从它经常走过的道路窜出来时，是温热的，但味道却是腥冷的。她走出德国租界时，已经忘了自己，而想着历代那些让血真的从自己的躯体倾泻出来的烈士们，例如秋瑾。

她感到一阵冷冽的兴奋，隐隐地烘烤着身体。

一个秀丽温慧的少女走过济南路，没有人想到她口里含着自己的一口血，而正游神在历史的刑场上。[1]

在爱尔兰修女老师看来，以施剑翘为代表的"中国少女"似乎并不惧怕勾人魂魄的恐怖和血腥所引发的感受，毕竟，"听说中国的少女们深夜都会偷看《聊斋》的"，而这正表明了她们的聪明才智"有足以与大男人们分庭抗礼的地方"，于是老师"以一条鱼终究从浅滩返回大海的愿景，送走了她心爱的学生"。

几个自然段描写下来，施剑翘的个性才情、胸襟胆识已经透过她的内心独白和修女老师的他者视角全方位地展现出来。作者通过隐喻的笔法营造出了一个历史传奇故事的现代主义式开篇，几乎是在原有历史素材的基础上完全重新构筑了一个文学世界，其中的历史人物鲜明地融入了作者自

---

[1] 郭松棻：《落九花》，载《INK 印刻文学生活志》2005 年 7 月，第 68 页。

己的意志与情感，人物与作者的声音一同洄游于文本内部，构成了一组"互看"的寓言式关系。

除了叙述语言、文本素材之外，古典小说对作家的创作理念也有着重要的启发。通过《红楼梦》第三十六回"放雀"这一情节，李渝引出了自己的一个重要创作理念——多重渡引观点。所谓"多重渡引"，指的是：

> 小说家布置多重机关，设下几道渡口，拉长视的距离，读者的我们要由他带领进入人物，再由人物经过构图框格般的门或窗，看进如同进行在镜头内或舞台上的活动，这么长距离的，有意地"观看"过去，普通的变得不普通，写实的变得不写实，遥远又奇异的气氛出现了……[1]

由此展开的叙事方式为小说"拉长视的距离"，给情节、修辞、情感的辗转腾挪留出了足够的叙述空间，同时在引领读者"观看"的氛围中让作者（或隐含作者）的声音一直浮动于文本之中，与小说中的叙述者声音一起构成众声喧哗的艺术效果。《江行初雪》是如此，《无岸之河》《关河萧索》以及"温州街的故事"系列也是如此。

值得一提的是，郭松棻、刘大任、李渝都是陈世骧门下的学生，但受到"抒情传统"影响最深的当属研读艺术史的李渝。李渝承续了抒情美学的传统[2]，注重"意象"的经营，在写作中常常是以"美"作为方法，从而与现代主义文学中常见的对丑恶、病态、崎岖之事物的聚焦拉开了距离。她的小说中有大量对服饰、美食、植物的详尽描摹，例如《贤明时代》中永泰公主的衣裙、绮丽斗艳的花朵、《金丝猿的故事》中将军府内的水晶玫瑰加沙酥饼、《温州街的故事》中台北街道郁郁葱葱、四季繁盛

---

[1] 李渝：《无岸之河》，《应答的乡岸》，台北：洪范书店，1999年，第8页。
[2] 陈世骧在《中国的抒情传统》（1971）一文中提出，西方文学的特色是史诗和希腊悲剧，而中国文学的特色在由《楚辞》和《诗经》构成的抒情传统里。参考陈世骧：《中国的抒情传统》，《陈世骧文存》，台北：志文出版社，1972年版，第32页。

的亚热带植物等等，几乎制造出一种比《红楼梦》更为繁复盛大的"物的美学"。《和平时光》中写韩王与聂政的琴音之美，则是借助了通感的手法，将听觉的美感转换为视觉的意象，在对"美"的描摹中，作家贯注于对颜色、声音的刻画，显然是借鉴了绘画技法来调动视觉、听觉元素，在感官的互动生发之中将小说呈现为一种有如画作的视觉艺术。

## 第三节 古典与现代之间

### 一、两种自然观的困局

现代与古典两种因素的交织，不仅能够迸发出火花，还会造就某些观念的困局。在刘大任的园林书写中，便体现出两种自然观彼此冲突的矛盾。

需要指出的是，刘大任的园林书写与台湾当代的"自然书写"[1]既有相通之处，也有一些差异。二者的相似点在于对自然客观景物的观察、分析、探究以及一种文学性与科学性共存的叙述方式，区别则在于前者所写的是"园林中的自然"，突出强调的是"园林"这一自己创造的景观，人与自然的互动关系中，人的主体能动性明显高于一般意义上的自然写作。如刘大任所述：

> 脑有多少层次，园便能容纳多少层次；心怀多少想象，园也能体现多少想象。园林的创造、开拓和经营，因此是个无边无岸

---

[1] 自然书写是台湾当代散文中的一个重要类型。自然书写（nature writing）的基本特征包括：(1) 以自然与人的互动为描写的主轴；(2) 注视、观察、记录、探究与发现等"非虚构"的经验；(3) 自然知识符码的运用，客观的知性理解成为行文的肌理；(4) 以个人叙述为主，逐渐发展为糅合历史学、生物学、生态学、民族学等跨学科的独特文类。参考吴明益：《确定论述的边界：何谓台湾现代自然书写》，《台湾现代自然书写的探索》，台北：大安出版社，2004年，第19—26页。

无涯无际的发明空间。这一点不难明白，因为园林就是人间的天堂，天堂理应无边无岸也无涯无际。[1]

刘大任反对传统中国士大夫文人"从不动手，只知多愁善感"的"旁观者"的园林艺术观，认为这是"一种美学上的懒散文化"[2]。在人与植物／自然的关系方面，他提倡的结合科学认知的园艺活动，了解、尊重植物的需要，通过对土壤、光照、水分等因素的调节把握，使其拥有最适宜的生存环境。他将自己的园林治理方略总结为"书生问政"与"土法炼钢"，将书中提供的材料与实地考察的体会结合起来。从某种意义上来看，刘大任是将年轻时"改造世界"的理想，付诸一方花草世界。

因为不满足于将园林书写视为"文人骚客赏花玩石的酬兴之作"[3]，刘大任试图从"科学的"、无象征之义的角度来观察植物。譬如，他对荷花、梅花的阐释，解构了它们在中国文学传统中的"修辞意义"或"隐喻意义"：荷花看起来是"出淤泥而不染"，但实际上荷花生长季节短而花形巨大，若无淤泥作为生长能量来源，则根本无法开花；梅花在樱桃科中最早开花，其实是生存策略的选择；牡丹原生于多沙质土壤，花朵大而鲜艳香浓是为了在较短的花期内极力争取传粉的昆虫，是一种极度紧张的生存斗争手段，原本与"荣华富贵、国色天香"的象征并无联系[4]。

虽然刘大任力图清理、祛魅种种附加于花草的价值观念，从植物分类学和自然史的角度进入叙述，但是落实于自己的笔端，仍旧避免不了"托物言志""寄情于物"的传统诗学手法。例如，在刘大任以园林为主题的散文写作中，有些是直接以植物名称为题，如"紫藤""鸢尾""莴

---

[1] 刘大任：《园梦》，《冬之物语》，INK印刻出版有限公司2004年版，第67页。
[2] 刘大任：《后记·两种文化观》，《园林内外》，深圳：深圳报业集团出版社，2018年，第322—323页。
[3] 刘大任：《园林内外·序》，第8页。
[4] 刘大任：《花非花》，《园林内外》，深圳：深圳报业集团出版社，2018年，第314—315页。

萝""杜鹃",另一些则使用了意象化的题目,如"山山蝴蝶飞""虽无一庭香雪""残雪烧红半个天""百日菊织锦""花事无须了""秋红故人来"等[1]。从上述文章题目中可以看出鲜明的"比""兴"手法,显然是有悖于单纯的客观认识论的。在《茑萝》一文中,"我"以《诗经》中"茑与女萝,施于松柏"之句引出植物与文学的联系,在来美游学的小侄女心中埋下了文学的种子,造就"无心插柳柳成荫"的惊喜;《虽无一庭香雪》一篇引用张玉田咏梅词《疏影》中的"似碎阴满地,还更清绝……酒醒天寒,空对一庭香雪",赞其境界不下于"暗香浮动月黄昏";《花事无须了》中提到苏东坡《酴醾花菩萨泉诗》有"酴醾不争春,寂寞开最晚"之句,除了人格自许,还透露出中国人早在宋代便已在园林哲学中发展出一种按照时序创造花事盛景不断的观念。以上片断,显然流露出科学认知之外的审美韵味。

在园林散文之外,刘大任的短篇小说也常以植物花草名称为题眼。譬如,小说《珊瑚刺桐》的主人公经历了 2008 年金融海啸而破产,陷入精神的颓败困顿以至于无法料理自己的日常生活,从纽约回到了台北后,他偶然间在公园看到一株珊瑚刺桐,想起小时候家里后院的满树红花,那是高祖从泉州老家带过来的上百年的老树,于是"他的眼光如今胶着在一串串辣椒形状的猩红总状花序上面,突然找到了焦点"[2];《喜林芋》一篇,写一位从大陆到台湾又到美国的中年人,在中国书画展览中看到一幅水墨《古藤》,"整体从左到右,虬结盘缠,暗暗涌现一股又紧张又从容的力量,像一条见首不见尾的巨龙",便想方设法地将一株藤蔓植物喜林芋培育成画中古藤的模样,却屡告失败;《贴梗海棠》一文,主人公是一位事业、家庭均失意的旅美画家,当他陷落于灵感枯竭、无法创作的颓唐境遇中,一株"含苞待放的贴梗海棠"给了他"破茧而出"的信念,使

---

[1] 值得注意的是,在这数十篇创作时间跨度很大的作品中,写作时间越是靠后,文章题目中的意象化、隐喻化色彩越明显,体现出作者在后期创作中受到中国古典文化影响越来越深。
[2] 刘大任:《珊瑚刺桐》,《枯山水》,深圳:深圳报业集团出版社,2017 年,第 96 页。

其相信只需要找到心中的"梗"，便能守得云开见月明。以上几篇，刺桐、藤蔓、海棠既是实写，也是虚指，都添附了人物的情绪心志和作者的情怀寄托，与孔颖达《毛诗正义》中所说的"取譬引类，起发己心"是颇为符合的。

刘大任的园林书写一半是"传统文人的品位与情趣"，另一半是基于"自然论的哲学观点"，"这个奇怪的半半结合，造成了困局；既不能在纯粹的品位情趣中安身立命，又无法全心全意做个自然学者"[1]。这种分裂实际上体现出中西方自然认识论根基的不同：西方现代认识论是将主客体分离，将自然作为客观之物观察、剖解、分析、总结，由此出发的自然书写是基于"摹仿"与"再现"理论的；中国的自然观则是"道法自然""天人合一"，与之相应的自然书写是"意图唤起一个早已存在于诗人、自然世界与种种意象之间的呼应系统"[2]。

"困局"的本质在于西方二元论哲学观与中国一元论宇宙观的冲突，体现到文学创作上，则是西方诗学论述中的摹仿与形而上的二元论与中国古典"天人合一"的感召体现论之间差异。美国汉学家余宝琳在《阅读中国诗歌传统中的意象》一书中曾富于启发性地指出：

> 固有的中国本土哲学传统赞同一种基本上是一元论的宇宙观；宇宙之原理或"道"也许能超越任何个体现象，但是道完全存在于这一世界万物之中，并没有超感觉的世界存在，在自然存在这一层面上，也不存在高于或与其不同的超感觉世界。真正的现实不是超凡的，而是此时此地，这就是世界，而且，在这一世界

---

[1] 刘大任：《无果之园》，《晚晴》，台北：INK 印刻出版，2007 年，第 127 页。
[2] 余宝琳在研究中国诗学认识论的根源时，注意到西方诗学有着形而上与摹仿的对立，意象（或隐喻）是一种虚构性的存在，由诗人这一"创造者"将其制造出来；中国诗学则接受主体与客体之间的联结，诗歌创作是"意图唤起一个早已存在的呼应系统，此呼应系统存在于诗人、世界与种种意象之间——笔者译"。Pauline Yu: *The Reading of Imagery in the Chinese Poetic Tradition*. Princeton University Press, 1987. p37.

中，宇宙模式（文）与运作以及人类文化之间，存在着根本的一致性。[1]

"天人合一"的哲学思想奠定了人与自然之间息息相通的关系，并引申出中国古典美学"异类相通"[2]的原则与"引譬连类"[3]的文学修辞手法。更进一步地说，引譬连类不仅适用于文学创作，"关联式的思考"制造出了一整套生活知识或是思想框架。通过这个逐渐娴熟的思维架构："我们累积知识，同时也累积身体实践的体验，进而开发洞见；我们越来越纯熟地进行'想成''视如'的概念理解活动，通过会聚与亲附，我们跨越表象差异所形成的类别界限，在不断越界中去钻探共存共感的底层。"[4]在这种越界和跨类的文学实践之中，诸如物与我、身与心、言与意、文与情等都可以成为感应相知的共识体系。因此，当刘大任在园林写作中试图剥离物我、言意的共感关系，将其纳入物质与精神、"科学"与"象征"界限明确的二元论维度之中，则必然会面临着主体意图与内在思维结构之间的激烈冲突。

两种不同的自然观导致了作家的困局——当作者倒向客观自然写作的脉络，文本便因科普化的倾向而折损了思辨力度，而当作者不自觉地呼应心中的主观感知时，对客观认知的诉求又使他裹足不前。在一种类似于博物学研究的园林书写中，"诗/文"与"物"难以达到真正自然的交融，总

---

[1] Pauline Yu: *The Reading of Imagery in the Chinese Poetic Tradition*. Princeton University Press, 1987. p32. 转引自王晓路：《中西诗学对话——英语世界的中国古代文论研究》，巴蜀书社2000年版，第82页。

[2] "异类相通"也可称之为"主客体的统一"，并引申出文学创作之中的"道德合一""情感合一"与"本体合一"。道德合一指的是"托物言志"和"比兴寄托"，情感合一是"情景交融"，本体合一则是"象外见意"。参考田兆元：《论古代"天人合一"美学的三大特征》，载《古代文学理论研究》1997年7月第18辑。

[3] "引譬连类"之"类"意味着一种类的互动相通性（categorical correspondences），是中国诗学意象系统的存在基石。因此中国诗人无须为物象去确认意义，因为意义已经天然地存在于某处，只待感受力强的心灵为其感召并将其体现出来。参考 Pauline Yu: *The Reading of Imagery in the Chinese Poetic Tradition*. Princeton University Press, 1987.p33,42.

[4] 郑毓瑜：《引譬连类：文学研究关键词》，上海：三联书店，2017年，第8页。

是存在一种隐隐的角力或拉扯。

## 二、两类怀旧：过去与未来

在李渝的文字中，我们能够发现两类"怀旧"情绪：一是将时间空间化的、"指向过去"的怀旧；二是神话寓言式的、"指向未来幻想家园"的怀旧。前者表现为"温州街的故事"系列中以空间地理坐标铭刻时间的书写方式：

> 在温州街我度过了中学和大学这一段生活中最敏感的时光。温州街赋予我的意义，所挑引起的情思、祈望或幻想，应在下边诸篇文字间透露，不在这儿重述。于我，温州街的故事说不完；若有其他不标明"温州街的故事"的故事，也都是温州街故事的延续。[1]

如作者所述，这种以地点标识的怀旧情绪由80年代一直绵延至新世纪。在2013年出版的《九重葛与美少年》中，仍然有若干篇小说是以"温州街的故事"为副标题，而那些未标明"温州街的故事"的故事，也是在记忆的疆域中游荡徘徊，"一切变动之下隐藏着原乡的符码和暗标，两相不曾忘怀地保持了神秘的默契"[2]。温州街在李渝的叙述中成为一个"时间空间化"的符码系统，每一个街景、每一个转角、每一栋房屋都是用时间的材料编码而成的"坐标点位"，城市空间如同记忆的丛林，当我们铺开地图，每个坐标都隐喻着回忆的片断——时间被地点化了，从虚空的能指落实到物的形态。各个人物化身为时间迷宫里的漫游者，在意识流叙述语言所铸建的回忆空间中寻觅着时间的碎片。而作者自己正是通过触摸温州街街道的各个坐标，梳理了个体生命时间与集体历史

---

[1] 李渝：《温州街的故事·集前》，台北：洪范书店，1991年，第2页。
[2] 李渝：《丛林》，《九重葛与美少年》，台北：INK印刻文学出版公司，2013年，第179页。

时间。

根据普遍的观点，"时间的空间化"是基于资本主义现代性与现代时间概念而产生的，这种共时性特质反映在文学创作中，构成了"在一个不稳定的、迅速扩张的空间范围的世界里对于空间和场所、现在、过去和未来之意义的深刻追问"[1]。但是，从李渝小说文本的具体内容来看，我们所讨论的叙事学意义上的"时间空间化"更多的是与中国古代的时空观有着某种内在的联系[2]。她曾经发出疑问："在人的所有的感觉中，是否对时间与空间的惶惧才是最可怕的呢？"[3]为了抵抗这种对现代性的疑虑和恐惧，李渝以环形的"重复史观"为策略，打破现代线性时间的链条。时间在空间方位上铺展开来，成为意象化的、可逆的、趋于凝缩的封闭圆环。

更进一步地说，李渝小说中所彰显的"怀旧"意识是对于现代的时间概念、历史和进步的时间概念的"叛逆"——它意欲抹掉历史，把历史变成私人的或集体的神话，像访问空间那样访问时间，拒绝屈服于折磨着人类境遇的时间之不可逆转性[4]，极力证明"历史只有在不经意时的向后一瞥才会产生进步的意义"[5]。

另一种怀旧是指向幻想家园的、对于未来的"怀旧"。在历史小说《和平时光》《贤明时代》《提梦》，以及半虚构小说《待鹤》《夜渡》的结尾，都出现了一个边远之地的童话王国，这个"神话国度"是一个可以回归的心灵圣地、一个完满自足的乌托邦。

---

[1]【美】戴维·哈维：《后现代的状况》，阎嘉译，商务印书馆2013年版，第328页。哈维用"时空压缩"概念说明资本主义现代性和后现代性使得我们花费在跨越空间上的时间急剧缩短，以至于我们感到现存的世界就是全部的存在，这种压缩可以称为"时间的空间化"。

[2]有学者提出，中国古代的时空观念里蕴含着"时间空间化"的原型，因为追求天人合一的内在境界，在形式结构上呈现为"同时性"整体，形成了与西方线性时间观不同的文学传统，因此，时间在空间方位上铺展开来，成为意象化的、可逆的、趋于凝缩的封闭圆环。参考赵奎英：《中国古代时间意识的空间化及其对艺术的影响》，载《文史哲》2000年第4期，第42页。

[3]李渝：《待鹤》，《九重葛与美少年》，台北：INK印刻文学出版公司，2013年，第38页。

[4]【美】斯维特兰娜·博伊姆：《怀旧的未来》，杨德友译，南京：译林出版社，2010年。

[5]杨小滨：《本雅明——废墟、革命与乌托邦》，载《文景》2012年2月。

例如,《贤明时代》写的是武则天晚年时宫廷的权谋危机,在二张的挑拨之下,武、李二姓血亲相残。小说全文笔墨浓重,一边着重刻画宫廷贵族衣食住行之奢靡华丽,一边渲染危机四伏、尔虞我诈的诡谲之气。故事中唯一单纯无辜、不谙世事的永泰公主李仙蕙却因武家牵连,被祖母武则天下令杖杀。结尾处,公主驸马武延基在法师协助下,在西疆以外,大雪山北边,起源所有亚洲河流的地方,创立了"神国":

国王以仁厚贤明称世,国内体制合理,经济昌荣,文化和谐,人都能发挥自己的擅长,物都能获得合适的用途,妇女都有安置,老弱都有照顾,子民们都过着幸福又快乐的日子。每在历史上读到这奇异的国家,我们总是充满了尊敬,不能止住向往的心情,宁愿自己也能活在那样的国度里。(《贤明时代》,第106页)

《和平时光》的结尾,聂政与韩王在琴声中互认为知音,放弃了复仇,最终:

王又以贤仁著称,能识才用能,宽和行政,废除奴隶制度,实行均业利民的经济政策,在华夏即将陷入暴乱的时期,缔造了一段难得的和平时光。(《贤明时代》,第166页)

《夜渡》一文,以云南玉龙雪山为背景,塑造了神话中的"玉龙第三国",那里气候绝佳,植被茂盛,奇珍鸟兽自由行走的国度,有着吃不完的鲜果珍肴,喝不完的甜奶美酒,没有战争灾害疾病,没有贫富不均,没有悲伤忧愁,人人和善亲爱,是"美丽绝伦,物我两欢,自由平等博爱的原乡",在那里可以获得人间没有的不老的青春和不谢的爱情[1]。

---

[1] 李渝:《夜渡》,《九重葛与美少年》,台北:INK印刻文学出版公司,2013年,第86—87页。

《待鹤》一篇同样是以遥远之地的神话国度作为收束：

> 明天，太阳会再升起，山岭又像节日一样一座一座地亮了，天地一片清朗，辽阔的天空将响起一连串的鸣声如同远战归乡的号角，传说中的鹤群必将飞越千古的时空，盎然光临辉煌的殿宇，绕金顶三匝，再一次完成现实与神话的完美结合。山谷下的人民将举行盛大的庆典，冬麦将撒下种子，民主的一票投下让第一个共和国建立。你抬头仰望，就像在每一个不同的历史时空等待着的人们，也会发出欢欣的叹息。（《九重葛与美少年》，第51—52页）

通过上述片段，李渝为我们展示了何谓"对未来的怀旧"，虽然是指涉某种未来或想象中存在的事物，叙述语气却是历史性的、起源式的，营造出一种奇异的神话故事氛围。正如博伊姆在《怀旧的未来》中所指出的，怀旧不一定是关于过去的，它可能是回顾性的，也可能是前瞻性的，现代的需要决定了对于过往世代的奇思幻想，因此怀旧本身具有"某种乌托邦的维度"[1]。这些"神话王国"被作者安置于遥远的时间（历史）与空间（异邦）之中，是在他者的时空里寄寓了自我的理想。

在小说的世界中，作者形塑出心里那个物质丰足、环境宜人、人民安乐、制度清明的"民族的桃源乌托邦"。现实意识形态曾经许诺但无法提供的那个乌托邦、那个"应许之地"在小说文本中得到了想象性的解决。但是，即使是在想象中，我们也会发现，"桃源叙事"只能被处理为一种泛化的繁荣和平之景，缺乏真实的细节厚度和具有信服力的逻辑，因而无法在彼此脱节的喻符与喻指之间建构想象的合法性，只能作为一种"虚幻的能指"存在于小说的幻想家园。这一参差错位揭示了文本中隐含的"政

---

[1]【美】斯维特兰娜·博伊姆：《怀旧的未来》，杨德友译，南京：译林出版社2010年，第2页。

治无意识"——对于始终坚持追求一种终极价值意义的主体来说,最大的痛苦在于他们既无法拥有行动的建构,也无法彻底隐遁于存在的虚无。正因如此,小说作为一种虚构,才会"具有特别的吸引力",因为它能来去在现实和幻想、写实和非写实之间,"用后者来弥补、救援前者,呈现人间困境,为弱者说话,提拔沉沦"[1]。

### 三、现代主义与古典中国:抵抗"现代性隐忧"的两条道路

查尔斯·泰勒在《世俗时代》中详细分析了现代性是如何导致个体产生意义的匮乏感的。现代性的来临使得古典时代的"可渗透自我"(porous self)逐渐转变为"缓冲自我"(buffered self),转变过程中发生了"意义的匮乏"[2],现代性的三类隐忧——意义的脆弱感、庄严感消退、日常生活的虚无性——也随之浮出历史地表。泰勒进一步提出,应对现代性隐忧有两条道路,一是走出内在性,重新回到超越性,二是在内在性之中发掘新的价值,找到更高维度的存在意义。从郭松棻、刘大任、李渝的经历来看,当左翼的实践行动告一段落之后,作家面临着意义匮乏感与现代性隐忧的困扰,因而重新转向文学书写,试图寻回生命主体存在的价值感。可以说,在他们所汲取的美学资源中,"古典中国"对应的是第一条"走出内在性,回到超越性"的道路,通过物我感应的一元论宇宙观、因果相应的循环时间观和天人合一的自然观为现代个人找到了心灵与世界的"可渗透边界",发掘了重新回到超越性的可能;"现代主义"则对应了第二条道路,在不断的针对内在自我的拷问中发掘个体生命存在的意义,以抵抗价值解体、日常虚无的威胁。

---

[1] 李渝:《失去的庭园》,《九重葛与美少年》,台北:INK 印刻文学出版公司,2013 年,第 258 页。

[2] 根据泰勒的观点,当蒙昧时代结束,现代性到来之后,缓冲主体关闭了内部和外部之间的可渗透边界,人类凭借理性战胜了蒙昧状态,但也被闭锁于无懈可击的牢笼之中。缓冲自我将理性之外的超越维度悬置起来,使得人在世俗性之外缺少了把握自我的整体性意义框架,于是内在性日益占据了主导地位。参见 Charles Taylor: *A Secular Age*. Bonston: The Belknap Press of Harvard University Press, 2007, P311—313。

现代主义文学之所以为"现代",出自对时间断裂的危机感,对道统、意义、主体存亡续绝的焦虑心情。作家经过语言的实验、文字风格的重新排列,与现实写实主义形成了很大的区别。从现代主义小说的奠基者福楼拜那里,我们可以发现何谓现代主义气质——它有着充分的文体自觉性,叙述从实体转向抽象化,对语言的质地有着精确的要求,并且包裹着现代人最深刻的焦虑内核。现代派作家追求兰波诗歌中所讲的"文字炼金术"和福楼拜式的支撑文本的"文笔的内在力量"[1],通过一种纳博科夫所言的"展开式的手法"[2],逐一展现叙述者眼中或心中连续的视觉印象,以表达某种情感的积聚,一词一句地将小说连缀成一种情感的、思绪的而非纯粹事件性的连续体。

郭松棻在给友人的信中曾谈到的,现代主义、表现主义、感觉派都是他文学上的"ABC":"我更认为文学本身有更积极的目的:表现自己(自己=文学)而且有时还隐隐感到文字的自主性,因此我偏袒于小说向诗接近的创作路线。"[3]李渝认为现代主义是一种"练剑的基本功"[4],经过其锻造后再入文学之场才是比较有备而来。可以说,现代主义作为一种对表现形式有着较高要求的再现世界的方式,为他们的创作奠定了基础风格,在随后的数十年中,无论是左翼的立场、写实主义的影响,还是古典中国美学与文学的浸染,都在作家的主体意识中与最初的现代主义熔铸于一体,呈现出独特的风格。

现代主义的美学原则可以归结为两点:一、高度知性化地追求文学形式(表层结构)与现代认知精神(深层结构)之间精致的对应和结合;二、服膺"唯有透过最深彻的个人体验,和最忠实的微观式细节描写,才

---

[1] 转引自【美】弗雷德里克·詹姆逊:《论现代主义文学》,苏仲乐、陈广兴、王逢振译,北京:中国人民大学出版社,2018年,第15页。
[2] 纳博科夫在讨论福楼拜的《包法利夫人》时,提出了"展开式的手法"。参见【美】弗拉基米尔·纳博科夫:《文学讲稿》,申慧辉等译,上海:三联书店,2005年,第149—151页。
[3] 许素兰:《未曾见面·恍如相识——追忆郭松棻先生》,载《INK印刻文学生活志》2005年7月第1卷第11期,第48页。
[4] 这里指的是现代主义注重精读、追究文本品质,留意书写艺术各个环节的细密运作。

能呈现最具共通性真理"的吊诡（或悖论）原则[1]。在小说文本中，现代主义具体表征为诗化、碎片化、象征化的叙述语言风格，力求以精炼有力的语言表达高密度的情感与思想。

譬如郭松棻小说《向阳》中描写夫妻吵架的情景：

> 他们还太年轻。他们要活得像一场暴政。他们都有一颗滚烫的心。他们对自己，就像对对方，都亮出了法西斯蒂。现在你在台北很难找到这样烫手的心了。[2]

李渝《金丝猿的故事》描写将军战事的危急，用12个二字词语便堆叠出情势的险恶，再紧接着以15个名词又引出战争之外的、自然的包容与修复力：

> 在风中轮廓摇摆，疆界移动。冲锋，陷阵，埋伏，暗算，背叛，弃离；水域，山岗，坡原，谷壑，沼潭，树林。
> 庭园，回廊，杪椤，茑萝，杜鹃，栀子，芙蓉，棕榈，紫荆，九重，橄榄，木棉，合欢，大王椰子，千层尤加利，继续不止地增长和扩充和汇聚，终究要交织出一片盛大丰美的绿颜色。[3]

打破原有的语言习惯，通过字与字、词与词、句与句的重新排列，建立起个体化的文字秩序，并在这种叙事的表层秩序之下隐藏着主体复杂的情感结构和哲学思考，是郭松棻等人作品中最突出的现代主义美学特质。除此之外，他们还在小说中大量地使用心理独白、时空跳跃、记忆拼贴、

---

[1] 张涌圣：《当代台湾文学场域》，镇江：江苏大学出版社，2015年，第6页。
[2] 郭松棻：《向阳》，《郭松棻集》，台北：前卫出版社，1993年，第38页。
[3] 李渝：《金丝猿的故事》，北京：九州出版社，2021年，第173页。

意识流、叙述视点转换、人称跳转、隐喻、象征等叙事技巧，将外化的表现手法与精神认知的深层结构进行"精致的对应和结合"。

从表意技巧的角度来看，现代主义与中国古代文艺作品也有着某种相关性。以意识流手法为例，作为一种打破进步的线性时间观的文学叙事手段，现代主义呈现主观经验，关注柏格森意义上的主观时间而非公共时间，运用意识流的写作方式忠实地记录"原子降落在心灵上的顺序"和那些表面看似支离破碎的"每一瞥景象或每一桩事件在意识中刻下的痕迹"[1]。这种书写方式，在某种程度上，和中国古典诗词中的"言志"与"抒情"有着异曲同工之妙。此外，英国文艺批评家罗杰·弗莱还指出，中国的书法艺术表明了人们对艺术家私人感情的潜意识表达的兴趣，从早期规则的几何性字形，逐渐发展为后期与"心志"愈发贴合的行书、草书，充分表达了中国人对表达形式与内在感悟之间的"清晰的形式关联的渴望"[2]。如此看来，将思想情绪与再现形式充分联通的意识流写作手法与中国古代书法艺术也存在着微妙的共通性。

有研究者提出，民族文学承载着一个民族的"生活世界"，深深扎根于男男女女的日常语言、经验、历史记忆、意识、情感、梦想、无意识和非理性之域。阅读行为看起来是某个人临睡前读几行诗或几页小说，其实也是他变成以赛亚·伯林所说的"群体个人"的过程[3]。古典文学生成了一个个意义漩涡，不断磨砺着读者的美学取向与道德心性，旋涡的底部是通向"中国性"这条民族暗河的，每一个阅读都可以使阅读者更贴近那

---

[1]【英】弗吉尼亚·伍尔夫:《论现代小说》,《论小说与小说家》,瞿世镜译,上海：上海译文出版社，2000年，第23页。

[2] Roger Fry, *Last Lectures*. Beacon Press. 1962, p100—101. 转引自刘倩:《跨越时空的文学因缘：罗杰·弗莱的中国古典艺术研究与英国现代主义文学》,载《中外文化与文论》2015年第2期,第79页。

[3] 程巍:《隐匿的整体》,郑州：河南大学出版社，2009年，第2页。程巍在论述20世纪初期英国文学的兴起时，提出上述观点，认为"每一次阅读行为，都使大不列颠人更接近'英国人'（English）这重被构建起来的民族—政治共同体身份"。如果将其置换到中国文学场域，可以说，民族文学对共同体"感觉结构"的形塑在"中华民族"这一群体身份的塑造过程中也起到了不容小觑的作用。

个"想象的共同体"。积攒了足够的民族文学阅读经验后，李渝、刘大任、郭松棻的语言风格也呈现出民族的与世界的、古典的与现代的交相融合的特质。

郭松棻、李渝都是典型的文体家，他们的前期创作着意于经营"句子的冒险"，通过故意扭曲字词句型来追求语言的私人性和奇异效果，但后期创作受到了《左传》或者唐传奇小说精准、简净风格的影响，语言逐渐流畅自然起来，与细部的雕琢相比，更加注重故事整体的铺陈与演绎。郭松棻、刘大任的晚期作品呈现出"老辣内敛"的倾向，构思繁复，行文上却显出苍劲曲折的骨感韵味，是现代主义骨感美学与中国古典艺术的留白意境两相结合的成果。从三位作家的文字风格来看，郭松棻的语言锤炼程度更高，短句多，重视听觉效果。李渝则更重视视觉效果，在长句式、排比和名词连缀的笔法中铺洒出富有冲击力的画面意境。刘大任的前期作品中更倾向于偏意识流的寓言式写法，后期则转为一种澄澈洗练的文风。对三位作家来说，"文字炼金术"指的不仅仅是语言修辞方面的特点，更是一种对写作本体论式的探索，既关注主体生命存在的终极意义，又拒绝以一种道德论的传统价值框架来消解事物的双面性，让书写本身变成抵抗现代性隐忧与意义匮乏感的最有力的途径。

总体而言，李渝、郭松棻、刘大任的左翼现代主义书写与古典中国的联系主要体现为两个层面，一是整体性的中国哲学思想的影响，包括宇宙观、时空观、自然观、美学观等等，二是具体的文学艺术作品的影响，体现在作家的语言风格、审美意趣、意境塑造等方面。如现代派诗人袁可嘉所说，中国的现代派作家在思想上力求个人与大众心志相沟通，强调社会性与个人性的有机统一，在艺术上"追求知性和感性的融合，注重象征和联想，强调继承与创新、民族传统与外来影响的结合，最终建立一个现实、象征和玄学（指哲理、机智等知性因素）相综合的新传统"[1]。中国古

---

[1] 袁可嘉：《从浪漫诗到现代诗》，载《世界文学》1989 年第 5 期，第 289—295 页。

典美学除了在形式、技巧、意蕴等方面给予作家艺术滋养之外,还将哲学思想体系中的"天人合一""中和之美"等美与自然、与人的生命节奏息息相关的命题,以及"心生而言立,言立而文明,自然之道也"[1]的人与文学的关系认知,深深浸润于作家的心灵世界,让他们的创作不必拘泥于"现代派"或"西化"的限制框架,呈现出更为复杂多变的面貌。

---

[1] 刘勰:《文心雕龙·原道第一》,上海:上海古籍出版社,1984年,第1页。

## 结　论
# 文学作为不休止的介入

作为在现代主义美学和存在主义哲学精神的影响下成长起来的一代海外左翼现代主义作家，刘大任、郭松棻、李渝以自己的介入实践与文学书写重新打开了左翼与现代主义融合的图景，这一"双重性"与"交互性"是他们的生命体验、历史思考与艺术创作彼此熔铸的结果，也是其作品中最具文学史价值的部分。当曾经风起云涌的"保钓"运动成为"远方的风雷"，他们将写作本身视为了生活信念的延伸，立足于"文学行动主义者"的身份位置，将文学作为一种不休止的介入方式，继续着自己的审美理想实践。

在"保钓"运动、左翼诉求、现代主义艺术实践、古典美学的熏陶浸染、历史创伤多重叙事这几个关键词之间，蕴藏着海外左翼现代主义作家群的主体精神结构一贯性。这种一贯性体现为主体的精神"洁癖"和一种将自我投注于某种宏大理想蓝图的——无论是政治的还是文学的——献身使命感。为了完成使命，他们允许这个宏大的他者与自我融为一体，将其内化为主体生命的一部分，并且为了实现这种融合而不断开启自我清洁的仪式。从在台大时期的现代主义浸润与左翼思想初探，到留美后左派读书小组活动中的"向左转"，再到"保钓"运动的爆发与运动退潮后的反省与再出发,刘大任、郭松棻、李渝三位作家与20世纪初期以瞿秋白为代表的、兼具文学家与革命者双重身份的左翼知识分子共享了"对真实的激情"的主体情感模式。由此看来,他们对"文学"的自苦式追求实际上是革命构想的一种延续,其中的核心命题是驱逐污染之物以达成精神的纯洁性。正是这种贯通性的激情,促使他们去完成现实实践、主体人格的塑造以及文学创作形式之间辩证的互相塑造。

在三位作家的思想情感结构中,存在主义的思想进路接驳了鲁迅式的回心精神,将人放置于变动不居的社会历史背景,拷问人的存在意义与主体价值,将每一个中国人的命运都纳入了自己的历史考察视野之中。此外,古典美学的引渡赋予了他们在现代小说华丽技法之外的历史厚度,其中"拟神话"的叙事策略铭刻了作家心中的桃源想象,在古与今、过去与未来相互参差交错的怀旧式展望中塑造出理想的精神家园。

"保钓"运动是联结海峡两岸的一个情感记忆焦点,代表了台湾左翼思想中不应被忽略的一派力量,重新梳理"保钓"运动的历史意义并挖掘运动的精神矿脉,将为我们打开更多的对话空间。刘大任、郭松棻、李渝所构成的左翼现代主义作家群,是台湾现代派作家多元精神版图的重要组成部分,也是中国当代文学史脉络里独具特色的一派。与同时代台湾的学院式现代派小说家相比,他们更倾向于"介入式的现代主义",社会主义理想、对左翼理论的深入研读、鲁迅传统的赓续等元素,为他们的现代主义写作增添了人道主义关怀、社会分析的眼光与民族历史的整体性思考,而切身的"保钓"运动历史经验,则给予了他们撬动历史书写的生命支点。他们所秉持的现代主义具有内向性与介入性的双重蕴涵——固然要进行文字的实验,对叙事风格特别敏感,但是这种对形式的注重并没有使它架空于环境,其中的现实意识绝不少于乡土写实,指向了对自我与对社会历史的同样纯净的、不含杂质的真诚。如本论文所强调的,刘大任、郭松棻、李渝借重的是现代主义复杂意涵中"反抗性"的那一脉络,他们认为:"现代主义处理疏离、虚无、荒谬等主题,不仅仅停留在文玄情奇的表述层次而已,它的核心精神是反省、违抗、行动。它具有强烈的人本精神和介入志愿,甚至可以说,没有当下意识,没有前卫性,就不是现代主义。"[1]从该意义上讲,这种现代主义更近似于一种主体存在主义精神的寄托物、纯粹情感的凝结物、历史的沉淀物,并将这三者贯注于精准无缺的文字表达之中,书写形式因此承担了足够多的激情、责任和理想愿景,在字里行间依然铭刻着"远方有风雷"的历史记忆。

作为"文学行动主义者",郭松棻、刘大任、李渝不仅以小说家自居,而且格外强调知识分子的身份立场。刘大任将自己的写作定位为"以曲折的文学形式传达知识分子的一些感情、理想和作为,以贡献文化积累的义务"[2]。郭松棻则是始终秉持着萨特式的生活态度:

> 人是自由的——在境遇里去自由,而自由是不断的创造自己,沙特几挟堂吉诃德的精神狂热的在社会里建立自己,丝毫不怀苟且,且有理想,这是万难的!因此有人断言沙特的终场是荣耀——殉道者的荣耀,正因为他所操持的这种态度,使我们关怀他;虽然,作为一个"哲学家",他失败了;作为一个"文学家",他也失败了。但他是当今最醒觉、最能正视困境而企图解决困境的智识分子。[3]

如本文第二章所述,这种"最醒觉、最能正视困境而企图解决困境"的知识分子立场,也是郭松棻等人与鲁迅产生精神联结的源头。无论身处何时何地,他们永远保持着对被侮辱与被损害者的同情、对国家与国民

---

[1] 宋雅姿:《乡在文字中——专访李渝》,载《文讯》第309期,2011年7月。
[2] 刘大任:《二流小说家的自白》,《远方有风雷》,台北:联合文学出版社,2010年,第5—12页。
[3] 郭松棻:《这一代法国的声音:沙特》,《郭松棻文集——哲学卷》,台北:INK印刻文学出版有限公司,2015年,第57页。

的深沉的爱，相信"无穷的远方，无数的人们，都与我有关"[1]。这种战斗的、关心底层的、倡导文学教化社会和为人生的一面，对于"保钓"左翼作家而言是点燃青春激情的火种，在"钓运"退潮后，这一面或许有转淡，但并不曾褪去。鲁迅为他们所开启的第三世界国家知识分子的历史视野，在单纯的民族主义情感动力逐渐失去话语实践位置后，更加显示出具有生产性和阐释力的精神动能。在走近一个被经典化了的"鲁迅"之前，他们先验性地认识了一个纯粹文学家的、作为"禁忌"的启蒙者鲁迅，这使得他们所接受的"鲁迅"天然地带有反叛性和颠覆力，以独立的姿态完成对主流话语的抗拒和反思。相信"唯黑暗与虚无乃是实有"，或者"绝望之为虚妄，正与希望相同"这样的看似悖反的对立命题，标志着鲁迅心灵中属于文学者的矛盾。鲁迅最本质的特质，也是刘大任、郭松棻和李渝三人最根本的特质，在于他们是竹内好所称的"第一义的文学者"，在于他们作为一位个体在面对整个革命时期的方式是精神式的、文学性的。在这一"回心"的要义上，他们承续了鲁迅的思想与文学传统，并且显出独树一帜的时代与命运的色彩。

　　三位作家具备平等主义的视野、解放的憧憬与对社会现状的深刻批判，但是他们未能将理想转化为现实，因此，那种初期的激进批判在后期的文学创作之中转变为忧郁的"土星气质"，他们将自我作为一个有待译解的文本，对自我有自觉的本能与毫不宽容，这也是桑塔格所称的"艺术家与殉道者"[2]所特有的气质。对于他们来说，在投身政治实践是青春生命历程的一部分，当这一段经历落潮时，是将其作为自己至那时为止的青春历程的一举失败来体验的。从这个意义上讲，写作成为"最后的壁垒"，如李渝所说："在私我的层次上，写作的功能和意义始终不曾遗失或稀释过……写作仍是一座坚守的壁垒，一道倔强的防线，一种不妥协或动

---

〔1〕鲁迅：《"这也是生活"·且介亭杂文末编》，《鲁迅全集（第六卷）》，北京：人民文学出版社，2005年，第624页。
〔2〕【美】苏珊·桑塔格：《在土星的标志下》，姚君伟译，上海：上海译文出版社，2006年，第5页。

摇的信念。"[1]在对历史经验的反复咀嚼中，过往生命经验所具有的意义和价值在不同的叙述时间里反复地被打开、被重构。他们赋予文学以一种解放的潜能，混合了革命的、现代的、古典的多重维度，借助现代艺术的解放动能与阿多诺所言的"否定的美学"，将人从异化关系中解救出来，复归于古典的、自然的和谐契合状态，也即是马克思所说的"努力在一个更高的阶梯上把自己的真实再现出来"[2]，指向了历史终极任务——人性的乌托邦理想的完满实现。

最后，我想借用萨义德在《论知识分子》中的一段话来总结海外左翼现代主义作家群体的创作态度与生命哲学：

> 知识分子的代表是在行动本身，依赖的是一种意识，一种怀疑、投注、不断献身于理性探究和道德判断的意识；而这使得个人被记录在案并无所遁形。知道如何善用语言，知道何时以语言介入，是知识分子行动的两个必要特色。[3]

当过往的一切已成为"远方的风雷"，刘大任、郭松棻、李渝将审美化的理想投注于笔尖，以文学行动主义者的立场坚守着知识分子的使命，文学书写不仅是他们最后的壁垒，而且成为他们在退息的表面下再次介入历史、介入现实的选择。

---

[1] 李渝：《最后的壁垒》，《九重葛与美少年》，台北：INK印刻文学出版有限公司，2013年，第278—279页。

[2]【德】卡尔·马克思：《政治经济学批判·序言》，《马克思恩格斯选集（第二卷）》，中共中央马克思恩格斯列宁斯大林著作编译局编译，北京：人民出版社，2012年，第2页。

[3]【美】爱德华·萨义德：《知识分子论》，单德兴译，北京：生活·读书·新知三联书店，2002年，第23页。

# 参考文献

### 一、作家著作及采访

刘大任:《红土印象》，台北：志文出版社，1971年。

刘大任:《杜鹃啼血》，新北：远景出版社，1984年。

刘大任:《浮游群落》，新北：远景出版社，1985年。

刘大任:《秋阳似酒》，台北：洪范书店，1986年。

刘大任:《走出神话国》，台北：圆神出版社，1986年。

刘大任:《晚风习习》，台北：洪范书店，1990年。

刘大任:《神话的破灭》，台北：洪范书店，1992年。

刘大任:《萨伐旅》，台北：麦田出版社，1992年。

刘大任:《刘大任集》，林瑞明、陈万益编，台北：前卫出版社，1993年。

刘大任:《落日照大旗》，台北：皇冠出版社，1999年。

刘大任:《我的中国》，台北：皇冠出版社，2000年。

刘大任:《纽约客随笔》，沈阳：辽宁教育出版社，2001年。

刘大任:《纽约客》，台北：INK印刻出版有限公司，2002年。

刘大任:《空望》，台北：INK印刻出版有限公司，2003年。

刘大任:《冬之物语》，台北：INK印刻出版有限公司，2004年。

刘大任：《月印万川》，台北：INK印刻出版有限公司，2005年。

刘大任：《晚晴》，台北：INK印刻出版有限公司，2007年。

刘大任：《忧乐》，台北：INK印刻出版有限公司，2008年。

刘大任：《浮游群落》，台北：联合文学出版社，2009年。

刘大任：《残照》，台北：联合文学出版社，2009年。

刘大任：《远方有风雷》，台北：联合文学出版社，2010年。

刘大任：《当下四重奏》，深圳：深圳报业集团出版社，2016年。

刘大任：《枯山水》，深圳：深圳报业集团出版社，2017年。

刘大任：《晚风细雨》，深圳：深圳报业集团出版社，2017年。

刘大任：《羊齿》，深圳：深圳报业集团出版社，2017年。

刘大任：《残照》，深圳：深圳报业集团出版社，2018年。

刘大任：《园林内外》，深圳：深圳报业集团出版社，2018年。

刘大任：《蒙昧的那几年——怀念与映真一道度过的日子》，载《文讯》第287期，2009年9月，第58—60页。

刘大任：《想象与现实——我的文学位置》，载《中国时报》，2011年12月13日。

刘大任、姚嘉为：《我为中国人而写》，载《苏州教育学院学报》2016年4月，第49页。

廖玉蕙、刘大任：《往小里看，往淡里看——小说家刘大任先生访问记》，《联合报·副刊》2002年1月9日。

郭松棻：《郭松棻集》，林瑞明、陈万益编，台北：前卫出版社，1993年。

郭松棻：《双月记》，台北：草根出版社，2001年。

郭松棻：《奔跑的母亲》，台北：麦田出版社，2002年。

郭松棻：《惊婚》，台北：INK印刻出版有限公司，2012年。

郭松棻：《郭松棻文集——哲学卷》，李渝、简义明编，台北：INK印刻出版有限公司，2015年。

郭松棻：《郭松棻文集——保钓卷》，李渝、简义明编，台北：INK印刻出版有限公司，2015年。

郭松棻：《喜剧·彼岸·知性》，《木心的散文——专题讨论会》，1986年5月9日。

郭松棻：《落九花》，载《INK印刻文学生活志》，2005年7月第1卷第11期。

舞鹤、郭松棻：《不为何为谁而写：在纽约访谈郭松棻》，载《INK印刻文学生活志》，2005年7月第1卷第11期。

李渝：《温州街的故事》，台北：洪范书店，1991年。

李渝：《应答的乡岸》，台北：洪范书店，1999年。

李渝：《金丝猿的故事》，台北：联合文学出版社，2000年。

李渝：《夏日踟躇》，王德威主编，台北：麦田出版社，2002年。

李渝：《贤明时代》，台北：麦田出版社，2005年。

李渝：《金丝猿的故事》，台北：联合文学出版社，2012年

李渝：《九重葛与美少年》，台北：INK印刻出版有限公司，2013年。

李渝：《那朵迷路的云——李渝文集》，梅家玲、钟秩维、杨富闵编，台北：台湾大学出版中心，2016年。

李渝：《乡的方向》，载《INK印刻文学生活志》2010年7月第83期。

李渝：《任伯年——清末的市民画家》，台北：雄狮图书公司，1978年。

李渝：《族群意识与卓越风格》，台北：雄狮图书股份有限公司，2001年。

李渝：《行动中的艺术家——美术文集》，台北：艺术家出版社，2009年。

李渝：《拾花人梦记：李渝读红楼梦》，台北：INK印刻出版有限公司，2011年。

Alfred H. Barr, Jr.：《现代画是什么？》，李渝译，台北：雄狮图书公司，1981年。

【美】高居翰：《中国绘画史》，李渝译，台北：雄狮图书公司，1984年。

【美】高居翰：《图说中国绘画史》，李渝译，北京：生活·读书·新知三联书店，2014年。

## 二、中文著作

白先勇：《台北人》，台北：晨钟出版社，1973年。

白先勇：《现文因缘》，台北：联经出版公司，2016年。

白睿文、蔡建鑫主编:《重返现代——白先勇、〈现代文学〉与现代主义》,台北:麦田出版社,2016年。

陈映真:《陈映真作品集》,台北:人间出版社,1988年。

陈映真:《陈映真文选》,北京:生活·读书·新知三联书店,2009年。

陈培丰:《同化的"同床异梦"——日治时期台湾的语言政策、近代化与认同》,王兴安、凤气至纯平译,台北:麦田出版社,2006年。

程巍:《隐匿的整体》,郑州:河南大学出版社,2009年。

戴锦华:《涉渡之舟——新时期中国女性写作与女性文化》,北京:北京大学出版社,2007年。

戴锦华:《隐形书写——90年代中国文化研究》,北京:北京大学出版社,2018年。

董启章、骆以军:《肥瘦对写》,桂林:广西师范大学出版社,2018年。

董为民、殷昭鲁、杨骏编:《保钓运动资料》,江苏:南京大学出版社,2017年。

龚忠武、王晓波等编:《春雷之后:保钓运动三十五周年文献选辑:觉醒、决裂、认同、回归(1972—1978)》,台北:人间出版社,2006年。

龚忠武主编:《峥嵘岁月、壮志未酬:保钓运动四十周年纪念专辑》,台北:海峡学术出版社,2010年。

黄启峰:《河流里的月印:郭松棻李渝小说综论》,台北:秀威科技,2007年。

黄子平:《灰阑中的叙述》,北京:北京大学出版社,2020年。

计璧瑞:《被殖民者的精神印记》,厦门:厦门大学出版社,2010年。

计璧瑞:《语言·文学史·文化记忆》,广州:花城出版社,2016年。

赖和:《台湾作家全集——赖和集》,钟肇政编,台北:前卫出版社,1991年。

黎湘萍:《文学台湾:台湾知识者的文学叙事与理论想象》,北京:人民文学出版社,2003年。

林国炯、胡班比、龚忠武、王晓波、陈映真等编:《春雷声声:保钓运动三十周年文献选辑》,台北:人间出版社,2001年。

鲁迅:《鲁迅杂感选集》,上海:青光书局,1933年。

鲁迅：《鲁迅全集》，北京：人民文学出版社，2005年。

罗新：《有所不为的反叛者》，上海：三联书店，2019年。

吕正惠：《战后台湾文学经验》，北京：生活·读书·新知三联书店，2010年。

梅家玲、钟秩维、杨富闵编：《台湾现当代作家研究资料汇编·118 李渝》，台南：台湾文学馆，2019年。

瞿秋白：《多余的话》，南昌：江西教育出版社，2009年。

司马长风：《中国新文学史》，香港：昭明出版社有限公司，1980年。

施淑：《两岸——现当代论文集》，北京：清华大学出版社，2014年。

邵玉铭：《保钓风云录：一九七〇年代保卫钓鱼台运动知识分子之激情、分裂、抉择》，台北：联经出版社，2013年。

汪晖：《反抗绝望——鲁迅的精神结构与〈呐喊〉〈彷徨〉研究》，上海：上海人民出版社，1991年。

王德威：《当代小说二十家》，北京：生活·读书·新知三联书店，2006年。

王德威：《抒情传统与中国现代性》，北京：生活·读书·新知三联书店，2010年。

王德威：《史诗时代的抒情声音》，台北：麦田出版社，2017年。

王中忱：《重审现代主义：东亚视角或汉字圈的提问》，北京：清华大学出版社，2013年。

尉天骢：《枣与石榴》，台北：麦田出版社，2010年。

尉天骢：《回首我们的时代》，北京：中国文史出版社，2016年。

吴明益：《台湾现代自然书写的探索》，台北：大安出版社，2004年。

谢小芩、刘容生、王智明编：《启蒙·狂飙·反思——保钓运动四十年》，新竹：台湾清华大学出版社，2010年。

叶维廉：《现代中国小说的风貌》，香港：文化社，1970年。

张爱玲：《中国的日夜》，《传奇》，北京：中国青年出版社，2000年。

张惠菁：《杨牧》，台北：联合文学出版社，2002年。

张恒豪编选：《台湾现当代作家研究资料汇编·46 郭松棻》，台南：台湾文学馆，2013年。

张历君：《瞿秋白与跨文化现代性》，香港：香港中文大学出版社，2019年。

张宁：《无数人们与无穷远方：鲁迅与左翼》，上海：复旦大学出版社，2006年。

张诵圣：《当代台湾文学场域》，镇江：江苏大学出版社，2015年。

张诵圣：《台湾文学生态——从戒严法则到市场规律》，刘俊、冯雪峰译，镇江：江苏大学出版社，2016年。

张志扬：《创伤记忆：中国现代哲学的门槛》，上海：三联书店，1992年。

郑鸿生：《青春之歌：追忆一九七〇年代台湾左翼青年的一段如火年华》，北京：生活·读书·新知三联书店，2013年。

郑颖：《郁的容颜——李渝小说研究》，台北：INK印刻出版公司，2008年。

郑毓瑜：《引譬连类：文学研究关键词》，上海：三联书店，2017年。

周婉窈：《海行兮的年代：日本殖民统治末期台湾史论集》，台北：允晨文化出版社，2002年。

朱立立、刘小新：《近20年台湾文学创作与文艺思潮》，镇江：江苏大学出版社，2012年。

朱双一：《台湾文学创作思潮简史》，北京：九州出版社，2010年。

【德】阿莱达·阿斯曼：《回忆空间：文化记忆的形式与变迁》，潘璐译，北京：北京大学出版社，2016年。

【德】阿莱达·阿斯曼：《记忆中的历史：从个人经历到公共演示》，袁斯桥译，南京：南京大学出版社，2017年。

【法】阿兰·巴迪欧：《世纪》，蓝江译，南京：南京大学出版社，2017年。

【德】阿斯特利特·埃尔、冯亚琳编：《文化记忆理论读本》，余传玲等译，北京：北京大学出版社，2012年。

【美】爱德华·萨义德：《知识分子论》，单德兴译，北京：生活·读书·新知三联书店，2002年。

【英】安东尼·D.史密斯：《全球化时代的民族与民族主义》，龚维斌、良警宇译，北京：中央编译出版社，2002年。

【意】安东尼奥·葛兰西：《狱中札记》，曹雷雨、姜丽、张跣译，郑州：河南大学出版社，2014年。

【俄】巴赫金：《巴赫金全集（第三卷）》，白春仁、晓河译，石家庄：河北教育出版社，1998年。

【法】保罗·利科：《记忆，历史，遗忘》，李彦岑、陈颖译，上海：华东师范大学出版社，2017年。

【美】彼得·诺威克：《大屠杀与集体记忆》，王志华译，南京：译林出版社，2019年。

【英】布雷德伯里、麦克法兰编：《现代主义》，胡家峦等译，上海：上海外语教育出版社，1992年。

【美】戴维·哈维：《时空压缩和作为一种文化力量崛起的现代主义》，《后现代的状况：对文化变迁之缘起的探究》，阎嘉译，北京：商务印书馆，2013年。

【美】杜赞奇：《从民族国家拯救历史——民族主义话语与中国现代史研究》，王宪明、高继美等译，北京：社会科学文献出版社，2003年。

【美】弗雷德里克·詹姆逊：《论现代主义文学》，苏仲乐、陈广兴、王逢振译，北京：中国人民大学出版社，2018年。

【英】弗吉尼亚·伍尔夫：《论小说与小说家》，瞿世镜译，上海：上海译文出版社，2000年。

【法】古斯塔夫·勒庞：《革命心理学》，佟德志、刘训练译，太原：山西人民出版社，2020年。

【德】哈拉尔德·韦尔策编：《社会记忆：历史、回忆、传承》，季斌、王立君、白锡堃译，北京：北京大学出版社，2007年。

【日】黄英哲：《战后台湾文化重建（1945—1947）》，镇江：江苏大学出版社，2016年。

【德】霍克海默：《霍克海默集》，曹卫东编，渠东、付德根等译，上海：上海远东出版社，2004年。

【德】卡尔·曼海姆：《卡尔·曼海姆精粹》，徐彬译，南京：南京大学出版社，2002年。

【英】克莱夫·贝尔:《艺术》,薛华译,南京:江苏教育出版社,2005年。

【英】克里斯托弗·巴特勒:《现代主义》,朱邦芊译,南京:译林出版社,2018年。

【美】马泰·卡林内斯库:《现代性的五副面孔》,顾爱彬、李瑞华译,北京:商务印书馆,2002年。

【美】马歇尔·伯曼:《一切坚固的东西都烟消云散了:现代性体验》,徐大建、张辑译,北京:商务印书馆,2013年。

【捷克】米兰·昆德拉:《小说的艺术》,董强译,上海:上海译文出版社,2004年。

【法】米歇尔·福柯:《词与物:人文科学的考古学》,莫伟民译,上海:三联书店,2016年。

【日】山田敬三:《鲁迅:无意识的存在主义》,秦刚译,北京:北京大学出版社,2012年。

【美】斯维特兰娜·博伊姆:《怀旧的未来》,杨德友译,南京:译林出版社,2010年。

【美】W. H. 艾布拉姆斯:《欧美文学术语词典》,朱金鹏、朱荔译,北京:北京大学出版社,1990年。

【美】W. 考夫曼编著:《存在主义》,陈鼓应、孟祥森、刘崎译,北京:商务印书馆,1987年。

【德】瓦尔特·本雅明:《发达资本主义时代的抒情诗人》,张旭东、魏文生译,北京:生活·读书·新知三联书店,1989年。

【德】瓦尔特·本雅明:《启迪:本雅明文选》,汉娜·阿伦特编,张旭东、王斑译,北京:生活·读书·新知三联书店,2008年。

【日】丸山升:《鲁迅·革命·历史——丸山升现代中国文学论集》,王俊文译,北京:北京大学出版社,2005年。

【美】韦恩·布斯:《小说修辞学》,华明、胡苏晓等译,北京:北京联合出版公司,2017年。

【德】扬·阿斯曼：《文化记忆：早期高级文化中的文字、回忆和政治身份》，金寿福、黄晓晨译，北京：北京大学出版社，2015年。

【英】以赛亚·伯林：《浪漫主义的根源》，【英】亨利·哈代编，吕梁等译，南京：译林出版社，2011年。

## 三、外文著作与文献

Allan Young, *The Harmony of Illusions: Inventing of PTSD*. Princeton: Princeton University Press. 1995.

Astrid Erll, *Literature, Film, and the Mediality of Cultural Memory*. Erll, Astrid, and Ansgar Nunnig, eds. *A Companion to Cultural Memory Studies*. Berlin: Walter De Gruyter. 2010.

Cathy Caruth, *Unclaimed Experience: Trauma, Narrative and History*. Baltimore: The Johns Hopkins University Press. 1996.

Charles Taylor, *A Secular Age*. Boston: The Belknap Press of Harvard University Press. 2007.

Dominick LaCapra, *Writing History, Writing Trauma*. Baltimore: John Hopkins University Press. 2001.

Eugene Lunn, *Marxism and Modernism: An Historical Study of Lukacs, Brecht, Benjamin, and Adorno*. Berkeley: University of California Press. 1982.

Jeffery C. Alexander, *Towards a Theory of Cultural Trauma: Cultural Trauma and Collective Identity*. Berkeley: University of California Press. 2004.

Julián Marías, *Generations: A Historical Method, trans.* by Harold C. Raley, the University of Alabama Press. 1970.

Pauline Yu, *The Reading of Imagery in the Chinese Poetic Tradition*. Princeton: Princeton University Press. 1987.

Ronald Granofsky, *The Trauma Novel: Contemporary Symbolic Depictions of Collective Disaster*. New York: Peter Lang Inc., International American Publishers. 1995.

Sigmund Freud, *Beyond the Pleasure Principle*. Trans. and ed. James Strachey. New York and London: W. W. Norton & Company. 1961.

## 四、期刊论文

曹清华：《位置与身份：左翼鲁迅的意义》，载《南京师大学报（社会科学版）》2016 年第 1 期，第 154—160 页。

贺桂梅：《丁玲主体辩证法的生成：以瞿秋白、王剑虹书写为线索》，载《中国现代文学研究丛刊》2018 年 5 月，第 1—33 页。

侯如绮：《王鼎钧〈土〉、刘大任〈盆景〉与张系国〈地〉中的土地象征与外省族裔的身份思索》，载《台北教育大学语文集刊》2010 年 1 月第 17 期，第 235—264 页。

黄子平：《撬动现代小说的固有概念——在深圳刘大任小说艺术学术研讨会上的发言》，载《书城》2018 年第 1 期，第 36—44 页。

黎湘萍：《文体与思想——论旅美台湾作家郭松棻的离散写作》，载《现代中文学刊》2015 年第 3 期，第 33—36 页。

黎湘萍：《是莱谟斯，还是罗谟鲁斯？》，载《收获》2000 年第 3 期，第 92—98 页。

李娜：《在记忆的寂灭与复燃之间——关于台湾的"二二八"文学》，载《文学评论》2005 年第 5 期，第 113—124 页。

李娜：《"美国"与郭松棻的文学 / 思想旅程——以〈论写作〉为中心的考察》，载《扬子江评论》2007 年 1 月，第 74—79 页。

李娜：《试析 1950—60 年代台湾青年的"虚无"，重新理解"现代主义与左翼"——以陈映真、王尚义为线索》，载《文艺理论与批评》2017 年第 6 期，第 59—76 页。

李杨：《"人在历史中成长"——〈青春之歌〉与"新文学"的现代性问题》，载《文学评论》2009 年第 3 期，第 95—102 页。

李国华：《革命与反讽——鲁迅〈在酒楼上〉释读》，载《文学评论》2020 年第 2 期，第 62—70 页。

刘康：《瞿秋白与葛兰西——未相会的战友》，载《读书》1995 年第 10 期，第

27—33 页。

刘倩:《跨越时空的文学因缘:罗杰·弗莱的中国古典艺术研究与英国现代主义文学》,载《中外文化与文论》2015 年第 2 期,第 71—82 页。

刘擎:《创伤记忆与雪耻型民族主义》,载《书城》2004 年第 12 期,第 46—48 页。

吕周聚:《1930 年代左翼文学与现代主义文学的纠葛》,载《山东师范大学学报(人文社会科学版)》2011 年第 5 期,第 40—46 页。

【日】木山英雄:《〈故事新编〉译后解说》,刘金才、刘生社译,载《鲁迅研究动态》1988 年第 11 期,第 19—24 页。

钱理群:《〈孔乙己〉"叙述者"的选择》,载《语文学习》1994 年第 2 期,第 15—18 页。

钱理群:《陈映真和"鲁迅左翼"传统》,载《现代中文学刊》2010 年第 1 期,第 27—34 页。

田兆元:《论古代"天人合一"美学的三大特征》,载《古代文学理论研究》1997 年 7 月第 18 辑,第 52—71 页。

汪晖:《历史的"中间物"与鲁迅小说的精神特征》,载《文学评论》1986 年第 5 期,第 53—67 页。

萧宝凤:《"历史中间物"意识与乌托邦精神——从刘大任的陈映真评论看当代台湾左翼思潮的变迁》,载《台声》2019 年第 20 期,第 42—53 页。

谢欣芩:《纽约作为乡园之一——李渝作品的时空错置与族裔地景》,载《淡江中文学报》2018 年 12 月第 39 期,第 247—272 页。

徐秀慧:《革命、牺牲与知识分子的社会实践——郭松棻与鲁迅文本的互文》,"从近现代到后冷战:亚洲的政治记忆与历史叙事国际研讨会",2009 年 11 月。

许素兰:《未曾见面·恍如相识——追忆郭松棻先生》,载《INK 印刻文学生活志》2005 年 7 月第 1 卷第 11 期。

严家炎:《复调小说:鲁迅的突出贡献》,载《中国现代文学研究丛刊》2001 年第 3 期,第 1—20 页。

张重岗：《失败的潜能——关于钓运的文学反思》，载《暨南学报（哲学社会科学版）》2017年第11期，第37—45页。

张锦忠：《现代主义与六十年代台湾文学复系统：〈现代文学〉再探》，载《中外文学》2001年第30卷第3期。

张历君：《现代君主与有机知识分子——论瞿秋白、葛兰西与"领袖权"理论的形成》，载《现代中文学刊》2010年第1期，第35—60页。

张世伦：《60年代台湾青年电影实验的一些现实主义倾向，及其空缺》，载《艺术观点ACT》2018年5月第74期，第20—28页。

张诵圣：《郭松棻〈月印〉和20世纪中叶的文学史断裂》，载《文学评论》2016年第2期，第169—176页。

赵奎英：《中国古代时间意识的空间化及其对艺术的影响》，载《文史哲》2000年第4期，第42—48页。

朱崇科：《如何故事，怎样新编？》，载韩国《中国现代文学》2006年第4期，第273—297页。

朱衣仙：《盆栽、杂碎、枯山水：刘大任作品中"离散/反离散"交映的风景》，载《中山人文学报》2020年7月，第87—116页。